G. S.

Susanne Fülscher
Das rosa Haus am Meer

PIPER

Zu diesem Buch

Rosa, eine resolute Dame und stolze Porzellanladenbesitzerin, staunt nicht schlecht, als ein Auto durch das Schaufenster ihres Ladens brettert. Fahrerin ist die einundzwanzigjährige Schauspielerin Paulina. Im Krankenhaus freunden sich die beiden nach anfänglichen Startschwierigkeiten an. Dann erbt Rosa ein Haus auf der italienischen Insel Procida und beschließt, mit Paulina dorthin zu reisen. Doch mit der Zweisamkeit ist es bald vorbei, denn Paulinas Verehrer Fabio folgt Rosas Einladung und steht vor der Tür. Als kurz darauf auch noch Rosas Tochter Charlotte und ein ehemaliger Liebhaber aus Rosas wilder Jugend auftauchen, wird es richtig turbulent im rosa Haus am Meer. Und was niemand ahnt: Rosa hat ein Geheimnis …

Susanne Fülscher widmete sich nach ihrem Germanistik- und Romanistikstudium sehr schnell dem Schreiben. Bisher sind von ihr um die 50 Romane und Kurzgeschichten erschienen, die mehrfach ausgezeichnet und in viele Sprachen übersetzt wurden. Susanne Fülscher lebt als freie Schriftstellerin und Drehbuchautorin in Berlin.

Susanne Fülscher

Das rosa Haus am Meer

Roman

PIPER

Mehr über unsere Autoren und Bücher:
www.piper.de
Aktuelle Neuigkeiten finden Sie auch auf Facebook, Twitter und YouTube.

FSC
www.fsc.org
MIX
Papier aus verantwortungsvollen Quellen
FSC® C083411

Originalausgabe
1. Auflage Mai 2017
2. Auflage Mai 2017

Umschlaggestaltung: Eisele Grafik-Design, München
Umschlagabbildung: bloodua/Bigstock (Insel); brookefuller/Depositphotos (Boxer shorts); anekoho/Depositphotos (Hut); Rangizzz/Depositphotos (Wäscheleine); BozenaFulawka/Depositphotos (Flip Flops)
Satz: Uhl + Massopust, Aalen
Gesetzt aus der Berkeley
Druck und Bindung: CPI books GmbH, Leck
Printed in Germany   ISBN 978-3-492-31043-7

1.

Rosa gab Gas.

Das Leben war kurz, und sie wollte nichts verpassen. Nicht die Krokusse, die überall in der Stadt aufgeblüht waren – eine Farbexplosion in Gelb, Weiß und Lila –, nicht die Menschen, die beschwingt durch die Straßen liefen, nicht mal die Fliege, die gerade an der Windschutzscheibe ihr Ende gefunden hatte. Platsch und weg. So gesehen kein schlechter Tod.

Die Ampel sprang auf Rot, Rosa stieg fluchend auf die Bremse und kam wenige Zentimeter hinter einem Mercedes mit verdunkelter Heckscheibe zum Stehen. Nur schemenhaft konnte sie erkennen, wie ein Stinkefinger in die Luft gereckt wurde. Solche Zeitgenossen konnte sie ja gut leiden! Kutschierten ihre schnittigen Wagen durch die Gegend und hatten alle Zeit der Welt, weil die Sekretärin, die sicher bloß ein schmales Gehalt bezog, sowieso die ganze Arbeit erledigte.

»Ja, du mich auch, du Depp!«, blaffte sie das Tachometer an, das daraufhin erregt zitterte. Ungern wollte sie sich auf das Niveau des Fahrers herablassen und mit entsprechender Gestik antworten.

Die Ampel zeigte Grün, und Rosa fuhr etwas weniger rasant weiter. Sie hielt Verkehrsregeln generell für überbewertet, war jedoch nicht sonderlich versessen darauf, schon wieder geblitzt zu werden. Mit diesen grau-schwarz verschatteten Fotos konnte sie langsam ganze Alben füllen. Hinzu kamen mindestens drei bis vier Knöllchen pro Monat, weil sie es sich partout nicht abgewöhnen konnte, im Halteverbot zu parken. War ja auch so schön praktisch.

Ihr Blick fiel auf die Uhr an der Tramhaltestelle. Zwanzig nach neun, verflixt und zugenäht! Dabei hatte sie am Morgen gar nicht getrödelt. Nur ein paar Sonnengrüße auf dem Badevorleger geturnt, etwas Staub gewischt und die Wäsche zusammengelegt, ihren grau melierten Bob in Form gekämmt, geknetet und gesprayt, ein Tässchen Kaffee im Stehen getrunken, den neuen apfelgrünen Mantel übergestreift, dann war sie aus der Wohnung geflattert. Nicht mal ein Schnittchen mit Stachelbeermarmelade hatte sie gefrühstückt. Da musste sie eben gleich noch im Barista nebenan vorbeischauen und sich ein *tramezzino* einpacken lassen. Wie so oft in letzter Zeit. Allein der Gedanke daran ließ ihr Herz wie das eines verknallten Teenagers höher hüpfen. Ein Lächeln von Luigi – das fühlte sich an wie eine Frischzellenkur.

Es war bereits kurz nach halb zehn, als Rosa, einen Pappbecher mit Kaffee in der linken, ein Sandwich in der rechten Hand, die Straße entlang zu ihrem Geschäft eilte. Sie prüfte ihr Spiegelbild im Schaufenster des Ladens – die Frisur saß tadellos – und schloss auf. Sie liebte ihr kleines Porzellanparadies, und wie jeden Morgen führte ihr erster Gang in die Teeküche, um das Fenster aufzureißen. Ihren Mantel legte sie sorgsam über die Lehne eines Stuhls.

Charlotte würde sich wieder aufspulen. *Mama, wie ziehst du dich bloß an? Du bist doch keine zwanzig mehr!* Na und?

Ein Hauch Jugend stand jeder Frau, und mit siebzig ja wohl erst recht. Unter der Erde, so hatte sie sich sagen lassen, gab es keine Shops mit schicken Sachen. Als Nächstes würde sie sich mintfarbene Chucks kaufen. So wie die junge Frau, die schräg gegenüber in der Boutique arbeitete und gerne mal vor der Tür einen Schokoriegel schnabulierte.

Milde Frühlingsluft strömte herein, und Rosa atmete tief durch. Eigentlich ging es ihr heute fabelhaft, es zwickte und zwackte nirgends, sie hatte einen Bärenhunger und freute sich auf alles, was der Tag so bringen würde.

Vielleicht kam ihre Tochter mal auf die Idee und meldete sich bei ihr. Alt genug war Charlotte ja mit ihren neununddreißig Jahren, um zum Hörer zu greifen. Aber gut, die Arme hatte immer so viel um die Ohren. Die Plackerei in der Konditorei, und dann war sie ja auch noch so eine Frau Ehrenamt. Sie kümmerte sich um Demente, um Kinder im Hospiz, sie tat hier, machte dort und war ständig in den Miesen.

Rosas Vormittage verliefen zumeist ruhig. Sie trank Kaffee, aß dazu etwas und blätterte die Tageszeitung durch. Danach ging sie mit dem Staubwedel über das Porzellan und beobachtete das Treiben vor dem Schaufenster. Auf den ersten Blick passierte nicht viel. Der Verkehr floss vorüber, Passanten eilten hin und her, doch wenn man genau hinsah, konnte man in den Gesichtern der Menschen so viel mehr lesen. Liebe und Hass. Freude und Leid. Manchmal aber auch nur Erschöpfung und Müdigkeit.

Rosa gähnte. Oh ja, müde war sie auch. Weil sie selten länger als fünf Stunden am Stück schlief. Morgens stand sie am liebsten mit den Vögeln auf, abends vergnügte sie sich bis in die Puppen mit ihren Stricknadeln vor dem Fernseher, und manchmal führte sie auch imaginäre Dialoge mit Prominenten. Gestern gerade erst mit Serge Gainsbourg. Weil er an Sex-Appeal kaum zu überbieten war. Ebenfalls ganz oben auf ihrer Hitliste standen Mick Jagger und dieser wunderbare britische Schauspieler Colin Firth. Mit Letzterem hätte sie zu gerne mal ein Tête-à-tête gehabt, vorausgesetzt, sie wäre noch ein paar Jährchen jünger und ihr Hintern knackiger.

Dafür scharwenzelte der pensionierte Oberstudienrat Herr Huflander um sie herum wie der Teufel um die arme Seele. Der Mann mit dem schütteren weißen Haar stand bald jeden zweiten Tag im Laden und gab vor, ein Geschenk für seine Cousine oder Nichte, wahlweise auch für seine Tochter kaufen zu wollen. Am Ende schwatzte er jedoch bloß dummes Zeug und verließ das Geschäft, ohne auch nur einen Cent in ihre Kasse zu spülen.

Früher hatte Rosa mehr Glück mit den Herren der Schöpfung gehabt. Manche hatten ihr regelrecht zu Füßen gelegen und ihr so lange den Hof gemacht, bis sie weichgeklopft war. Die Folge: eine stattliche Anzahl Liebhaber, ein paar wenige ernsthafte Beziehungen, eine Tochter, keine Ehe.

Aber sie war auch ohne einen Ehemann gut durchs Leben gekommen. Die Schule hatte sie damals abgebrochen. Weil es so viel anderes gab, was Spaß machte. Sie hatte den Tourneebus einer Band gefahren, ganz Europa bereist, geliebt, gelebt, gelitten.

Seit nunmehr zwei Jahrzehnten war sie Inhaberin eines kleinen Porzellangeschäfts. Das schönste im Kiez. Rosa hatte Geschmack, das fand nicht nur sie selbst. Neben der Laufkundschaft hatte sie etliche Stammkunden, die zu Hochzeiten, Geburtstagen oder auch einfach mal zwischendurch bei ihr einkauften. Wozu also aufhören und sich aufs Altenteil setzen? Die Arbeit machte Spaß – und tot würde sie schließlich noch lange genug sein.

Die Türglocke ging, und Rosa ließ die Reste des Frühstücks unter dem Ladentisch verschwinden. Es gehörte sich nicht, vor der Kundschaft zu essen.

Aber es war nur der Briefträger, mit dem sie manchmal ein Schwätzchen hielt.

»Schönen guten Morgen, junger Mann!«, flötete sie, doch im nächsten Moment erstarrte sie. Aus einem Stapel Briefe und Wurfsendungen ragte ein Umschlag mit einem schwarzen Rand hervor. Lass es bitte niemanden aus der Band sein, flehte sie stumm, während sie die Post entgegennahm. Es reichte doch schon, dass Herbert tot war. Vor wenigen Monaten erst war sie auf seiner Beerdigung gewesen und hatte den Verlust längst nicht verdaut.

»Mein Beileid«, sagte der Postbote mit Blick auf die Trauersendung.

Rosa lächelte tapfer. »Schnäpschen?«

»Nein danke, bin ja im Dienst. Also, sozusagen.« Er grüßte zackig, dann verließ er übereilt den Laden.

Rosa konnte ihn nur allzu gut verstehen. An seiner Stelle wäre sie auch getürmt. Sie waren weder verwandt noch verschwägert, tranken nur ab und zu mal ein Tässchen Kaffee zusammen.

Rosa sank auf den Stuhl hinter der Kasse. Wenn es nun Kalle war, der Schlagzeuger der Band … Ganz bestimmt war es Kalle, wer auch sonst? Er hatte sein Leben lang gesoffen, wie ein Schlot gequalmt, und Drogen war er ebenfalls nicht abgeneigt gewesen. Dennoch wäre es schlimm. Der zweite Verlust nach Herbert, ihrer großen und wohl einzigen Liebe. Eine richtige *Amour fou* war das zwischen ihnen gewesen, damals in den frühen Siebzigern. Allerdings hatte sie nur ein paar Monate gedauert. Weil ihr in ihrer Naivität nicht klar gewesen war, dass eine so besondere, so leidenschaftliche Liebe nicht für die Ewigkeit gemacht ist. Nie.

Unschlüssig, was sie tun sollte, drehte sie den Umschlag in den Händen. Aber es nützte nichts, irgendwann musste sie den Tatsachen ins Auge sehen. Ihr Zeigefinger fuhr unter die Lasche, dann riss sie den Brief auf. Im Nu hatte sie ihn entfaltet und las:

Johannes Greve … nach kurzer schwerer Krankheit verstorben …

Sie ließ das Schreiben sinken. Wer zum Teufel war Johannes Greve? Sie kannte niemanden, der so hieß, und sie konnte sich auch nicht erinnern, den Namen schon mal gehört zu haben. Doch offenbar waren sie miteinander bekannt gewesen – zumindest stand sie ja wohl in seinem Adressbuch.

Weil sie nicht wusste, wohin mit dem Brief, stopfte sie ihn in die Schublade in der Teeküche, dann tat sie, als wäre nichts weiter passiert, und fuhr mit der Arbeit fort. Sie bediente Kunden, räumte neu eingetroffenes Geschirr in die Regale, doch so emsig sie auch hin und her wuselte, die Sache wollte ihr nicht mehr aus dem Kopf.

Ob dieser Johannes aus ihren wilden Zeiten stammte und sie womöglich mit ihm ins Bett gestiegen war? Früher hatten sie ja die aberwitzigsten Spitznamen gehabt. Herbert nannten alle nur Big Harry, Kalle hieß in Wirklichkeit Karl-Heinz, und der Saxofonist der Band wurde wegen seiner fülligen Backen Hamster genannt.

In einer ruhigen Minute griff Rosa zum Hörer und rief ihre Tochter an.

»Was gibt's, Mama?« Charlotte klang gehetzt.

»Nichts, mein Herzchen, ich wollte nur mal…«

»Tut mir leid, ich kann jetzt nicht. Bis heute Mittag muss diese Hochzeitstorte…«

Charlotte fluchte, und Rosa hielt den Hörer vorsichtshalber ein Stück weg vom Ohr.

»Mama?«, tönte es jetzt eine halbe Armlänge entfernt.

»Ja, mein Kind?«

»Die Marzipanbraut ist runtergefallen. Meldest du dich später noch mal?«

»Natürlich. Kein Problem.«

Rosa legte auf. Eigentlich hatte sie Charlotte auch nur angerufen, um nicht an diesen ominösen Johannes denken zu müssen. Vielleicht sollte sie den Laden kurz zumachen, um sich noch einen Espresso im Barista zu genehmigen. Espresso und Luigi hatten sie bisher noch aus jedem Tief geholt.

Entschlossen nahm sie sich zwei Euro aus der Kasse, aber just, als sie wieder hochkam, tat es einen gewaltigen Knall. Im nächsten Moment regnete es Glasscherben. Eine Bombe? Ein Flugzeugabsturz? Das war alles, was Rosa noch denken konnte, dann wurde es um sie herum schwarz.

2.

Einige Stunden zuvor

Die Zeiger des Weckers gingen gegen neun Uhr. Eigentlich viel zu früh, um aufzustehen, doch Paulina schlug die Decke schwungvoll zurück und war mit einem Satz aus dem Bett. Es würde ihr Tag werden, das spürte sie mit jeder Faser ihres Körpers. Heute würde das passieren, worauf sie die letzten Jahre hingearbeitet hatte: die erste Hauptrolle in einem Film.

Schlimm genug, dass ihre Karriere nicht eher Fahrt aufgenommen hatte. Ein Jahr lang tote Hose. Von den unzähligen Castings mal abgesehen. Das ganze Repertoire ihrer Altersklasse hatte sie rauf und runter gespielt: das naive Dummchen, die rebellische Tochter, das Mordopfer, die Prostituierte, das Psychowrack – die Reihe ließ sich unendlich fortsetzen. Wie oft hatte sie es bis in die letzte Runde geschafft, war immer ganz knapp davor gewesen, genommen zu werden, und dann hatte ihr doch eine andere den Job vor der Nase weggeschnappt. Eine, die blonder war, schöner, schlanker, dicker, hässlicher – egal was. Das machte nicht nur unglücklich, sondern auch arm. Bloß deswegen hockte sie immer noch in ihrem Kinderzimmer im Haus ihrer Eltern und wartete darauf, dass eine Schicksalsfee vorbeischaute und ein paar Glückspunkte auf ihr Lebenskonto einzahlte.

Paulinas Blick fiel in den Prinzessinnenspiegel über der Kommode. Sie war gespenstisch blass und hatte dunkle Augenränder, als hätte sie die Nacht durchgefeiert. Dabei war sie um zehn im Bett gewesen, hatte sich in die Kissen gekuschelt und nur noch ein bisschen auf ihrem Handy rumgedaddelt. Ihre Agentin Katja wollte gegen elf anrufen, um ihr Bescheid zu geben. Noch knapp zwei Stunden. Hundertzwanzig Minuten bibbern und die Aufregung mit ganz viel Kaffee wegspülen.

Paulina atmete tief in den Bauch. Einmal, zweimal, beim dritten Mal beruhigte sich ihr Herzschlag. Das Casting war doch ein voller Erfolg gewesen, ihre Angst vollkommen unbegründet. Nach dem üblichen Blabla (ich heiße Paulina Becker, bin einundzwanzig, lebe in Berlin und … Nein, ich habe kein Problem mit oben ohne, wieso denn auch, schließlich bin ich Schauspielerin …) war sie in die Rolle der Schwangeren geschlüpft, die ihr Kind im achten Monat tot zur Welt bringen musste.

Nie erlebt, macht aber nichts, hatte sie sich gesagt und drauflosgespielt. Heulend und schreiend, im nächsten Moment ruhig und in sich gekehrt.

Noch Minuten danach war es still gewesen. Unheimlich still, und Paulina hatte sich schon beschämt nach Hause trotten sehen. Vielleicht hatte sie übertrieben, zu viel Drama in die Rolle gelegt, anstatt den leisen Tönen Raum zu geben. Aber dann – und es kam ihr immer noch wie ein Wunder vor – hatten alle geklatscht. Die Castingchefin, die Regisseurin, der Kameramann, selbst der Assi mit dem Hipster-Bart. Das war nicht üblich bei Castings. Für gewöhnlich blickte man in undurchdringliche Mienen, vielen Dank, Sie hören von uns und auf Wiedersehen.

Rasch ins Bad und unter die Dusche. Paulina wollte den großen Moment nicht im Schlafanzug erleben. Bevor sie nicht angezogen war, ihre Haare zum Pferdeschwanz gebunden und sich ein paar Tropfen Etro hinters Ohr getupft hatte, fühlte sie sich bloß wie ein halber Mensch.

Während das Wasser an ihr hinabrauschte, drifteten ihre Gedanken ab. Eine laue Sommernacht. Filmpremiere. Überall Fotografen. Und sie lief in einem silbrig schimmernden Abendkleid über den roten Teppich.

»Paulina!«, kam es von allen Seiten. »Hier, Paulina, zeig dich mal!«

»Paulina, ich muss mal!«

Die Stimme, die jetzt an ihr Ohr drang, war ganz real. Ihr kleiner Bruder. Hatte er Ferien, oder warum war er noch nicht in der Schule? Paulina stellte das Wasser ab, schnappte sich das Handtuch und stieg aus der Dusche. Schon wurde die Tür aufgestoßen, und Simon schoss an ihr vorbei.

»Kannst du dich nicht mal zwei Minuten gedulden?«

»Nein!«, quäkte er und plumpste auf die Brille.

Simon auf dem Klo – das musste sie sich nicht geben, also trat sie auf den Flur.

Eine Weile stand sie unschlüssig herum und malte mit dem großen Zeh unsichtbare Muster auf die Dielen.

»Was tust du hier?« Ihre Mutter kam, einen Stapel Wäsche auf dem Arm, aus dem Keller hoch.

»Wonach sieht's denn aus?«

»Paulina, was soll das denn jetzt? Ich hab dich nur was gefragt.«

Klar, ihr Ton hätte etwas freundlicher sein können, aber

warum ließ ihre Mutter sie nicht einfach in Ruhe? Sie wusste doch, was heute anstand und dass Paulina dann immer besonders nervös war.

Mitten in die Stille klingelte ihr Handy. Um Himmels willen, wer rief denn um diese Uhrzeit schon an? Wohl kaum Katja. Und wenn doch? War das ein gutes oder ein schlechtes Zeichen?

»Willst du nicht rangehen, Paulina?« Die Stimme ihrer Mutter kam wie aus weiter Ferne.

Natürlich wollte sie das. Es blieb ihr gar nichts anderes übrig.

Ihr Herz hämmerte wie wild, als sie in ihr Zimmer eilte. Verflucht, wo hatte sie das Smartphone gestern Abend nur hingelegt? Das schrille Klingeln schien von überallher zu kommen. Sie hob das Kopfkissen hoch – nichts. Auf dem Schreibtisch lag es ebenfalls nicht. Sie sah in der Schublade nach, schaufelte einen Haufen Klamotten vom Stuhl und zog es schließlich unter einem zusammengeknüllten Schal hervor. Katjas Name auf dem Display.

Paulinas Herzschlag setzte für ein paar Takte aus, als sie ranging. »Ja?«, keuchte sie. Das Handtuch glitt an ihr hinab und drapierte sich um ihre Füße.

»Paulina?« Ihre Agentin klang wie auf Speed.

»Ja, ich bin dran.«

»Paulina«, fuhr sie eine Oktave tiefer fort. »Es tut mir so leid für dich, ich hätte es dir von Herzen gegönnt, aber die Regisseurin hat sich für eine andere entschieden.«

Ein stechender Schmerz durchzuckte Paulinas Schädel. Vielleicht fiel sie ja gleich tot um. Und irgendwie war der Gedanke sogar tröstlich.

»Paulina, bist du noch dran?«

»Klar.«

»Du sagst ja gar nichts.«

»Ist schon okay.« Nach der Anspannung der letzten Tage breitete sich eine fast wohltuende Ruhe in ihr aus. *Eine andere* … Das klang so harmlos und besiegelte doch ihr Schicksal.

»Nein, okay ist es nicht«, sprach Katja weiter. »Die Regisseurin hält dich nach wie vor für die bessere Besetzung, aber der Produzent hat seinen Willen durchgesetzt. Er meinte …« Katja lachte gekünstelt auf. »He, das ist jetzt wirklich absurd. Du bist ihm für die Rolle zu alt.«

Oh ja, das war absurd. Ihre Karriere hatte noch nicht mal richtig begonnen. Sie war einundzwanzig, und an manchen Tagen sah sie aus wie siebzehn.

»Aber ich hab ein Trostpflaster für dich«, drang es an ihr Ohr.

Einmal bei den Dreharbeiten zugucken, oder was, lag es Paulina auf der Zunge, doch sie verkniff sich die Bemerkung.

»Die Brunotte hält dich für unglaublich talentiert. Bei ihrem nächsten Film sollst du auf jeden Fall wieder bei ihr vorsprechen. Na, wie findest du das?«

»Cool. Echt cool.« Paulina wollte nur eins: auflegen. Das sinnlose Geplapper beenden, mit dem ihre Agentin sie bloß zu trösten versuchte. Jeder Dummkopf wusste, dass Regisseure nicht am laufenden Meter Filme drehten. Mit ein bisschen Glück war die Brunotte wieder in ein, zwei Jahren am Start. Bis dahin standen aber ganz andere Talente auf der Matte, und dann würde sich die Frau sowieso nicht mehr an sie erinnern.

»Kopf hoch, Paulina. Das wird schon. Ich schau gleich mal, ob neue Castinganfragen reingekommen sind.«

Katja quiekte und säuselte, eine Worthülse reihte sich an die andere, und dann stellte Paulina ihr Handy einfach aus. Ihr war plötzlich kalt. So entsetzlich kalt, dass ihre Zähne aufeinanderschlugen. Eilig griff sie nach dem erstbesten Kleidungsstück, das herumlag – es war ihr Schlafanzug –, und streifte es über. Darüber zog sie einen Schlabberpulli, der längst in die Wäsche musste.

»Willst du wieder ins Bett?« Ihre Mutter kam auf ihren Sechs-Zentimeter-Büropumps ins Zimmer gestöckelt.

Paulina schüttelte den Kopf.

»Aber warum hast du denn deinen Schlafanzug an?«

Hinter ihr tauchte Simon auf und machte Faxen.

»Weil … Ach, lass mich doch einfach in Ruhe.«

»Komm, Simon, geh mal zu Papa in die Küche. Der Kakao ist fertig.«

»Musst du nicht ins Büro?«

Paulina wusste nicht, wo sie ihre Socken gelassen hatte, und schlüpfte barfuß in die pinkfarbenen Sneakers. Eigentlich hatte sie vorgehabt, sich in diesem Frühjahr neue anzuschaffen, schwarze oder graue, weg von diesem mädchenhaften Pink. Am besten von ihrer ersten Gage, aber der Traum war ja wohl geplatzt.

»Setz dich doch mal.« Ihre Mutter hatte es sich auf dem zerwühlten Bett bequem gemacht und klopfte neben sich auf die Matratze.

»Mama, ich muss los.«

»Wo willst du denn hin? In dem Aufzug? Du hast ja noch nicht mal gefrühstückt.«

Ihre Mutter streckte die Hand nach ihr aus, und noch während Paulina willenlos aufs Bett sank, liefen schon die Tränen. Einen Moment lang fühlte es sich an wie früher.

Wenn sie sich die Knie blutig geschlagen oder eine Fünf in Mathe geschrieben hatte und ihre Mama sie tröstete. Aber jetzt war sie kein kleines Mädchen mehr. Sie war erwachsen und selbst für ihr Glück verantwortlich.

»Deine Agentin?«

Paulina nickte. Und schniefte. Und zog den Rotz hoch.

»Was hat sie gesagt?«

»Ich bin raus. Zu alt für die Rolle.«

»Zu alt?« Ihre Mutter sah sie ungläubig an. »Paulina, du bist einundzwanzig.«

»Ja, das weiß ich selbst.«

»Diese Leute vom Film ... Die kann man doch gar nicht ernst nehmen.«

»Mama! Hör auf!«

Ihre Eltern hatten überhaupt keine Ahnung. Beide arbeiteten bei der Versicherung – was wussten sie schon von der Filmbranche?

»Ich will nur nicht, dass du leidest.«

»Zu spät.« Paulina stand auf. Wo war jetzt bloß ihr Handy?

»Noch stehen dir alle Türen offen.«

»Ach ja? Welche denn?« Sie fand es auf der kleinen Kommode unter dem Prinzessinnenspiegel und steckte es in die Tasche ihrer Schlafanzughose.

»Du könntest dein Abi nachholen und studieren.« Die Augen ihrer Mutter wurden schmal. »Aber wenn du noch länger wartest, bist du wirklich bald zu alt.«

Du bist jetzt schon alt und vergeudest deine wertvolle Lebenszeit mit einem todlangweiligen Job, dachte Paulina. Mit zwei Sätzen war sie an der Tür.

»Nun lauf doch nicht gleich weg!«

»Was interessiert dich das eigentlich?«

»Ach, mein Schatz!« Ihre Mutter lächelte eine Spur mitleidig. »Hast du denn wirklich geglaubt, sie nehmen dich?«

Im Sekundenbruchteil wurde Paulina übel, und der Boden unter ihren Füßen begann gefährlich zu schwanken. Hatte ihre Mutter das tatsächlich gesagt?

»Das war doch abzusehen«, fuhr sie fort. »Es gibt Schauspielerinnen wie Sand am Meer. Die meisten sind sehr gut ausgebildet und …«

»Und du denkst, dass ich da nicht mithalten kann, oder was?«

»So habe ich das nicht gemeint.«

Oh doch, das hatte sie. Und weil Paulina es nicht ertrug, auch nur eine Sekunde länger mit ihrer Mutter in einem Raum zu sein, lief sie aus dem Zimmer, schnappte sich den Autoschlüssel, der wie üblich auf dem Sideboard im Shabby-Chic-Stil lag, und im nächsten Moment war sie draußen.

* * *

Blind vor Tränen, lenkte sie den Van durch die Stadt. Sie nahm nur selten den Wagen ihrer Eltern. Weil ihre Mutter sich immer so anstellte. Der Van könnte einen Kratzer abbekommen. Oder Paulina einen Unfall bauen. Am liebsten hätte ihre Mutter sie wohl in Watte gepackt und zu Hause eingesperrt. Immer dieser besorgte *Muss-das-denn-sein?*-Gesichtsausdruck. Wenn Paulina feiern ging und erst im Morgengrauen nach Hause kam. Wenn sie zu dick Nutella aufs Brot strich. Wenn, wenn, wenn … Doch das spielte jetzt keine Rolle mehr. Weil sie auf das alles hier sowieso keine Lust mehr hatte. Wozu eigentlich jeden Morgen aufstehen? Wozu sich aufstylen und sich Etro hinters

Ohr tupfen? Wozu Rollen lernen, zu Castings gehen und jedes Mal aufs Neue *Ich heiße Paulina Becker, bin einundzwanzig und lebe in Berlin* sagen?

Das Handy klingelte auf dem Beifahrersitz. Bestimmt ihre Mutter. Aber Paulina würde sie schmoren lassen. Ein dummer Kommentar, und wieder mal war klar geworden, was sie von ihrer Tochter hielt: nicht besonders viel. Und wenn Paulina jetzt gegen einen Baum fuhr, wen kümmerte es? Dann gäbe es eine Versagerin weniger auf der Welt. Wahrscheinlich würden ihre Eltern ein paar Tage lang weinen, doch schon bald würde ihnen aufgehen, dass es nur gut so war. Und sie würden Simon mit ihrer ganzen Liebe überschütten und ein Prachtexemplar von erfolgreichem Anwalt aus ihm machen.

Es hupte vor ihr, und Paulina ging vom Gas runter.

»Ja, du mich auch!« Sie reckte die geballte Faust in die Höhe.

Was für ein Idiot! Der hatte nicht gerade erfahren, dass er eine Null, ein Nichts, ein Niemand war.

Paulina wechselte auf die rechte Spur, fuhr mit gemächlichen vierzig Stundenkilometern und scannte die Häuser und Straßenschilder. Die Gegend sagte ihr nichts. Wo ging es aus der Stadt raus? Wo war die perfekte Landstraße, wo der perfekte Baum, um den Wagen auf hundertfünfzig zu beschleunigen und …

Abermals klingelte ihr Handy. Paulina riss den Lenker herum und kam auf dem Seitenstreifen zum Stehen.

»Tschau, Mama«, murmelte sie, dann stellte sie das Handy aus.

Irgendwo musste doch ein Stadtplan sein. Sie zog das Handschuhfach auf – Fehlanzeige. Im Zeitalter von Navis besaßen nicht mal mehr ihre Eltern einen Stadtplan.

Ihr Blick fiel auf ein Straßencafé ein paar Meter weiter; die Tür stand einladend offen. Ein letzter Milchkaffee, ein letztes Croissant – sie sehnte sich plötzlich so sehr danach, dass sie die Wagentür öffnete. Dieser kleine Moment des Glücks sollte ihr vergönnt sein, bevor sie abtrat.

Ein Mann im Alter ihres Vaters zwinkerte ihr zu, als sie, wohl nicht besonders ladylike, ausstieg.

»Ist was?« Sie konnte es auf den Tod nicht leiden, von älteren Herren angebaggert zu werden.

»Nein, Sie haben nur so hübsch gelächelt.«

Kann nicht sein, dachte sie. Ich trage einen Schlafanzug und meinen gammeligsten Pulli und bringe mich gleich um. Doch kein Wort kam über ihre Lippen.

Schon war der Mann vorüber, und Paulina blickte ihm verdutzt nach. Hatte sie wirklich gelächelt? Wenige Minuten vor dem großen Finale?

Der Duft von frischem Gebäck und Kaffee hing in der Luft, als Paulina das Café betrat.

Gleich am Tresen orderte sie ein *pain au chocolat* und einen Milchkaffee, und als das Frühstück vor ihr stand, überkam sie ein wehmütiges Gefühl. Hätte sie das in den letzten vier Jahren doch bloß öfter getan. Einfach in den Tag leben, statt sich wegen diesem und jenem aufzuregen.

Paulina genoss jeden Bissen ihrer Henkersmahlzeit. Sie leckte sich die Krümel aus den Mundwinkeln und bestellte gleich noch ein Croissant mit Aprikosenfüllung – scheiß auf die vielen Kalorien.

Nur einen Augenblick später fiel ihr ein, dass sie ja gar kein Geld dabei hatte. Nicht einen einzigen Cent.

Ihr Gedankenkarussell nahm Fahrt auf. Was jetzt? Die Zeche prellen, rausrennen und sich schnellstmöglich umbringen? Oder der Bedienung sagen, dass sie ihr Portemonnaie vergessen habe, sich aber gleich das Leben nehmen werde und sie sich wegen der Rechnung doch bitte an ihre Eltern wenden solle?

»Darf ich Sie auf einen Kaffee einladen?«

Der ältere Herr von vorhin stand wie hergebeamt hinter ihr, und Paulina spürte, dass ihr die Hitze ins Gesicht schoss. Nein, er war kein Traumtyp, immer noch nicht, aber er kam gerade im richtigen Moment.

Der Mann rieb sich den Kinnbart. »Also, darf ich?«

»Sehr gerne, vielen Dank. Und ich hatte noch ein *pain au chocolat* und ein Croissant.«

»In Ordnung. Und dann erzählen Sie mir, warum Sie noch Ihren Schlafanzug anhaben.«

Er ging zur Kasse, und Paulina nutzte den kurzen Moment, als er ihr den Rücken zukehrte, um sich rückwärts aus dem Café zu schleichen. Schnell ins Auto und den Motor anlassen.

Ihr Herzschlag beruhigte sich erst wieder, als sie längst in einem anderen Stadtteil war. Vermutlich befand sie sich irgendwo im Südwesten. Hochherrschaftliche Gründerzeitvillen säumten die mit Kastanien begrünte Straße. Nicht mehr lange, und die Bäume würden wunderschön blühen.

Sie musste an Simon denken, während sie weiter geradeaus fuhr. Was würde der Kleine nur ohne sie machen? Ja, verdammt, er hing an ihr, und sie an ihm, auch wenn sie einander oft zu Tode nervten. Sie dachte an ihre Freundin Annika, die sich bestimmt die Augen aus dem Kopf heulen würde, an ihre Agentin, an Opa Heinz und Oma Hildegard. Nie wieder würde sie Croissants essen und leckeren Milchkaffee trinken können, und auch kein dämlicher alter Typ würde sie je wieder anbaggern. Und plötzlich ging ihr auf, dass der Freitod keine Lösung war.

Bloß einen Wimpernschlag darauf bemerkte Paulina den Jungen, der sein feuerwehrrotes Rad über den Zebrastreifen schob. Verdammt, wo kam der denn jetzt auf einmal her? Sie stieg auf die Bremse, die Reifen quietschten, und der Van blieb eine halbe Armlänge vor dem Knirps stehen. Der Junge war in eine Art Schockstarre verfallen und blickte sie mit aufgerissenen Augen an.

»Tut mir leid, mein Kleiner«, flüsterte sie lautlos.

Der Junge schob weiter und war zum Glück in Sicherheit, als das Unfassbare geschah. Später hätte Paulina kaum noch zu sagen gewusst, warum sie ausgerechnet in diesem Moment in den Rückspiegel schaute, als er angeschossen kam, dieser schwarze Porsche. Er war viel zu schnell, und im nächsten Augenblick – das war vorauszusehen – würde es einen üblen Auffahrunfall geben. Und weil Paulina plötzlich alles wollte, bloß nicht sterben, gab sie Gas und riss das Steuer herum.

3.

Fabio hatte schon den ganzen Morgen über ein flaues Gefühl im Magen. Wenn er angestrengt in die Ferne guckte, flirrte es vor den Augen, und manchmal schob sich von links eine imposante Staubfluse in sein Blickfeld. Hatte es da nicht mal einen ähnlichen Fall gegeben? Ein Patient, der über haargenau dieselben Symptome geklagt hatte und kurz darauf in der Klinik verstorben war? Vielleicht verwechselte er das aber auch mit dem Mann, dessen Herz so heftig gepocht hatte – nicht weiter beunruhigend, das kannte man ja –, und der im nächsten Moment tot vom Stuhl gekippt war.

Mit achtzig Sachen, Blaulicht und Martinshorn durch die Straßen zu jagen, über rote Ampeln und Zebrastreifen hinweg, machte Fabio für gewöhnlich nichts aus, nur heute wollte er es nicht drauf ankommen lassen. Was, wenn die Fluse größer wurde? Wenn er einen Herzanfall bekam und mit dem Notarztwagen einen Unfall baute? Ungünstig. Dann würden vielleicht Menschen sterben, die unter anderen Umständen überlebt hätten.

»Komm, ich fahre«, hatte sein Kollege Ralf gesagt, als der Alarmempfänger losgegangen war. »Du siehst ja aus, als könntest du gleich selbst eine Mund-zu-Mund-Beatmung gebrauchen.« Ralf hatte gelacht, wobei das ja nun kein bisschen komisch war. Nicht auszudenken, wenn er bei einem Einsatz tatsächlich kollabierte.

Seit fünf Minuten rasten sie durch die Straßen. Die morgendliche Rushhour war bereits vorbei, der Mittagsverkehr hatte noch nicht eingesetzt.

Dennoch schwitzte Fabio Blut und Wasser. Zu seiner eigenen Unpässlichkeit kam die Angst davor, was ihn am Unfallort erwartete. So manches Mal war er in Situationen geraten, die er lieber nicht erlebt hätte. Ein blau angelaufenes Baby, ein abgerissener Finger; bisweilen waren sie auch einfach zu spät gekommen.

Ein Auto habe das Schaufenster eines Ladens durchbrochen, hatte man ihnen per Funk übermittelt. Nur die Verkäuferin sei zum Zeitpunkt des Unfalls im Geschäft gewesen, am Steuer des Wagens habe eine junge Frau gesessen. Hoffentlich war niemand tot. Und hoffentlich floss nicht zu viel Blut. Beim Anblick von Blut wurde ihm neuerdings schlecht. Ganz anders in seiner Anfangszeit als Rettungssanitäter. Damals hatte er die furchterregendsten Wunden, ohne mit der Wimper zu zucken, versorgt – das gehörte nun mal zu seinem Beruf –, und sein Steak hätte man ihm kaum blutiger servieren können.

Jetzt überkam ihn immer dieses nervöse Zittern, wenn es zum Einsatz ging. Und ohne ein Fläschchen Notfalltropfen in der Jackentasche verließ er schon gar nicht mehr die Wohnung.

»Lass das mit den Augen besser mal abklären«, sagte Ralf, als sie eine längere Strecke geradeaus fuhren.

Fabio wurde schwindelig, und er suchte am Türgriff Halt. »Wieso? Denkst du, das könnte was Schlimmes sein?«

»Nein, ganz bestimmt nicht.« Sein Kollege lachte. »Das

ist nur der Stress. Vielleicht auch eine harmlose Glaskörperabhebung.«

Fabio kramte in seinem medizinischen Fachwissen. Glaskörperabhebung – das klang alles andere als harmlos.

»Jetzt mach dir bloß nicht ins Hemd.« Ralf boxte ihn, ohne den Blick von der Straße zu lassen. »Aber ich kenn dich doch. Wenn du dir nicht von einem Facharzt bescheinigen lässt, dass da nichts ist, kommst du tagelang nicht von dem Trip runter.«

Sein Kollege hatte gut reden. Er war ja auch topfit. Obwohl er rauchte, gerne mal einen über den Durst trank und gesunde Ernährung für überbewertet hielt. Nachtschichten steckte er locker weg, und beim Tennis fegte er immer noch jeden Zwanzigjährigen vom Platz. Ralf war ein Unikum, und sterben würde er wahrscheinlich nur, weil man das eines Tages eben tun musste.

Knappe fünf Minuten später trafen sie am Unfallort ein. In dem bodentiefen Schaufenster des Porzellanladens klaffte ein Loch, und das Heck eines Vans schaute wie ein zu dicker Hintern heraus. Überall auf dem Bürgersteig Glassplitter.

Längst hatte sich eine Menschentraube gebildet und blockierte den Zugang zum Geschäft. Die Schaulustigen waren immer das Schlimmste, und manchmal waren sie auch schuld, wenn ein Mensch noch am Unfallort verstarb.

»Weg da!« Ralf war nicht gerade zimperlich und schob besonders hartnäckige Gaffer mit dem Notfallkoffer beiseite.

Fabio blieb seinem Kollegen dicht auf den Fersen. Ihm war immer noch schwindelig, und in seinem Kopf dröhnte es, als würde ein Hubschrauber zur Landung ansetzen. Der Wagen musste mit voller Wucht durch die Scheibe gekracht sein – das sah nicht gut aus. Er mochte sich kaum ausmalen, was für ein Grauen ihn dort drinnen erwartete.

Er war auf alles gefasst, als er die halb offen stehende Tür zum Laden weiter aufstieß, aber dann sah er sie: diese überirdisch schöne Frau. Sie saß inmitten von Porzellanscherben, lange blonde Haare fluteten ihr über die Schultern, und sie blickte ihn aus moosgrünen Augen an. Nie zuvor hatte Fabio so schöne und zugleich traurige Augen gesehen, so fein ziselierte Augenbrauen, so ein Blond, das ihn an wogende Weizenfelder im Sommerwind erinnerte. Er versuchte, den kitschigen Film in seinem Kopf zu stoppen, doch als ihn auch noch der Duft von Heckenrosen anwehte, hakte etwas bei ihm aus, und er konnte nur noch an Sex und Liebe, ans Heiraten und Kinderkriegen denken.

Ralf kniete bereits neben einer älteren Frau, die, halb liegend, halb sitzend, am Boden kauerte, und legte ihr die Blutdruckmanschette an. Er wies mit dem Kinn auf die junge Frau.

»Ist sie okay?«

»Logisch bin ich okay.« Die schöne Blonde stand auf – seltsamerweise trug sie eine Schlafanzughose zum Pullover –, rieb sich dann aber mit schmerzverzerrter Miene das Bein.

Endlich machte es *plopp* in Fabios Hirn, und er kam wieder in der Gegenwart an. Und die war alles andere als rosig.

»Setzen Sie sich mal hin«, sagte er und wischte mit dem Jackenärmel die Scherben von einem Stuhl. »Ich muss Sie untersuchen.«

»Nein danke!« Ihre Stimme klang schrill.

»Aber Ihr Bein ...«

»Ist völlig okay.«

Sie quetschte sich durch den Spalt zwischen Kotflügel und Regal und stieg über einen umgefallenen Porzellanhund.

»Sie bleiben jetzt mal schön hier!« Ralf sagte das in so scharfem Ton, dass sie zusammenzuckte. »Wo wollen Sie denn überhaupt hin?«

Ein paar Sekunden stand die junge Frau schwankend da, dann fuhr sie herum, das Gesicht verzerrt. »Irgendwohin, wo es nicht mehr wehtut.«

Sie wollte sich verdrücken, keine Frage, doch Fabio war schneller und stellte sich ihr in den Weg. Sie war verwirrt. Möglicherweise ein Anzeichen, dass sie sich bei dem Aufprall eine Kopfverletzung oder innere Blutungen zugezogen hatte.

»Tut mir leid, aber wir müssen Sie ins Krankenhaus bringen.«

»Nur über meine Leiche.«

»Bitte!«, sagte er und atmete ihren wundervollen Duft. »Sie könnten sich ernster verletzt haben, als Sie glauben.«

»Na und? Ist doch meine Sache.«

Ralf löste sich von der alten Dame, die er auf einen Stuhl verfrachtet hatte, und eilte herbei. »Mir reicht es jetzt langsam mit Ihnen. Sie hätten fast diese Frau umgebracht. Da können Sie nicht einfach abhauen.«

Ihre schmalen Schultern sackten in sich zusammen, dann krümmte sie sich wie unter Schmerzen. »Aber Sie rufen nicht die Polizei, oder? Bitte nicht!« Sie blickte erst Ralf, dann Fabio flehend an. »Meine Eltern bringen mich um.«

»Das ist mir offen gestanden ziemlich egal.« Ralf packte sie am Arm und zog sie zurück in den Laden.

»Sagen Sie mal, was haben Sie sich eigentlich dabei gedacht?« Die ältere Dame blickte dem Mädchen mit zusammengekniffenen Augen entgegen. »Oder sind Sie betrunken?«

Statt einer Antwort lachte die junge Frau auf, schrill und immer schriller, bis sie jäh verstummte, Fabio aus glasigen Augen ansah und im nächsten Moment in Tränen ausbrach. Und er wünschte sich nichts sehnlicher, als sie einfach in seine Arme zu schließen, und alles wäre für immer gut.

4.

Die dreistöckige Hochzeitstorte aus geschichteter Buttercreme war auf den letzten Drücker fertig geworden. Die Auftraggeberin hatte sich neben den obligatorischen Brautpaar-Figürchen handmodellierte Pfingstrosen gewünscht, was Charlotte einiges abverlangt hatte. Doch jetzt stand die Torte, hübsch in einem weiß-mint gestreiften Karton mit passender Schleife verpackt, in der Backstube und musste nur noch ausgeliefert werden.

Charlotte erledigte das am liebsten selbst; nur so konnte sie sicher sein, dass die Bestellung auch heil ankam.

»Reni, ich bin dann mal kurz weg!«, rief sie in den Verkaufsraum der Konditorei und streifte ihre Bikerjacke über. Die Jacke war ihr ganzer Stolz. Sie hatte das Kleidungsstück, das angeblich mal einem Rockmusiker gehört hatte, vor ein paar Jahren in einem Secondhandladen erstanden.

Gerade wollte sie sich die Autoschlüssel schnappen, als ihr Handy klingelte.

»Kirchner?« Das Mobiltelefon untergeklemmt, suchte sie nach ihrer Tasche.

Der Mann am anderen Ende der Leitung klang wie eine bekannte Synchronstimme. Ziemlich lässig. Doch er war von der Polizei, und das, was er sagte, war alles andere als lässig. Angeblich hatte ihre Mutter einen Autounfall gehabt.

»Aber das kann nicht sein. Meine Mutter war vorhin noch im Laden, und während der Geschäftszeiten geht sie eigentlich nicht raus. Und sie fährt auch nirgendwo hin.«

»Ein Auto hat das Schaufenster ihres Geschäfts durchbrochen.«

»Sie machen Witze.«

»Leider nicht. Eine junge Frau hat beim Gasgeben das Lenkrad herumgerissen. Und dann die Kontrolle verloren.«

Er sagte noch mehr, nämlich, dass sie an der Ampel vor dem Laden beinahe gerammt worden sei, aber Charlotte hörte bloß mit halbem Ohr hin. Ihr Puls raste. Nein, der Mann scherzte nicht, das war nun auch ihr endlich klar. Ihr Blick fiel auf den Karton, der so dringend ausgeliefert werden musste, und sie fragte: »Ist meiner Mutter etwas passiert?«

»Ein Rettungswagen bringt sie gerade ins Krankenhaus.«

»IST IHR WAS PASSIERT?«

»Tut mir leid. Mehr kann ich Ihnen im Moment nicht dazu sagen.«

Charlotte ließ sich die Adresse geben, sie fand ihre Tasche neben der Toilettentür, dann nahm sie den Karton und eilte nach draußen.

* * *

Ein schier endlos langer Krankenhausflur. Charlottes Sohlen quietschten auf dem Linoleumboden, das Neonlicht blendete ihre empfindlichen Augen, und es roch nach Desinfektionsmitteln.

Station zwei, Zimmer vierundzwanzig. Sie holte tief Luft, dann nahm sie all ihren Mut zusammen und klopfte.

»Ja?«, tönte es ziemlich munter von drinnen, und Charlotte fiel eine Zentnerlast vom Herzen. So schlimm konnte es also nicht um ihre Mutter stehen.

»Mama, was machst du bloß für Sachen!«, rief sie statt einer Begrüßung.

Rosa lag in einer modischen Mustermix-Hose und in einer cremefarbenen Oversize-Tunika auf dem Bett, die cognacfarbene Kelly Bag auf den Knien, und biss in einen Keks. Ihre Stirn war mit mehreren kleinen Pflastern beklebt.

»Ich mache überhaupt keine Sachen, aber das Mädchen da.« Sie wies mit dem Kinn neben sich.

Erst jetzt bemerkte Charlotte die junge blonde Frau im Nebenbett. Sie trug einen karierten Schlafanzug, verschiedenfarbige Socken und starrte apathisch vor sich hin.

»Hallo.« Charlotte hob zaghaft die Hand und lächelte in ihre Richtung, doch sie reagierte nicht.

»Komm mal her, Lotte.« Rosa winkte sie zu sich, dann sagte sie gedämpft: »Die Kleene hat irgendeine Macke. Oder was bei dem Unfall abbekommen. So genau weiß man das nicht.«

Charlotte zog einen Stuhl heran und setzte sich. »Und du? Wie geht's dir? Was ist mit deiner Stirn passiert?«

»Nur ein paar Glassplitter. Nicht weiter schlimm.«

»Dann kann ich dich gleich mitnehmen?«

Ihre Mutter legte den angebissenen Keks auf dem Beistelltisch ab. »Sie wollen mich noch untersuchen. Vielleicht tanzt auch noch die Polizei an und nimmt den Fall auf.« Mit gekrauster Stirn fügte sie hinzu: »Wegen des Schadens. Bin ja mal gespannt, wer den bezahlt. Alles ist kaputt. Sogar der schöne Porzellandalmatiner.«

Was für ein Desaster! Ihre arme Mutter! Sie hatte nicht nur sämtliche Ersparnisse, sondern auch ihre ganze Liebe in den Laden gesteckt. Er war doch ihr Baby, alles, was sie noch am Leben erhielt.

»Mach dir keine Sorgen, Mama.« Charlotte tätschelte Rosas Hand. Und dann sagte sie etwas, woran sie selbst kaum glaubte. »Das wird sich alles finden.«

»Nein, Lotte. Ich bin ruiniert. Den Laden von früher gibt es nicht mehr. Und es wird ihn auch nie wieder geben.« Sie wandte den Kopf zur Seite. »Aber der jungen Dame da ist das anscheinend völlig schnuppe.«

Der Blick des Mädchens flackerte nervös, dann schlug es die Decke beiseite und sprang mit leidender Miene aus dem Bett. »Ich hab mich doch entschuldigt. Aber ich kann's ja nun auch nicht mehr rückgängig machen. Oder soll ich Ihren Dalmatiner vielleicht zusammenkleben?«

Die junge Frau humpelte barfuß durchs Zimmer, im nächsten Moment schlug die Tür krachend hinter ihr zu.

»Von wegen Entschuldigung. Keinen Ton hat sie gesagt.«

»Mama! Sie ist dir bestimmt nicht mit Absicht ins Geschäft gefahren.«

Ihre Mutter sank ermattet in die Kissen. »Lotte, bist du so lieb und bringst mir ein paar Sachen? Nur für den Fall, dass ich über Nacht bleiben muss.«

Charlotte nickte und sah im Geiste ihre schöne Buttercremetorte in der Wärme des Kofferraums zerfließen.

»Du weißt ja, wo du alles findest. Nachthemd, Waschsachen, Kosmetik.« Rosa griff nach ihrer Handtasche und nahm den Haustürschlüssel raus. »Hast du überhaupt Zeit?«

»Ja. Geht schon.«

»Auch, um noch mal schnell im Laden vorbeizufahren?«

Nein, sie hatte keine Zeit! Nicht mal eine Minute! Doch sie sagte: »Klar, Mama.«

»Die Polizei hat den Eingang abgeriegelt, und die Kasse ist auch sichergestellt. Aber im Prinzip kann ja trotzdem Hinz und Kunz reinspazieren und sich meine privaten Sachen rausholen. In der Teeküche …«, sie senkte die Stimme, als würde sie gleich ein Staatsgeheimnis verraten, »… wenn du vor der Kaffeemaschine stehst … ungefähr auf Kniehöhe … da ist eine Schublade. Weißt du?«

Charlotte nickte.

»Unter irgendeinem Stapel liegt eine Mappe, schwarz, nein, dunkelgrau … mit Kontoauszügen, Passwörtern und so weiter. Kannst du dir das merken?«

»Natürlich, Mama!«

»Und eine Traueranzeige«, fuhr sie fort.

Charlotte erschrak. »Wer ist gestorben? Du hast mir ja gar nichts gesagt.«

»Niemand. Die Anzeige ist auch erst heute Morgen mit der Post gekommen.«

»Wenn niemand gestorben ist, gibt es auch keine Anzeige.«

»Du kennst ihn sowieso nicht. Und die Trauerfeier war auch schon.«

»Ehrlich?«

»Ja, ehrlich.« Rosas Blick irrte verloren durchs Krankenzimmer. »Ich kenne ihn ja selbst nicht.«

Und das sollte sie ihrer Mutter glauben? Sie war ja schon immer etwas überkandidelt gewesen, aber jetzt im Alter drehte sie erst richtig auf.

Charlotte rückte näher ans Kopfende heran. »Wenn es mein Vater wäre, würdest du es mir doch sagen, oder?«

Ein gurgelnder Laut kam aus Rosas Kehle, dann ein entrüstetes »*Lotte!*«. Und noch eins, wohl, um dem Ganzen einen gewissen Nachdruck zu verleihen.

»Würdest du?«

»Er ist nicht dein Vater, verstanden?«

»Aber wenn du gar nicht weißt, wer mein Vater ist, wie kannst du dir da so sicher sein?«

»Weil … herrje, ich weiß es eben! Ach, mein Herzchen.« Rosa tätschelte ihr die Wange, als wollte sie sagen: Reiche ich dir denn nicht?

Und Charlotte beließ es dabei. In ihrer rebellischen Phase, so mit fünfzehn, sechzehn, hatte sie auf Biegen und Brechen ihren Erzeuger kennenlernen wollen und von ihrer Mutter eine Liste mit all ihren Verflossenen verlangt. Sie hatte auch eine bekommen. Aber dort standen nur drei Namen: Togo, Helmchen und Shorty. Keine Nachnamen, nichts. Und abgesehen davon, dass nicht mal bei Facebook jemand dabei war, der auf Rosas vage Beschreibung hätte passen können, kaufte sie ihrer Mutter die drei spärlichen Liebhaber auch nicht ab. Rosa hatte früher hinreißend ausgesehen. Eine Art Audrey Hepburn mit Kurven. Und sie hatte es ordentlich krachen lassen. Kaum volljährig, war sie mit ihrer mittlerweile verstorbenen Freundin Bärbel kreuz und quer durch Europa getrampt. In Andalusien hatte sie Flamenco gelernt, in Italien bei der Weinernte geholfen, sie war mit einer Band umhergefahren und hatte auf einem Kreuzfahrtschiff als Servicekraft angeheuert. Bei einer ihrer abenteuerlichen Unternehmungen war Rosa dann schwanger geworden. Vielleicht war es ja auf See passiert, und Charlottes Vater, von dem sie augenscheinlich die roten Haare und die robust-athletische Figur geerbt hatte, war Matrose oder Kapitän gewesen. Vielleicht auch ein Pirat mit Augenklappe – so hatte sie sich das in ihrer Kindheit ausgemalt.

»Okay, Mama. Ich beeile mich. Muss nur noch schnell eine Torte ausliefern.«

»Lass dir ruhig Zeit, mein Kind. Ich kann ja eh nichts tun – außer hier blöd rumliegen.«

Eilig durchquerte Charlotte das Krankenzimmer – die Zeit drängte –, da flog die Tür auf, und sie stieß mit einem Mann zusammen. Er war sehr groß, sehr schlank und sehr dunkelhaarig.

»Verzeihung.« Sie taumelte einen Schritt zurück.

»Nein, mir tut es leid«, erwiderte er. »Ich hätte klopfen sollen.«

Charlotte sagte nichts. Sie war zu verwirrt, um etwas zu sagen.

»Momentchen mal!«, tönte ihre Mutter. »Sie sind doch der Sanitäter vom Unfallort. Das sind Sie doch, oder?«

Der Mann nickte, und ein verlegenes Lächeln schlich sich in sein Gesicht.

»Wenn Sie mich in eine Röhre schieben wollen, dann sag ich Ihnen gleich: Da mach ich nicht mit!«

»Keine Sorge. Dafür bin ich gar nicht zuständig.«

Statt endlich zu verschwinden und zu tun, was zu tun war, stand Charlotte wie angewurzelt da. Irgendetwas an dem Mann gefiel ihr. Er war zwar nicht im klassischen Sinne schön, aber markant. Kantige Gesichtszüge, die Augen dunkel wie Bitterschokolade, dazu ein schüchternes Lächeln – eine umwerfende Kombination. So einer würde die Frau seines Herzens ganz sicher auf Händen tragen, ein Leben lang.

»Die junge Frau …« Er deutete auf das leere Bett. »Wo steckt sie denn?«

Rosa setzte sich aufrecht hin und strich ihre Tunika glatt. »Falls Sie das Fräulein meinen, das in meinen Laden gebrettert ist … Sie ist gerade abgezischt. Soll ich ihr was ausrichten, falls sie zurückkommt?«

Der Sanitäter hielt ein grün schillerndes Smartphone hoch. »Ich glaub, das gehört ihr.«

»Gut, das kann ich ihr dann ja geben.« Rosa wedelte bestimmend mit der Hand.

»Vielen Dank, aber das mache ich lieber selbst.«

»Na, hören Sie mal, trauen Sie mir etwa nicht über den Weg?«

Doch schon öffnete der Mann die Tür und hielt sie beim Hinausgehen Charlotte auf.

»Also, bis später, Mama.«

Sie huschte hinter dem Sanitäter auf den Flur. Der Hauch eines orientalischen Duftes wehte sie an.

»Sie hätten meiner Mutter das Handy ruhig geben können.« Schöne Unterarme hatte er auch noch. Muskulös und zart gebräunt. »Der Unfall hat ihr ziemlich zugesetzt. Sie ist sonst gar nicht so.«

Der Sanitäter nickte, dann eilte er ohne ein weiteres Wort davon. Und Charlotte schimpfte sich eine Idiotin, ihn nicht ins Gespräch verwickelt zu haben. Wegen seiner Augen, seiner Unterarme, seines Geruchs – einfach wegen allem.

* * *

Eine quäkende Stimme drang in Rosas Bewusstsein, und sie schlug die Augen auf.

Träumte sie?

War die Stimme real?

Sie wandte den Kopf zur Seite und sah eine platinblonde Frau mit Hochsteckfrisur sowie einen Mann mit schütterem Haar am Nebenbett sitzen.

Herrje, sie lag ja im Krankenhaus! Dieser vermaledeite Unfall war tatsächlich passiert. Ihr schöner Laden. Alles Schutt und Scherben.

Die kleine Blonde war zurück. Bockig verschränkte sie die Arme vor der Brust, während ihre Mutter auf sie einredete. Eine Gardinenpredigt vom Feinsten. Rosa bekam schon fast Mitleid mit dem Mädchen.

»Katrin.« Der Mann stieß seine Frau an und wies mit dem Kinn in Rosas Richtung.

Die Frau drehte sich zu ihr um. Sie hatte ein apartes Gesicht mit einer filigranen Nase und wachen blauen Augen.

»Verzeihung«, sagte sie. »Haben wir Sie geweckt?«

Rosa winkte müde ab. »Nein. Ja. Egal.«

»Wir sind Paulinas Eltern«, meldete sich der Mann zu Wort. »Es tut uns ausgesprochen leid, dass das passiert ist.«

»Na, Hauptsache, wir sind noch unter den Lebenden, nicht wahr?«, entgegnete Rosa. »Also, die Kleene und ich.«

Ihr Blick fiel auf den angebissenen Keks auf dem Beistelltisch, und sie schob ihn sich in den Mund. Ganz schön Kohldampf hatte sie mittlerweile.

»Wegen des Schadens brauchen Sie sich keine Sorgen zu machen. Paulina ist bei uns mitversichert. Es müsste schon mit dem Teufel zugehen …«

Die Frau stieß ihren Mann an. Ziemlich ruppig für Rosas Geschmack, aber der Gatte gehorchte aufs Wort und verstummte.

»Ich hoffe, Sie haben sich keine ernsthaften Verletzungen zugezogen«, quäkte die Frau wieder und schickte mit ihren zuckenden Augenbrauen eine stattliche Anzahl an Fragezeichen hinterher.

»Halb so wild. Nur ein paar Kratzer. Aber wir sollen ja

noch untersucht werden.« Rosa sah auf die Uhr. »Die lassen sich allerdings ganz schön viel Zeit.«

»Kennt man ja.« Ein Lächeln, giftig süß wie Berliner Weiße mit Waldmeister, glitt über das Gesicht der Blondierten. »Wenn man nicht halb tot ist, muss man in Krankenhäusern immer warten.«

Sie sagte noch mehr, ereiferte sich über die schlimmen Zustände, über unfähige Ärzte, und Rosa wünschte, der Mann würde jetzt mal seine Frau anrempeln, damit sie endlich die Klappe hielt. Rosa wollte trauern. Nicht um diesen Johannes Greve, den sie immer noch nicht einzuordnen wusste, sondern um ihr Geschäft, dieses Sammelsurium an modernem Porzellan, Antiquitäten, Kitsch und schnuckeligen Lieblingsstücken. Kein Geld der Welt würde aus ihm je wieder das machen können, was er mal gewesen war. Ihr Laden war mausetot. So, wie auch Johannes Greve mausetot war. Daran gab es nichts zu rütteln.

Die Frau mit der unsympathischen Stimme war nicht zu bremsen. Sie zeterte und lamentierte, während sich das Mädchen mehr und mehr wie ein Embryo zusammenkauerte. Offenbar hatte es am Morgen einen Eklat gegeben – worum es genau gegangen war, konnte sich Rosa nicht zusammenreimen –, woraufhin sich das junge Ding die Autoschlüssel der Eltern geschnappt und abgehauen war. Zielstrebig Richtung Rosas Laden. Es gab ja auch sonst keine Schaufensterscheibe, die sie hätte ansteuern können.

»Diese Schauspielerei«, sagte die Mutter laut und vernehmlich, »das war doch von Anfang an eine Schnapsidee.«

»Klar, ihr wisst natürlich alles besser.«

»Manche Dinge schon.«

»Jetzt bitte nicht wieder die alte Geschichte.« Das Mädchen stöhnte.

»Oh doch«, sagte der Vater. »So kurz vor dem Abi die Schule hinzuschmeißen … Das war einfach dumm von dir.«

Das Mädchen erwiderte nichts, pflückte nur unsichtbare Fussel von der Bettdecke.

»Paulina.« Der Vater atmete schwer aus. »Probier's doch einfach mal aus. Mach ein Praktikum bei uns.«

»Und wozu soll das gut sein?«

»Um festzustellen, dass es bei der Versicherung gar nicht so dröge zugeht, wie du immer glaubst.«

»Ich will aber nicht zur Versicherung! Kapier's endlich!«

»Warum eigentlich nicht? Nenn mir einen einzigen plausiblen Grund.«

»Weil …«, ihre Hände gerieten in Fahrt und wirbelten durch die Luft, »weil das alles Abzocker sind!«

Für einen Moment war es beklemmend still. Dann sagte der Vater, leise auf die Bettdecke trommelnd: »So, so. Wir sind also deiner Meinung nach Abzocker. Prima, dass ich das auch mal erfahre. Und schön, dass du all die Jahre von Abzockern Geld genommen hast.«

»Schatz, lass sie.«

»Nein, das soll sie ruhig näher erklären. Wir sind also Abzocker.«

Das Mädchen, das Rosa mit jedem Augenblick sympathischer wurde, richtete sich auf. »Ganz genau. Weil ihr den Leuten für eine Provision jeden Mist aufschwatzt.«

»Also, das lass ich mir nicht bieten.« Der Mann strich sich das spärliche Haar zurück, stand auf und ging mit langen Schritten zur Tür. »Du kannst froh sein, dass es Versicherungen gibt, Madame. Sonst wärst du jetzt auf Lebenszeit verschuldet. So sieht's aus. Schönen Tag noch.«

Die Tür flog zu, und nachdem die Blondierte noch ein paar versöhnliche Plattitüden gequäkt hatte und dem Abzocker-Vater schließlich hinterhergeflattert war, applaudierte Rosa.

Das Mädchen namens Paulina mochte etwas dreist sein, aber es gefiel ihr, wie sie ihren Eltern Paroli geboten hatte.

»Häh?«, machte sie.

»Häh, was?«, gab Rosa zurück.

»Wieso haben Sie geklatscht?«

»Weil ich mich auch nicht zur Versicherungstante ausbilden lassen würde, wenn ich Schauspielerin wäre.«

Die Kleine zuckte gleichgültig mit den Schultern.

»Du bist tatsächlich Schauspielerin?« Rosa krächzte gegen einen hartnäckigen Frosch im Hals an. »Darf ich dich überhaupt duzen?«

»Erfolglose. Und ja, Sie dürfen mich duzen.« Sie blickte auf, und ihre babyglatte Stirn war leicht gekraust, als sie murmelnd hinzufügte: »Tut mir übrigens wirklich leid.«

»Mhm«, machte Rosa. Vielleicht lagen in diesem *Mhm* noch ein paar Zweifel, denn die Kleine beteuerte: »Ich wollte das wirklich nicht. Das müssen Sie mir glauben.«

Und dann erzählte sie von dieser unglücklichen Verkettung der Ereignisse. Angefangen bei der Absage am Morgen, über ihre feste Absicht, sich das Leben zu nehmen, bis zu dem Moment, als der schwarze Porsche von hinten angerast gekommen war. Der Rest war Rosa ja durchaus bekannt. Dieser Knall wie bei einer Explosion. Und als sie wieder zu sich gekommen war, hatte die Schnauze eines Wagens im Schaufenster ihres Ladens gesteckt.

»Ich hab wirklich gedacht, ich bin tot«, sagte Paulina leise. »Und dass sich so das Jenseits anfühlt.«

»Wie hat es sich denn angefühlt?« Das interessierte Rosa jetzt wirklich brennend.

»Keine Ahnung. Irgendwie leer und kalt. Ich konnte keinen klaren Gedanken fassen. Und ich hab mich so nach Simon gesehnt.«

»Dein Freund?«

»Mein kleiner Bruder.«

Paulina starrte an die Decke, dann bebten ihre Schultern, und Tränen liefen ihr übers Gesicht.

Rosa zögerte nicht lange, kraxelte aus dem Bett und setzte sich zu dieser völlig Fremden, die gerade ihre Existenz zerstört hatte. Sie tätschelte ihren Arm und sagte: »Pscht, alles gut, mein Mädchen. Du lebst ja noch. Wir beide leben noch. Das ist doch wundervoll! Du wirst noch viele Tassen Milchkaffee in deinem Leben trinken können. Und bestimmt auch die eine oder andere großartige Rolle bekommen.«

Rosa wusste nicht, wie lange sie so dasaßen, aber irgendwann versiegte der Tränenfluss der Kleinen, und Rosas Magen begann lautstark zu knurren.

»Ich könnte jetzt einen ganzen Bären samt Fell und Tatzen verdrücken«, sagte sie, als sie wieder unter ihre Decke schlüpfte. Außer einem trockenen Keks und einer Tasse Tee hatten sie bisher nichts in den Magen bekommen.

Paulina schnäuzte sich. »Oh, ich auch. Soll ich mal fragen, wann es etwas zu essen gibt?«

»Das wäre ganz zauberhaft, junge Dame.«

Die Kleine schwang ihre langen Modelbeine aus dem Bett, da klopfte es, und die Tür flog auf. Der Sanitäter mit der markanten Nase und den Knopfaugen, der Rosa nicht über den Weg traute. Schon wieder. Nur hatte er leider nichts zu futtern dabei.

»Hallihallo!«, flötete er und wurde, während er Paulina anplierte, tomatenrot.

»Hallihallo«, echote Rosa.

Paulina blieb auf der Bettkante sitzen und taxierte den Mann. »Sie sind doch der Typ vom Unfallort heute Morgen.«

»Ganz richtig.« Er schwenkte das grüne Handy und schickte Paulina ein charmantes Lächeln. »Gehört das Ihnen?«

Paulina tastete ihren Schlafanzug ab. »Shit, ja.«

Sie sprang auf, rannte den Sanitäter fast um, als sie ihr Smartphone an sich riss. Dann streichelte sie es mit dem Zeigefinger, als wäre es ein kleines Haustier. So etwas brachten wohl auch nur Leute ihrer Generation fertig.

»Wie geht es Ihnen? Gut?« Der arme Kerl. Seine Gesten waren hölzern, seine Aussprache verwaschen. Und rot war er auch immer noch.

»Ja, gut. Ich hab nur einen Mordshunger.« Paulina deutete auf Rosa, die das Schauspiel, halb gequält, halb amüsiert, verfolgte. »Sie auch. Wieso kommt hier eigentlich niemand und bringt uns was zu essen?«

»Ich bin ja nur der … äh … Rettungssanitäter, aber ich frag mal draußen nach.«

Es dauerte keine fünf Minuten, und der Mann war mit zwei belegten Schrippenhälften zurück.

»Abendbrot gibt es erst in einer halben Stunde«, erklärte er. »Aber vielleicht stillt das ja den ersten Hunger.«

»Oh, wie nett von Ihnen!«, rief Rosa. »Sie sind ja mal ein Kavalier.«

Der Mann lächelte geschmeichelt, heftete seinen Blick jedoch sogleich wieder auf Paulina, die sich weniger überschwänglich bedankte. Um genau zu sein, bedankte sie sich gar nicht, sondern hackte gleich ihre hübschen Beißerchen in das Brötchen, kaute und ächzte, während der Sanitäter nicht seinen Blick von ihr lassen konnte. Alles klar. Er hatte Feuer gefangen. Aber so was von.

»Da ist aber jemand ziemlich verschossen in dich«, sagte Rosa, als sie kurz darauf wieder allein waren.

»Wie, was?« Paulina lag auf dem Bauch und schaute Rosa durch ihre Armbeuge hindurch an.

»Der junge Mann.«

»Welcher junge Mann?«

»Himmelherrgott, der, der gerade hier war!«

»Sie meinen unseren Lebensretter?«

»Ja, genau den.«

»Aber der ist doch ein alter Sack.«

»Mit wunderschönen Knopfaugen.«

»Das macht aus dem alten Sack auch keinen knackigen Typen.«

»Also, ich muss ja wohl sehr bitten. Wenn der Sanitäter ein alter Sack ist, befinde ich mich schon im Jenseits.«

»Sorry.« Ein engelhaftes Lächeln glitt über Paulinas Mädchengesicht. »So hab ich das natürlich nicht gemeint. Aber für mich ist er eben schon ein älteres Semester.«

»Immerhin scheint er dich nicht zu jung zu finden, um dich anzuhimmeln. Vorhin war er schon mal hier, aber er wollte dir das Handy unbedingt persönlich geben.«

»Und wenn schon. Mich interessieren Männer im Moment sowieso nicht. Weder junge noch alte. Hab echt andere Sorgen.«

»Deine Eltern?«

»Ach, die …« Ihr Kopf verschwand unter den gekreuzten Armen. »Mein ganzes Leben ist gerade einfach nur … ein Desaster.«

»Du bist jung, Schätzchen. Du hast noch alle Möglichkeiten.«

Ein missbilligender Zischlaut kam aus Paulinas Kehle.

Rosa suchte eine bequemere Position, um das, was sie zu sagen hatte, mit Nachdruck vortragen zu können. Sie ruckelte hin und her, dabei fielen ein paar Krümel zu Boden. Schließlich setzte sie sich auf die Bettkante und ließ die Füße baumeln. »Jetzt hör mir mal gut zu, junge Dame.«

Das Mädchen rollte sich auf die Seite und stützte den Kopf mit der Hand ab. »Was?«

»Bei deinen Eltern gebe ich dir recht. Die sind …« Grässlich, dachte sie, sprach das vernichtende Adjektiv jedoch nicht aus.

»Anstrengend, peinlich, spießig?«, half Paulina ihr auf die Sprünge.

»Ja, von mir aus. Aber du bist jung und gesund. Du kannst mit deinem Leben anfangen, was du willst.« Rosa prüfte mit einem Seitenblick, ob ihre Worte das Mädchen auch erreichten. »Ja, ich weiß, dir kommt nichts anderes als die Schauspielerei in die Tüte. Gut, dann ist das eben so. Dann musst du weiter an dir arbeiten und dich in Geduld üben. Geduld ist überhaupt das Zauberwort. Geduld und auch eine gewisse Portion Hartnäckigkeit.«

Rosa erwartete, die Kleine werde sich wie bei ihren Eltern aufplustern, doch sie rollte sich zur Schnecke zusammen und brummte: »So, so.«

»Genau. So, so. Und jetzt will ich kein Gejammer mehr hören«, schloss Rosa ihren Vortrag.

Eine Weile war es still, nur das Gezwitscher der Vögel war durch das gekippte Fenster zu hören, ein wunderschönes Konzert, das Rosas Laune Auftrieb gab. Irgendwann später kam die Schwester mit dem Abendbrot und stellte es auf dem kleinen Ecktisch ab. Auf Rosas Frage, was denn nun mit den Untersuchungen sei, erklärte sie, da werde heute wohl nicht mehr viel passieren.

»Na, fabelhaft.« Rosa seufzte.

»Ist doch jetzt auch schon egal«, meinte Paulina und stieg aus dem Bett. »Wär nur blöd, wenn Sie schnarchen.«

»Ich schnarche nicht.«

Das Mädchen grinste. »Aber ich vielleicht.«

Rosa verschwand kurz mit ihrer Handtasche im Bad, dann machten sie sich ausgehungert über das Abendbrot her. Es gab zwei Sorten Brot, eine Scheibe Käse, eine Scheibe Wurst, einen Früchtejoghurt und – der Gipfel aller kulinarischen Genüsse – Früchtetee. Wie anno dazumal in der Jugendherberge. Paulina hatte gute Tischmanieren, das war doch schon die halbe Miete, befand Rosa, und weil sie der Meinung war, die junge Dame könne ruhig etwas mehr auf die Rippen bekommen, bot sie ihr ihre zweite Scheibe Brot und den Joghurt an.

Die Kleine bedankte sich, und während sie bedächtig den Joghurtdeckel abzog, fragte sie: »Und was ist mit Ihnen?«

»Wie meinst du das?«

»Na ja… Sie haben gesagt, ich bin jung, gesund und kann mit meinem Leben anfangen, was ich will.«

»Ganz richtig.«

»Heißt das dann …« Sie zögerte. »Sie sind alt, krank und können nichts mehr mit Ihrem Leben anfangen?«

Rosa schwieg. Ihre Schultern hoben und senkten sich. Was sollte sie darauf nur sagen? Das waren intime Dinge, die niemanden etwas angingen.

»Gut, ja, ich bin alt«, räumte sie schließlich ein. »Aber krank … also, nicht dass ich wüsste.« Sie schielte auf ihre Kelly Bag, in der sich alles Wichtige befand, um ihre Wehwehchen in Schach zu halten. »Und ich kann auch noch jede Menge Neues in meinem Leben anfangen.«

Erneutes Schweigen. Und Joghurt-Löffeln. Paulina musterte sie neugierig. Was für schöne Augen die Kleine hatte! In einem Grünton, der Rosa an die Kanäle Venedigs erinnerte.

»Und was?«, fragte das Mädchen nach.

»Och, alles Mögliche. Zum Beispiel … Bungee-Jumping!«

Das Mädchen kicherte. »Cool. Bin dabei.«

»Jetzt lass uns aber mal über dich und deine Schauspielkunst reden«, wechselte Rosa das Thema.

»Oh, Sie sagen Kunst dazu?«

»Was denn sonst? Schätzchen, die Schauspielerei ist auf jeden Fall Kunst. Du musst dir doch eine völlig fremde Person einverleiben. Ihr Leben einhauchen. Das stelle ich mir ziemlich schwierig vor.«

Paulina nickte, und ihre Augen leuchteten. Es war eine Kunst, die sie augenscheinlich ganz und gar erfüllte.

»Warst du auf einer Schauspielschule?«

»Ja, aber nur auf einer privaten. Die staatlichen wollten mich nicht.«

»Wie du das sagst! Nur auf einer privaten. Weißt du, was dein Problem ist? Wovon andere zu viel haben, hast du zu wenig: Selbstbewusstsein. Mach dich nicht so klein! Ich wette, du spielst fabelhaft.«

»Vielleicht. Nur was nützt das, wenn man mich nicht lässt.«

Rosa bat sie, ihr mehr von der Schauspielerei zu erzählen, und nach und nach geriet die Kleine richtig in Fahrt. Sie erzählte, wie sie sich auf eine Rolle vorbereitete, welche Zweifel sie dabei oft überkamen und wie viel Freude es ihr bereitete zu spielen.

Rosa überlegte, ob es auch für sie etwas gab, das sie so rasend glücklich machte. Abgesehen von ihrem Laden, ihrem ehemaligen kleinen Paradies, das sie in den letzten Jahren über den schnöden Alltag hinweggerettet hatte. Und dann musste sie sich eingestehen, dass da nicht viel war. Espressotrinken im Barista war eine hübsche, aber nicht abendfüllende Betätigung. Und dieser Huflander ging ihr sowieso nur auf den Geist. Charlotte? Ja, natürlich liebte sie ihre Tochter über alles, doch die hatte ihr eigenes Leben, und Enkel waren auch nicht in Sicht. Das ganz große, ja berauschende Glück gehörte der Vergangenheit an. Das hatte sie nur in ihren Zwanzigern erlebt. Als sie mit dem Tourneebus und mit ihren Jungs umhergefahren war, ohne fließend Wasser, ohne jeden Luxus. Ihr Luxus war ein anderer gewesen. Die Musik, die Liebe zu den Männern, vor allem aber dieses Gefühl unbändiger Freiheit und dass noch alles im Leben möglich war.

»Hören Sie überhaupt zu?« Paulina faltete den Joghurtdeckel zu einem kleinen Fantasietier.

»Na sicher!«

Das Mädchen gackerte los. »Sie haben an einen Lover von früher gedacht, richtig? Und an heißen Sex. Geben Sie's zu.«

Rosa wollte das gerade empört abstreiten, obwohl sie in gewisser Weise schon an Sex gedacht hatte, also im weitesten Sinne jedenfalls, als es an der Tür klopfte und Charlotte hereinschneite.

»Mama, es tut mir ja so leid!« Sie stellte die lederne Reisetasche auf dem Stuhl ab. »Die Hochzeitstorte … Sie war total hinüber. Ich musste improvisieren und eine andere, halb fertige neu verzieren, und als ich sie gerade ausgeliefert hatte …«

»Alles gut, Lotte.« Rosa wies mit dem Kinn auf Paulina. »Wir zwei amüsieren uns prächtig.«

»Bitte, was?« Charlotte schaute ungläubig zwischen ihnen beiden hin und her.

»Zumindest langweilen wir uns nicht, richtig, Paulina?«

Das Mädchen lächelte und nickte.

»Na prima. Ich muss nämlich gleich wieder los.« Charlotte pochte auf ihre Armbanduhr. »Bin verabredet.«

»Mit einem Mann?«

»Nein, mit Lydia.« Sie klang leicht gereizt.

»Auch schön.«

Rosa hoffte ja immer noch, ihr Kind werde sich endlich mal verlieben, doch seit Jahren war sie eiserner Single und hatte augenscheinlich nicht mal Affären. Das verstand kein Mensch, und Rosa am allerwenigsten. Ihre Hübsche war doch so gut in Schuss und sollte es krachen lassen, solange es eben ging.

Rosa bedankte sich für die Tasche mit ihren Sachen und wedelte mit der Hand. »Husch. Abflug!«

»Weißt du schon, wann du rauskommst?«

»Ich hoffe, morgen. Sofern ich denn einen Arzt davon überzeugen kann, dass ich quietschfidel bin.«

»Ruf mich an, Mama, ja?« Charlotte gab ihr einen flüchtigen Kuss auf die Wange, dann wandte sie sich zum Gehen. »Ich hole dich ab.«

»Das sehen wir dann. Und jetzt zisch endlich los.«

So rührend sich Charlotte auch um sie kümmerte, manchmal war Rosa ihre besorgt-bekümmerte Miene einfach zu viel. Die Gute schaute ja immer drein, als stünde ihre Frau Mutter, die alte Schachtel, schon mit einem Bein im Grab. In Anwesenheit der kleinen Schauspielerin hatte sie sich hingegen wie belebt gefühlt.

Kaum, dass ihre Tochter die Tür hinter sich zugezogen hatte, wandte sich Rosa abermals ihrer Bettnachbarin zu und begann zu erzählen. Immer frisch von der Leber weg. Sie ließ die Rockkonzerte wieder aufleben, berichtete von durchzechten und durchkifften Nächten, von Liebesabenteuern zu zweit und manchmal auch zu dritt, von einem Leben auf der Überholspur, das, wie sie immer wieder beteuerte, jeder jungen Frau zustand.

Paulina hing an ihren Lippen.

»Cool!«, rief sie. Oder: »Wow!« Ab und zu warf sie auch eine Frage ein, die Rosa erst recht auf Touren brachte. Allein der Umstand, dass sie ihre bewegte Vergangenheit aus den Tiefen ihres Gedächtnisses kramte, ließ die Endorphine in ihrem Blut tanzen. Und solange sie nur redete, vergaß sie all das Schlimme in der Gegenwart – den demolierten Laden, ihre Wehwehchen, ihre Einsamkeit.

Irgendwann, es war schon reichlich spät, und sie hatten sich längst bettfertig gemacht, kam eine Schwester herein und bemerkte mit gerunzelter Stirn, dass jetzt langsam mal Nachtruhe sei.

»Wieso denn?«, entgegnete Paulina. »Sind wir hier im Internat?«

»Nein, aber im Krankenhaus.«

»Wo die Menschen schneller wieder gesund werden, wenn sie sich ein bisschen amüsieren«, sagte Rosa.

Die Schwester ging, Paulina kicherte, und dann löschte Rosa mit einem Lächeln auf den Lippen das Licht.

Ihr Laden, ihr Ein und Alles, war ihr genommen worden. Im Gegenzug hatte sie, zumindest solange sie hier dumm herumlag, eine Weggefährtin gewonnen. Und das war doch eigentlich viel mehr wert als jeder Porzellandalmatiner auf dieser Welt.

5.

Etwa zwei Wochen darauf machte Rosa eine Erbschaft.

Der Anruf kam früh am Morgen, sie war noch in Jogginghose und im Schlafshirt. Seit ihr Porzellanparadies in Schutt und Asche lag, hatte sie morgens keine Eile mehr. Stundenlang lümmelte sie mit Kaffee, italienischen Mandelkeksen und der Tageszeitung auf ihrem meerblauen Zweisitzer im Wohnzimmer und zelebrierte das Nichtstun. Hin und wieder brezelte sie sich auch auf und fuhr zum Frühstück ins Barista. Aber wenn sie im Barista war, war sie ja schon fast beim Laden, und solange die Sache mit der Versicherung noch nicht geregelt war, wollte sie sich den Trümmerhaufen lieber nicht aus nächster Nähe ansehen. Der zerdetschte Wagen war abgeschleppt worden, ihr Geschäft vorerst geschlossen. Peng und Schluss.

In den ersten Tagen war alles in ihr nur Schmerz gewesen, Schmerz und Trauer wie beim Verlust eines geliebten Menschen. Doch je mehr Zeit verging, desto weniger tat es weh. Frische, ja waghalsige Gedanken waberten heran und verankerten sich nach und nach in ihrem Bewusstsein. Womöglich war das alles ein Wink des Schicksals. Vielleicht hatte sie die letzten Jahre tatsächlich in einem Hamsterrad verbracht, und jetzt war es an der Zeit, den Käfig auszumisten und neue Pfade zu beschreiten. So alt Rosa auch sein mochte, so viele Wehwehchen sie inzwischen plagten, ein guter Rest jugendlicher Neugier, gepaart mit unbändiger Lebenslust, war ihr geblieben.

»Kirchner, guten Tag, was kann ich für Sie tun?«, meldete sie sich. Ein Überbleibsel aus ihrer Zeit im Laden. Sie konnte nichts dagegen tun.

»Rosa, bist du das?«, vernahm sie eine vage bekannte Stimme.

»Ja. Wer ist denn dran?«

»Kalle.«

Kalle! Ihr Magen schoss koppheister. Der gute alte Karl-Heinz. Das war ein Ding! Noch vor Kurzem hatte sie an ihn gedacht. Obwohl sie sich Jahrzehnte nicht gesprochen hatten.

»Kalle, na so was!« Sie fuhr vom Sofa hoch, als befände sich unter ihrem Po ein Wespennest. »Wie schön, von dir zu hören! Mensch, wie lange ist das jetzt her?«

»Ewig. Du hast dich ja elegant aus unser aller Leben geschlichen.«

»Tja«, sagte sie und hoffte, dass er nicht angerufen hatte, um schwerwiegende Themen mit ihr zu wälzen oder ihr gar Schuldgefühle zu machen. Die Vergangenheit war Vergangenheit. Die ließ man besser ruhen.

Sie hielten ein Schwätzchen – er erzählte, dass er nach seiner Vagabundenphase als Musikproduzent für Jazz, Swing, ja, und manchmal auch Schlager gearbeitet habe, geschieden sei und keine Kinder habe; Rosa erwähnte in einem Nebensatz Charlotte –, dann entschuldigte er sich, dass er nicht zu Herberts Trauerfeier gekommen sei. Rosa hoffte bloß eins: dass nicht schon wieder jemand aus der alten Clique gestorben und dies der Grund für Kalles Anruf war.

»Magst du eigentlich Rosa?«, fragte er unvermittelt.

Gerade hatte sie die Gardine aufgezogen und blickte nun auf das mattgelbe Wohnhaus gegenüber mit den vielen Streichholzschachtel-Balkonen.

»Na, hör mal!«, empörte sie sich. »Natürlich mag ich mich. Wär ja noch schöner, wenn nicht.«

Kalle, der alte Spaßvogel. Absurde Unterhaltungen dieser Art hatte er damals schon geführt. Nur überraschte es sie, dass er sich in den letzten vierzig Jahren so gar nicht verändert hatte. Als wäre kein bisschen Zeit vergangen.

»Nein, meine Schöne, ich meine doch, ob du die Farbe Rosa magst? Also, rosa Hausschühchen mit Bommel, rosa Nachthemden, rosa Pullöverchen, rosa Bettjäckchen. So was alles.«

»Nein, Kalle, mag ich nicht. Und Bettjäckchen trage ich auch nicht. Ich bin doch keine Oma.«

»Rosa Lippenstift?«

»Auch nicht.«

Sie hörte ihn lachen.

»Ich weiß. Du trägst lieber Knallrot, ich erinnere mich sehr gut. Rosa, der heiße Feger. Und du bist ja immer noch einer. Hab Fotos von Herberts Trauerfeier gesehen.«

Eine kleine Pause entstand, und Rosa fragte sich, ob er sie etwa bloß angerufen hatte, um sie anzumachen.

»Warum bist du eigentlich nicht gekommen?«

»Bandscheibenvorfall.« Sein Räuspern klang verlegen. »Tja, ich hab nicht *Hallo, hier bin ich!* geschrien, als der liebe Gott die Zipperlein verteilt hat. Und du, Rosa? Was macht deine Gesundheit?«

»Oh, fabelhaft! Alles im Lack.« Nein, sie würde nichts von sich preisgeben. Wozu auch? Dem Postboten erzählte sie ja auch nicht von ihren Wehwehchen. Und momentan stand Kalle in der Hierarchie ihrer Sozialkontakte weit unter dem Postboten.

»Aber du magst doch bestimmt rosafarbene Häuser?«, fuhr er schließlich fort.

»Ja, Kalle, die mag ich.«

»Auch, wenn sie sich am Meer befinden?«

»Dann erst recht.«

»Das trifft sich jetzt aber ziemlich gut.«

Wieder trat eine Pause ein, und Rosa sah sich genötigt, ein ungeduldiges »*Wieso?*« hinterherzuschieben.

»Kannst du dich bitte setzen? Oder dich wenigstens irgendwo festhalten?«

»Warum sollte ich?«

»Weil du eins geerbt hast.«

»Alles klar, Kalle. Hast du gekifft?«

Das wäre ja nicht weiter verwunderlich – bei seinem Lebenswandel.

»Nein, mein Herz.« Er lachte scheppernd auf. »Ich bin clean wie ein Säugling. Hab seit Jahrzehnten nichts mehr angerührt. Ich trink nicht mal mehr Bier. Meine einzige Droge ist Kaffee.«

»Der scheint dich aber auch ziemlich gaga zu machen.«

»Im Ernst, Rosa. Du hast ein hübsches kleines rosa Haus auf der Insel Procida geerbt. Du kriegst sicher demnächst Post vom Notar, aber ich dachte mir, du freust dich bestimmt über die gute Nachricht. Hans hat in den letzten Jahren so viel von dir gesprochen, also, als er schon krank war und man wusste …«

»Moment mal. Welcher Hans? Welches Haus? Und was soll das überhaupt sein, Procida?«

»Procida ist eine wunderschöne kleine Insel im Golf von Neapel. Und Hans …«

»Ich kenne keinen Hans«, sagte Rosa.

»Jetzt sag bloß, du erinnerst dich nicht an Johannes Greve. Er hat *Got A Million* komponiert und manchmal Bass bei uns gespielt und gekocht, weißt du denn nicht mehr? Es gab immer diese schrecklichen Gemüsefrikadellen. Hans war doch der Vorreiter aller Vegetarier.«

Kalle sprach laut und deutlich wie bei einer Schwerhörigen. Das war auch nur gut so, weil ihr Blutdruck gefährlich absackte und sie sich stark darauf konzentrieren musste, nicht ohnmächtig zu werden.

Langsam, wirklich nur ganz langsam, dämmerte es ihr. Johannes alias Hans. Der unscheinbare Hans mit dem blonden Fusselbart. Sofern sie Kalles Ausführungen folgen konnte, hatte sie ein Haus von ihm geerbt. Auf einer kleinen italienischen Insel im Golf von Neapel.

»Aber wie kommt Hans dazu, so was zu tun? Das ist doch … geradezu unverschämt und dreist!«

»So, findest du?«

»Ja, finde ich!« Sie plumpste aufs Sofa.

»Jetzt hör mir mal gut zu, Rosa. Hans hat dir zu Füßen gelegen.«

»Gar nicht wahr. Mir hat niemand zu Füßen gelegen.«

»Oh doch, meine Schöne. Du hast es nur nie bemerkt. *By the way, darling* … Du warst für mich auch mehr als eine Affäre. Aber du wolltest ja immer nur …«, er schnaubte leise, »Herbert.«

Rosa brauchte dringend einen Schluck Wasser. Das waren eindeutig zu viele Enthüllungen für ein einziges Telefonat. Nur stand die Wasserflasche in der Küche, und wenn sie jetzt wieder aufstand, würde sie womöglich doch noch umkippen. Also blieb sie lieber sitzen und konzentrierte sich darauf, tief in den Bauch zu atmen.

Kalle erzählte, Hans sei an Krebs gestorben. Er hatte schon länger gewusst, dass es mit ihm zu Ende ging, und seine letzten Tage in einem Hospiz bei Frankfurt verbracht.

Rosa drückte ihr Bedauern aus – es tat ihr wirklich ausgesprochen leid –, dann fragte sie, woher er das mit dem Haus überhaupt wisse.

»Wir waren befreundet.« Er räusperte sich. »Okay, nicht gerade allerengste Kumpel, aber ich hab ihn noch wenige Monate vor seinem Tod auf der Insel besucht.«

»Aha? Aber … hatte er denn keine Frau? Keine Kinder?«

»Nein, gibt es nicht.« Er lachte leise. »Also nicht, dass ich wüsste.«

»Was ist mit dir? Er hätte das Haus dir vermachen können.«

»Er wollte aber, dass du es bekommst. Und Punkt.«

Rosa lagen noch so viele Fragen auf der Zunge. Warum ihr Verehrer sie denn niemals kontaktiert habe, wenn sie schon einen so hohen Stellenwert in seinem Leben gehabt habe. Warum dies, warum das. Aber ihr Mund fühlte sich an wie eine Dörrpflaume. Es war nicht nur der Durst, es war die pure Scham. Dieser Mann musste sie maßlos geliebt haben, und sie hatte ihn damals nicht mal wahrgenommen. Als gute Seele der Band war er umhergehuscht, er hatte gemacht und getan und sich um alles gekümmert, doch für Rosa war er unsichtbar gewesen.

Sie schluckte ein paarmal trocken runter, dann fragte sie: »Und du bindest mir auch wirklich keinen Bären auf?«

»Nein, Rosa.«

»Er hat mich nicht ein einziges Mal angerufen. Wieso nicht?« Sie zog an einem lose heraushängenden Faden ihres Shirts, und die Naht ribbelte auf. »Hatte er Angst, ich könnte ihn wieder abweisen?«

»Ich weiß es nicht. Er hat nie was dazu gesagt. Ich schätze mal, er wollte nicht einfach so in dein Leben platzen.«

»Nein, Kalle, ich kann das Haus nicht annehmen.«

»Natürlich kannst du! Bist du dämlich?«

»Ja, dann bin ich eben dämlich.«

»Möchtest du etwa, dass der Staat es kriegt, es verkauft und irgendein Immobilienfritze sich eine goldene Nase daran verdient?«

»Willst du es denn nicht haben?«

Sie hörte Kalle seufzen. »Ich lege jetzt auf. Du bist ja genauso dickköpfig wie früher.«

Und dann legte er tatsächlich auf. Allerdings rief er ein paar Minuten später noch einmal an und gab ihr seine Kontaktdaten durch. Er lebte inzwischen im hohen Norden, irgendwo bei Hamburg auf dem platten Land.

»Halt mich bitte auf dem Laufenden, ja?«

Rosa versprach es, dann duschte sie, machte sich schick und fuhr ins Barista. Es wurde Zeit, die verwirrenden Gedanken mit einem starken Espresso zu verscheuchen. Und Luigi schöne Augen machen, das wollte sie auch.

6.

An einem Freitag – ein guter Monat war seit dem Unfall vergangen –, beschloss Paulina, sich einen Job zu suchen. Der Sommer war in diesem Jahr früh hereingebrochen. Die Kastanien standen in voller Blüte, es roch nach Flieder, am Straßenrand überall wie hingetupft sattgelbe Butterblumen. Das perfekte Gute-Laune-Wetter, doch Paulinas Tage waren monoton und leer. Weil nicht viel passierte. Und das war noch eine maßlose Übertreibung. Kein einziges Casting stand an, die Eltern nervten, ihre Freundin Mia war verreist, und das Smartphone nicht programmfüllend. Und weil sie der Ansicht war, dass dringend etwas geschehen müsse, zog sie ihre neuen Shorts an und verließ, ohne zu frühstücken, die Wohnung.

»Wo willst du denn hin, mein Schatz?«, rief ihre Mutter ihr noch nach, aber da war Paulina bereits aus der Tür. Sie wollte frei sein. Niemandem Rede und Antwort stehen müssen. Und einmal mehr ärgerte sie sich darüber, nicht längst ausgezogen zu sein. Irgendein runtergekommenes Zimmer, völlig egal, bloß weg von zu Hause.

Bei einem Stehbäcker trank sie einen Milchkaffee und aß ein belegtes Brötchen, dann setzte sie sich in den Bus und fuhr zum Ku'damm. Sie lief die breite, von Platanen gesäumte Einkaufsstraße rauf und wieder runter, fragte in fast jedem Geschäft nach, doch niemand hatte Bedarf.

Enttäuscht, dass nicht mal das klappen wollte, blieb sie vor einem Keramikgeschäft stehen und sah sich die bunt verzierten Teller, Marmeladendöschen, Tee- und Kaffeekannen an. Ihr fiel Rosa ein, mit der sie im Krankenhaus die halbe Nacht verquatscht hatte, und dann war dieser Gedanke auf einmal da. Vielleicht brauchte die alte Dame ja jemanden, der ihr unter die Arme griff? Für ein kleines Taschengeld oder auch umsonst – denn war Paulina ihr es nicht irgendwie schuldig?

Und noch während sie darüber nachgrübelte, ob die Idee gut oder völlig idiotisch war, trugen ihre Beine sie wie von selbst zur U-Bahn. Vielleicht werkelte Rosa ja schon im Laden. Die Versicherung ihrer Eltern hatte gezahlt, einer Renovierung stand also nichts im Weg.

Paulina war etwas wackelig auf den Beinen, als sie aus dem U-Bahn-Schacht stieg. Sie erkannte die Straße sofort wieder. Die blitzblanken Gründerzeitvillen, die ausladenden Bäume, die breiten Bürgersteige. Mit einem Schlag kamen die Erinnerungen zurück. Das Telefonat mit ihrer Agentin… Das brennende Gefühl in der Magengrube, eine Versagerin zu sein… Die Verzweiflung darüber, dass sich dies auch niemals ändern würde…

Sie lief los, immer geradeaus. Es mussten zweihundert, vielleicht dreihundert Meter bis zum Geschäft sein. Sonnenlicht flackerte in den Baumkronen und warf Muster auf den Bürgersteig. Alles halb so wild, redete sie sich gut zu. Kein Grund, in Panik zu verfallen. Dennoch fing ihr Herz an zu rasen, als sie die Kreuzung überquerte, an der der Unfall passiert war, und auf das zartgelbe Eckhaus mit den verschnörkelten Balkonen zusteuerte.

Bloß noch wenige Schritte, dann blieb sie abrupt stehen.

Der Laden war verriegelt und verrammelt, die demolierten Scheiben von innen mit Pappe verklebt. Dafür hatte sie also den langen Weg in Kauf genommen und war eine Dreiviertelstunde durch die Stadt gefahren. Sie strich an dem Geschäft entlang, doch es gab nicht mal einen Spalt, durch den sie hätte spähen können. Alles dunkel.

Eine Weile stand sie unschlüssig herum. Sie warf einen Blick in den Sommerhimmel, schaute auf ihr Smartphone, und weil ihr das alles keine Erleuchtung brachte, kehrte sie um. Es hatte ja keinen Sinn, hier herumzulungern und auf Godot zu warten. Frustriert war sie trotzdem. Konnte denn nicht mal irgendwas in ihrem Leben klappen?

Mit hängendem Kopf überquerte sie die Ampel und trottete auf der anderen Straßenseite zurück Richtung U-Bahn. Zwei Häuser weiter befand sich eine Espressobar, genau das Richtige für einen verkorksten Tag wie diesen.

Und dann – es kam ihr im ersten Augenblick wie eine Halluzination vor – sah sie Rosa. Die alte Dame saß in einem mintfarbenen Kleid mit passenden Chucks vor dem Café, hielt eine Espressotasse zwischen Zeigefinger und Daumen und lachte gurgelnd auf, als sie Paulina erblickte.

»Die Kleene! Ich fasse es nicht! Wo kommst du denn jetzt her? Du wirst es nicht glauben, ich hab gerade noch von dir gesprochen!«

Von einer Glückslawine überrollt, schoss sie auf die Frau zu und umarmte sie. Nur heulen, das wollte sie nicht. Und tat es trotzdem.

»Herrje, Schätzchen, was ist denn los?« Rosa klopfte neben sich. »Komm, setz dich. Oder hast du es eilig?«

Paulina verneinte und ließ sich auf den Stuhl fallen.

»Jetzt erzähl mal. Was tust du hier?«

»Bin auf Jobsuche«, presste sie hervor.

»Und das ist eine so traurige Angelegenheit?«

Paulina schnäuzte sich. »Geht so. Mich will keiner. Aber egal. Ich dachte nur…«

Ein Kellner mit wilden grauen Locken schaute heraus, und Rosa bestellte ein *panino* mit Schinken und Käse und einen Milchkaffee.

»Das magst du doch?«

Paulina nickte.

»Also, was dachtest du?«

»Ich wollte einfach mal gucken, was Ihr Laden so macht.«

»Tote Hose.« Rosa versuchte, ihrer Espressotasse einen letzten Tropfen zu entlocken. »So wie's aussieht, werde ich ihn aufgeben.«

»Aber das dürfen Sie nicht!«

»Und ob ich das darf. Ist ja meiner.« Ihr Lächeln erlosch.

»Okay, dann *sollten* Sie ihn eben nicht aufgeben. Sie hängen doch so daran. Und Sie haben ja jetzt das Geld von der Versicherung. Ich würde Ihnen auch helfen, alles wieder in Ordnung zu bringen.«

Die alte Dame sah sie lange an. Doch da sie eine Sonnenbrille trug, konnte Paulina den Ausdruck in ihren Augen nicht erkennen. Nur ab und zu zuckte es um Rosas Mundwinkel. Dann klickte sie ihre Kelly Bag auf – auch die war farblich abgestimmt –, nahm einen Lippenstift heraus und zog sich die Lippen in einem hellen Hummerrot nach.

»So, mein Mädchen, jetzt erzähle ich dir mal was.«

»Okay?«

Der Kellner brachte das *panino* und den Kaffee, und während sich Paulina darüber hermachte, hielt Rosa ihr einen Vortrag. Einen reichlich verquasten Vortrag. Es ging irgendwie und überhaupt um das Thema Heimat und Familienzugehörigkeit. Darum, dass sie sich, obwohl sie ihr halbes Leben in Berlin verbracht habe, gar nicht mehr richtig heimisch fühle und sich langsam frage, was *Heimat* eigentlich bedeute. Die Stadt, in der man aufgewachsen war und in der man sterben wollte? Oder der Ort, an dem man seine Kinder großgezogen, Geld verdient, einfach sein Leben gelebt hatte? Und was sprach eigentlich dagegen, die alte Heimat gegen eine neue einzutauschen, um dem Leben noch mal einen neuen Impuls zu geben?

»Was wollen Sie mir denn jetzt damit sagen?«, hakte Paulina ein, als Rosa lautstark den Zuckerrest aus ihrer Espressotasse zu kratzen begann.

Gegenfrage: »Trinkst du ein Gläschen Schampus mit mir?«

»Haben Sie im Lotto gewonnen?«

»Nein, aber ein Haus geerbt.«

»Aha, alles klar.« Eben noch hatte die Kleine geweint, jetzt kicherte sie hysterisch.

»Das ist nicht lustig. Das Haus befindet sich in Italien. Auf einer kleinen Insel bei Neapel.«

»Aha«, machte Paulina, und die alte Frau rief ins Innere der Kaffeebar:

»Luigi, bringst du uns bitte mal zwei Gläser Champagner.«

Der Kellner lugte heraus: »Prosecco?«

»Wenn ich Champagner sage, meine ich auch Champagner. Klar?«

»*Sì, subito.*«

Der Champagner kam wirklich *subito*, und nachdem sie ein Schlückchen genommen hatten, bot Rosa ihr das Du an.

»Oder hast du ein Problem damit, eine alte Schachtel wie mich zu duzen?«

»Warum sollte ich?«, entgegnete Paulina. Irgendetwas war da zwischen ihr und der Frau. Eine Art von Verbundenheit, die nicht allein dadurch zu erklären war, dass Paulina in ihren Laden gerauscht war und ihr Ein und Alles ruiniert hatte.

»Aber das mit dem geerbten Haus war jetzt nur ein Spaß, oder?«

Rosa schüttelte den Kopf. Und ihrer ernsten Miene zufolge machte sie auch nicht den Eindruck, als wollte sie Paulina veräppeln.

»Nein, mein Mädchen. Ich habe tatsächlich ein Haus geerbt. So wahr ich hier sitze und das faltigste Gesicht in ganz Berlin habe.«

»Sie sind trotzdem wunderschön.«

»Danke. Und du bist eine fabelhafte Lügnerin.« Sie lächelte eine Spur kokett. »Also, stößt du jetzt mit mir auf das Du an? Und auf mein neues Haus?«

»Dann stimmt das also wirklich?«

»Wie oft denn noch? Ja!«

»Oh wow, dann mal Glückwunsch!« Paulina erhob ihr Glas. »Auf Ihr … also, *dein* neues Haus.«

Rosa nahm einen Schluck, schmeckte genüsslich nach, dann schob sie sich die Sonnenbrille ins Haar und begann zu erzählen. Sie redete ohne Punkt und Komma, und manchmal verhaspelte sie sich auch, weil ihre Gedanken augenscheinlich schneller durch ihr Hirn jagten, als sie sie in Worte fassen konnte. Das Haus, das ihr ein gewisser Hans vermacht hatte, befand sich auf einer kleinen Insel im Golf von Neapel, unweit von Ischia und Capri. Bisher war sie aber noch nicht dort gewesen. Weil … Himmel, dieser Wust an Formalitäten! Sie war beim Notar gewesen, der ihr eine beglaubigte Kopie des Testaments ausgestellt hatte. Danach beim italienischen Konsulat, um sich eine amtliche Bestätigung über die Annahme der Erbschaft sowie ein Schreiben für die Gemeinde in Italien aushändigen zu lassen. Und was noch alles vor Ort auf sie zukommen würde … Rosa schlug die Hände überm Kopf zusammen. »Lieber Himmel, das will ich lieber gar nicht erst wissen!«

»Dann kannst du jetzt theoretisch hinfliegen?«

»Theoretisch und auch praktisch.« Sie öffnete ihre Handtasche und klimperte mit einem Schlüssel. »Den hab ich vom Notar bekommen.«

»Schon einen Flug gebucht?«

Die Freude in Rosas Gesicht erlosch, dann schüttelte sie den Kopf.

»Und warum nicht?«

»Ach, ich weiß auch nicht.« Ihre Pupillen jagten hin und her. »Wahrscheinlich kriege ich gerade Angst vor der eigenen Courage.«

»Aber wieso?«

Rosa hatte auf Paulina immer so mutig gewirkt, so tough und willensstark. Ganz anders als ihre eigene Mutter, die tagein, tagaus in ihrem Versicherungs-Süppchen rührte und nie einen Blick über den Tellerrand wagte.

»Außer Pizza Margherita und *cazzo* verstehe ich doch kein Wort Italienisch. Damit fängt es schon mal an.«

Paulina lachte glucksend auf. »Essen bestellen und fluchen. So kommt man super durchs Leben!«

»Mach dich nicht lustig, ja?«

»Was ist mit Englisch? Du kannst doch sicher Englisch.«

Rosa verneinte. »Hab in der Schule leider mehr geschwänzt als sonst was.«

»Aber du bist mit einer Band herumgefahren.«

»Ja, die Jungs konnten ja auch Englisch, aber ich …« Rosa warf den Kopf in den Nacken. »Ich hab es vorgezogen, mit ihnen Liebe zu machen, falls du verstehst.«

Ja, das verstand sie. Und wahrscheinlich hatte Rosa recht. Weder Italienisch noch Englisch zu können war denkbar ungünstig, um in Italien Fuß zu fassen.

»Und wenn du erst mal einen Italienischkurs belegst?«

Rosa schnaubte. »Bis ich mich halbwegs verständigen kann, gucke ich mir doch schon die Radieschen von unten an.« Das leere Champagnerglas zitterte in ihrer Hand, und sie stellte es rasch ab. »Außerdem ist das Haus bestimmt baufällig und muss von oben bis unten renoviert werden. Wie soll ich das denn allein bewerkstelligen?«

»Du holst dir auf der Insel ein paar knackige Handwerker, ganz einfach.«

»Knackig ist gut. Reicht aber leider nicht.« Sie tat einen tiefen Seufzer. »Wenn ich mich mit den Helfern nicht verständigen kann, beißt sich die Katze doch wieder in den Schwanz.«

Der italienische Kellner schaute abermals heraus und fragte, ob alles *bene* sei.

»Ja, *tutto bene*, Luigi. Aber bringst du uns bitte noch zwei Gläser?«

»*Sì, volentieri.*«

»Und was ist mit dem?« Paulina wies mit dem Kinn zum Eingang der Bar. »Hat der keine Kontakte?«

»Der kommt aus Bozen, Schätzchen. Der kennt Süditalien genauso wenig wie du und ich.«

»Und deine Tochter?«

»Was soll mit der sein?«

»Sie könnte mitkommen und dir helfen.«

»Paulina.« Rosas getuschte Wimpern flatterten. Tonfall: Standpauke. »Charlotte ist Konditorin. Und das mit Leib und Seele. Außerdem ist sie des Italienischen ebenfalls nicht mächtig. Sie weiß gerade mal, was eine Kugel Stracciatella ist.«

Die Idee schwirrte nur sehr langsam heran. Sie umkreiste Paulina wie eine Libelle, flog wieder weg, kam zurück und setzte sich erst nach ein paar Ehrenrunden auf ihre Schulter. Dann platzte es aus ihr heraus: »Und wenn ich dich begleite?«

Rosa sah sie aus schreckgeweiteten Augen an. Kein Wimpernschlag, nichts.

»Ach, mein Mädchen.« Seufzend setzte sie die Sonnenbrille wieder auf.

»Was heißt hier *mein Mädchen*? Ich kann immerhin Englisch! Und Renovieren krieg ich auch noch hin. Ich hab mal das WG-Zimmer bei einem Freund gestrichen. Und die Böden abgeschliffen. Und die versiffte Küche auf Vordermann gebracht.« Sie holte tief Luft. »Außerdem hab ich ja wohl was bei dir gutzumachen.«

»Paulina, du bist Schauspielerin. Du musst spielen. Endlich spielen. Und nicht … Menschenskinder, noch mal … mit einer alten Schachtel auf eine gottverlassene Insel fahren.«

Im Prinzip hatte diese alte Schachtel recht. Die Schauspielerei war für sie immer noch das Einzige, wofür es sich morgens aufzustehen lohnte. Doch vergeblich auf etwas zu warten, das sowieso nie eintraf, war hirnverbrannt. Vergeudete Lebenszeit.

Also sagte sie: »Aber vielleicht ist eine gottverlassene Insel im Moment genau das Richtige für mich. Runterkommen, ausspannen … Und mir in Ruhe überlegen, wie es mit meinem Leben weitergehen soll.«

Es sah aus, als wollte Rosa etwas entgegnen, doch ihr Mund klappte gleich wieder zu.

»Jetzt ist sowieso erst mal Sommerflaute«, fuhr Paulina fort. »In den Ferien passiert ja nicht viel. Und ich würde mir auf dieser Insel … wie heißt sie noch mal?«

»Procida.«

»Ich würde mir auf jeden Fall einen Job suchen. Und dir helfen.« Und weil Rosa immer noch nicht in Stürme der Begeisterung ausbrach, zog Paulina ihr letztes Ass aus dem Ärmel. »Ich kann auch ziemlich gut kochen.«

Rosas Augenbrauen rutschten ein Stückchen nach oben, als wollte sie sagen: *Ach ja? Was denn zum Beispiel?*

Schon sprudelte es aus Paulina hervor: »Königsberger Klopse, Rouladen, Nudeln mit allem, was der Kühlschrank hergibt, Risotto, ja echt, ich mache das beste Zitronenrisotto der Welt! Und Suppen hab ich auch drauf und Huhn im Ofen und Currys und …«

»Schon gut, Paulina!«, unterbrach Rosa ihren Wortschwall. »Ich glaub dir ja. Mir wäre es trotzdem lieber, ich hätte einen kräftigen jungen Mann an meiner Seite.«

»Wozu das denn?«

»Schäferstündchen vor kitschigem Sonnenuntergang?«

Rosa brach in Gelächter aus. Und Paulina gackerte mit. Sekunde um Sekunde, die sie zusammensaßen, schloss sie die selbst ernannte alte Schachtel mehr und mehr ins Herz. Sie war so cool. Mit ihrem schrägen Humor. Mit ihrem Anderssein. Und mit ihrer Herzlichkeit.

»Also gut«, sagte Rosa schließlich, nachdem der Kellner den Champagner gebracht hatte. »Wenn du wirklich willst und ich auch keinen Ärger mit deinen Eltern kriege, darfst du von mir aus mitkommen.«

»Echt jetzt?«

»Ja, echt jetzt.«

Paulina brauchte ein paar Sekunden, um zu begreifen, was Rosa gerade gesagt hatte, dann fiel sie ihr stürmisch um den Hals.

Am Morgen war sie losgefahren, um einen Job zu ergattern. Irgendeinen Job. Nun hatte sie eine echte Perspektive. Italien. Flirrende Hitze, tiefblaues Meer, Cappuccino-Komasaufen und dramatische Sonnenuntergänge – so stellte sie sich das jedenfalls vor. Vormittags würden sie mit Eimer und Pinsel hantieren, nachmittags baden gehen, sich von der Sonne kitzeln lassen und abends die Bars der Insel unsicher machen. Und der Rest, der würde sich irgendwie finden.

7.

Die Tage bis zur Abreise verflogen so schnell, dass Rosa sie wie in einem Rausch, einer rasanten Abfolge von Augenblicken, erlebte. Behördengänge, Telefonate, Internetrecherchen, Papierkram – sie tat und machte, flitzte wie batteriebetrieben umher, und wenn sie abends ins Bett sank, war sie rundum zufrieden. Mehr: Sie war glücklich. Ein Gefühl, das sie schon lange nicht mehr empfunden hatte. Und dann musste sie sich eingestehen, dass sich ihr Leben trotz vieler kleiner Highlights eben doch wie ein ausgelatschter, muffiger Pantoffel angefühlt hatte. Ihrem Alltag hatte es an Würze gefehlt, an dieser pikanten Mischung, die man in jungen Jahren als selbstverständlich erachtet. Ihre Tage hatten sich bisweilen wie Kaugummi in die Länge gezogen, in der Rückschau waren sie allerdings schneller als ein Wimpernschlag vergangen. Schon wieder Weihnachten. Schon wieder Ostern. Schon wieder zum Check-up. Schon wieder ein schönes Geburtstagsgeschenk für Lotte kaufen. Das Paradoxon der Zeit, das die meisten älteren Menschen erlebten.

Zwei Tage vor ihrer Abreise – der Koffer war gepackt, zwanzig Kilo und kein Gramm weniger – fuhr Rosa zu ihrer Tochter in die Konditorei. Weil das Herzchen wieder mal entsetzlich im Stress war. Diesmal musste sie eine Torte für ein Firmenjubiläum dekorieren, was sie mit so großer

Präzision und Hingabe tat, dass Rosa nur staunte. Charlotte war eine Künstlerin – auch wenn ihre Werke bloß vergängliche Torten waren.

In einem ruhigen Moment bereitete Charlotte zwei Espressi zu, stellte ihrer Mutter ein Stück Käsesahne hin und setzte sich zu ihr.

»Danke, mein Kind, aber ich esse keinen Kuchen.«

»Seit wann das denn nicht?« Charlotte schaute überrascht.

»Na, seit ich das Haus geerbt habe.«

Ihre Tochter wollte wissen, was das eine mit dem anderen zu tun habe. Die Bikinifigur, erklärte Rosa. Die werde ja nun bald wieder zum Einsatz kommen.

»Das ist jetzt nicht dein Ernst, Mama.« Charlotte lachte auf. »Steht man da nicht in deinem Alter drüber?«

»Ganz und gar nicht!« Rosa fühlte sich nun doch etwas auf den Schlips getreten. Glaubte Charlotte etwa, jenseits der siebzig dürfe man sich gehen lassen? Weil das Leben ohnehin so gut wie vorbei war? Oh nein, Fehlanzeige! »Außerdem habe ich eine wunderschöne junge Frau an meiner Seite. Wie sieht das denn aus, wenn ich neben dem Mädchen herumschwabbele und -wabbele?«

Charlotte sagte nichts mehr. Aber ihre Stirn lag immer noch in Falten. Und sie schüttete viel zu viel Zucker in ihren Espresso.

»Deswegen wollte ich sowieso noch mal mit dir reden«, sagte sie schließlich, und es klang fast nach einer Kampfansage.

»Ja, Lotte?«

»Bist du dir wirklich sicher, dass das Mädchen eine ehrliche Haut ist?«

»Was soll das denn jetzt heißen?«

»Ich meine …« Charlotte zögerte. »Also, glaubst du, sie fährt mit dir, weil sie wirklich mit dir fahren will?«

»Ja, das glaube ich.«

Eine Pause trat ein. Der Geruch von frischem Gebäck wehte aus der Backstube heran, und Rosa überlegte, ob sie die Käsesahnetorte vielleicht doch probieren sollte. Man lebte nur einmal, und ein bisschen Genuss gehörte ja schon dazu.

Sie griff nach der Kuchengabel. »Paulina ist keine Erbschleicherin, die nur an mein Erspartes ranwill, falls du das denkst.«

Charlotte schüttelte die roten Locken. »So hab ich das auch nicht gemeint. Aber es könnte doch zum Beispiel sein …« Sie sprang auf, um die silberne Fünfundzwanzig auf der Firmentorte gerade zu rücken.

»Was? Dass sie mich ausnutzt?«

»Ja.«

»Wenn ich das spitzkriegen würde, würde ich sie rausschmeißen.« Rosa hackte die Kuchengabel in die Käsetorte. So! Charlotte würde also schuld sein, falls ihre Figur nicht bikinitauglich war.

»Und wenn du es gar nicht mitbekommst?«

»Hältst du deine Mutter vielleicht für dämlich?«

»Nein, aber …«

»Jetzt hör schon auf. Du wolltest ja schließlich nicht mitkommen.«

»Ich habe keine Zeit! Das ist keine Frage des Wollens.«

Rosa ließ die Gabel sinken. »Viel zu süß, du hast schon bessere Torten gebacken.«

Statt Kontra zu geben, lächelte Charlotte versöhnlich. »Wie lange willst du eigentlich auf der Insel bleiben?«

»Mal sehen. Hängt davon ab, wie's mir gefällt.«

»Zwei Wochen?«, hakte Charlotte mit einem leichten Kratzen in der Stimme nach.

»Hm.« Rosas Schultern wanderten nach oben.

»Vier?«

»Herrje, Kind, jetzt nagele mich bitte nicht fest! Vielleicht bin ich ja auch schon wieder in zwei Tagen zurück. Oder ich bleibe den ganzen Sommer. Was weiß denn ich!«

»So, so, den ganzen Sommer.« Charlotte gab einen missbilligenden Laut von sich. »Und was ist mit deiner Wohnung?«

»Wieso, was soll damit sein? Meine Nachbarin Adele gießt die Blumen, und wenn du dir Sorgen machst, ob es mieft oder jemand eingebrochen hat, kannst du jederzeit rein. Du hast ja einen Schlüssel.«

Rosa aß den Kuchen auf, der im Übrigen kein bisschen zu süß war, plauderte über dies und das, und kurz bevor sie aufbrach, bat sie ihre Tochter, doch sobald wie möglich nachzukommen.

Charlotte nickte. »Ich muss mich nur mit Lydia absprechen. Ein verlängertes Wochenende ist aber sicher drin.«

»Vielleicht auch eine Woche? Oder zwei?«

»Das sehen wir dann.«

Rosa tätschelte die blasse Wange ihrer Tochter. »Ein bisschen Sonne und Meer … das würde dir guttun.«

Und vielleicht finden wir dann auch einen feurigen Liebhaber für dich, fügte sie in Gedanken hinzu. Charlotte konnte es auf den Tod nicht ausstehen, wenn man ihr mit dem Thema Männer kam. Ja, da hatte es mal einen gegeben, fünf Jahre lang große Liebe, doch dann hatte ihre Tochter feststellen müssen, dass dieser Halunke, den sie liebte und der vorgab, sie ebenfalls zu lieben, bereits seit zwei Jahren doppelgleisig fuhr. Seitdem war Charlotte solo, und Rosa fürchtete, sie werde eines Tages als frustrierte alte Jungfer enden.

Sie umarmte ihr Kind, atmete die vertraute Duftmischung aus Kuchenteig, Puder und Lavendel ein, und als Charlotte sie hinausbegleitete, hatte nicht nur Rosa feuchte Augen.

»Kein Grund, Tränchen zu vergießen, mein Schatz. Ich fahre nur nach Italien. In mein neues Haus. Und du bist jederzeit willkommen.«

* * *

Fabio saß am Flughafen Schönefeld, die Füße von sich gestreckt, und trank einen Milchkaffee aus dem Pappbecher. Kuhmilch – auch so ein Lebensmittel, das neuerdings unter Generalverdacht stand. Irgendeine schwedische Studie behauptete sogar, Milchtrinker lebten kürzer als Nicht-Milchtrinker. Der Gedanke war kurz aufgeblitzt und hatte ihn für einen Moment aus der Fassung gebracht. Aber auf den Kaffee zu verzichten kam heute nicht infrage. Dafür war Fabio viel zu groggy. Erschöpft vor lauter Erleichterung. Weil er endlich getan hatte, was er schon lange hatte tun müssen. Den Dienst quittieren und Adieu sagen. Nie wieder Rettungswagen fahren, nie wieder blutüberströmte Menschen versorgen und dabei zusehen, wie sie unter seinen Händen wegstarben.

Er hatte quasi auf den letzten Drücker gekündigt, war ja schon kurz vorm Burn-out gewesen. Nicht einen Tag länger hätte er es in dem Job ausgehalten. Jedes Mal diese Panik, wenn es zu den Patienten ging. Die Erstversorgung hatte er dank seiner Kollegen meistens irgendwie hinbekommen. Ralf war eingeweiht gewesen und hatte freiwillig die härteren Fälle übernommen. Aber die Zeit nach der Schicht war auch immer die Zeit vor der nächsten Schicht. Albträume und Panikattacken hatten Fabio geplagt, bisweilen hatte er selbst die 112 angerufen, weil er überzeugt war, einen Schlaganfall, Herzinfarkt oder Blinddarmdurchbruch erlitten zu haben.

Was nun werden würde, stand in den Sternen. Eine Umschulung vielleicht. Nur zu was? Er hatte nicht viele Talente und schon in der Schule auf ganzer Linie versagt. Er kochte gerne, vielleicht auch ganz gut, doch reichte das aus, um das Hobby zum Beruf zu machen? Sein Vater lag ihm in den Ohren, er solle über kurz oder lang den elterlichen Schlachtereibetrieb in Brandenburg übernehmen, aber Fabio war ja wohl nicht des Wahnsinns. Tod, Blut und Verwesung wollte er nicht mehr. Nie wieder.

Jetzt flog er nach Neapel zu Onkel Matteo und Tante Gabriela. Es war das Einzige, was ihm nach seiner Kündigung eingefallen war. Bloß weit weg von Berlin. Bloß weit weg von seinen Eltern und den toten Schlachttieren. Sein Onkel und seine Tante waren ganz aus dem Häuschen gewesen, als Fabio sich angekündigt hatte. Obwohl sie in ihrer winzigen Wohnung in Hafennähe selbst kaum Platz hatten. Aber das machte ihnen nichts aus. Dann rückten sie eben ein bisschen enger zusammen.

Fabio hatte auch nicht vor, seinen Verwandten bis zum Sankt-Nimmerleins-Tag zur Last zu fallen. Sein Plan: Er blieb eine knappe Woche, allerhöchstens zwei, suchte sich in dieser Zeit Arbeit und wechselte danach in eine Pension. Sollte es in Neapel nicht klappen, reiste er eben weiter nach Ischia oder Capri, wo man in der Saison immer Bedarf an Aushilfskellnern hatte.

Fabio trank den Kaffee aus, warf den Pappbecher weg, dann schulterte er seinen Rucksack und suchte die nächstgelegene Toilette auf. Vorsichtshalber. Im Flugzeug blieb er immer vom Start bis zur Landung angeschnallt sitzen. So sehr es ihn auch drängen mochte. Denn nicht nur, dass er sich vor Turbulenzen fürchtete, in Flugzeugtoiletten bekam er grundsätzlich klaustrophobische Zustände. Daher erledigte er das Pinkeln lieber vorher. Doch es ging nicht, kein einziger Tropfen wollte kommen.

Nierenversagen.

Der Gedanke rauschte wie eine meterhohe Welle heran. Und war er erst mal da, ließ er sich nicht mehr verscheuchen. Fabio fiel diese Frau ein, die bereits Wasser in den Beinen hatte, als Ralf und er in ihrer Wohnung aufgekreuzt waren. Und war er nicht in den letzten Tagen immer so müde und abgeschlagen gewesen?

Eine Gruppe angetrunkener Engländer kam herein, und Fabio vergaß für einen Moment sein Leiden. Er spülte, wusch seine Hände gründlich, dann verließ er eilig die Toilette und machte sich auf den Weg zum Gate. Langsam ließ das Herzrasen, das ihm für einen Moment die Luft geraubt hatte, wieder nach. Wenn es nach der Landung in Neapel immer noch nicht klappte, würde er sofort den Hausarzt seiner Verwandten aufsuchen. *Zio* Matteo und *zia* Gabriela hatten ja wohl einen. Oder er begab sich unverzüglich in den nächsten *pronto soccorso*, die Notaufnahme.

Überall Menschen. Sie drängten und schoben sich mit ihren Rollkoffern durch die Gänge. Fabio ächzte gequält, während er sich im Strom der Masse Richtung Gate bewegte. Wenn er jetzt plötzlich ohnmächtig wurde … ja, was dann? Der Gedanke schwelte noch in ihm, als er sie erblickte. Diese überirdisch schöne junge Frau, die er damals – es mochte gut einen Monat her sein – aus den Trümmern des Porzellangeschäfts befreit hatte. Die langen weizenblonden Haare, er erinnerte sich genau.

Fabio, sei nicht albern. Jedes zweite Mädchen trägt die Haare lang, und Blondinen gibt es auch wie Sand am Meer. Vermutlich spielten ihm nur seine Augen einen Streich, weil er in letzter Zeit so oft an sie gedacht hatte. Abends vorm Einschlafen, morgens beim Aufwachen und auch tagsüber hatte sie sich in sein Bewusstsein geschlichen, Platz genommen, die schlanken Beine übereinandergeschlagen und ihn angelächelt. Immer wieder hatte er sich dieselben Fragen gestellt: Wie sie wohl lebte? Was sie wohl tat? Ob sie einen Freund hatte? Gleichzeitig war ihm klar gewesen, dass er sie im Gewusel der Großstadt niemals wiederfinden würde.

Der Mann vor ihm mühte sich mit seinem Koffer ab, und Fabio nutzte den Moment, um in die entstandene Lücke zu flutschen. Die junge Frau war jetzt bloß noch wenige Schritte von ihm entfernt. Doch je länger er auf die Haarpracht starrte, desto unsicherer wurde er. War der Blondton nicht goldener gewesen? Oder war die Neonbeleuchtung schuld? Das künstliche Licht ließ ja auch die Gesichter aschfahl aussehen. Ihre Größe mochte in etwa stimmen. Allerdings war ihm die junge Frau in dem Porzellanladen filigraner, fast schon zerbrechlich, vorgekommen. Diese hier hatte eine athletische Figur, was umso mehr auffiel, da sie am Arm einer kleinen älteren Frau ging.

Fabio blieb, wie vom Blitz getroffen, stehen, das Handgepäck rutschte ihm aus der Hand. Dieser grau melierte Pagenkopf, die cognacfarbene Handtasche … Halluzinierte er etwa? Die alte Dame sah der Frau aus dem Porzellangeschäft zum Verwechseln ähnlich.

»Ey, Sie!«, blaffte jemand von hinten, doch das nahm er bloß gedämpft wahr.

»Hallo, Sie halten hier den ganzen Verkehr auf!«

Ein Rollkoffer schlug ihm in die Hacken, aber Fabio bewegte sich keinen Millimeter vorwärts. Genau in dieser Sekunde drehte sich die alte Dame um und blickte ihn geradewegs an. Sofort schaute sie wieder nach vorne, um sich gleich darauf ein zweites Mal umzudrehen. Ein paarmal ging das so, dann stieß sie die junge Frau an, flüsterte ihr etwas zu, und einen Wimpernschlag darauf wandten sie ihm beide die Köpfe zu. Die Hitze schoss Fabio ins Gesicht und verursachte eine Explosion in seinen Blutgefäßen. Nein, er hatte sich nicht geirrt. Sie waren es tatsächlich – die alte Dame und das Mädchen vom Unfallort. Was zum Teufel machten die beiden hier?

Bevor er sich dazu entschließen konnte, zu ihnen hinüberzugehen, wurde er vom Menschenstrom weitergetrieben. Er zeigte seine Bordkarte vor und betrat den Abfertigungsbereich. Seine Hände zitterten, und vermutlich war er immer noch rot bis zur Halskrause. Erst mal setzen.

Er stellte den Rucksack zwischen seinen Füßen ab, zurrte ihn geistesabwesend auf und wieder zu, da fiel ihm ein, dass er ja ein Smartphone besaß, auf das er ruhig mal einen Blick werfen konnte. Er fand es in seiner Jackentasche, und als er es entriegelte, sah er aus dem Augenwinkel, dass die alte Frau auf ihn zusteuerte. Etwa einen halben Meter vor ihm blieb sie stehen, taxierte ihn mit schief gelegtem Kopf und sagte:

»Ich fasse es nicht. Sie sind es ja wirklich!«

Fabio wollte etwas entgegnen, doch es hatte ihm die Sprache verschlagen. Das Mädchen schlenderte nämlich ebenfalls herbei. Diese Augen. Diese erstaunlich grünen Augen!

»Erinnern Sie sich denn nicht?«, drang die Stimme der alten Frau an sein Ohr. »Als dieses Auto durch das Schaufenster meines Porzellangeschäfts gekracht ist!«

Er räusperte sich. »Ach, Sie! Ja, na klar.« Warum log er eigentlich? Dazu bestand doch überhaupt kein Anlass.

Das Mädchen trat heran und lächelte. Das tat sie auf eine so entzückende Art, dass sich Fabios Fantasie selbstständig machte und ein Film in ihm ablief. Mit Weichzeichner. Als Erstes würde er sie zwischen die zarten Augenbrauen küssen, dann auf den Mund, weiter hinabwandern bis zu ihrem Hals …

»Du, Paulina, das ist der Sanitäter. Der damals nicht mit deinem Handy rausrücken wollte.«

»Hi!« Wie aufs Stichwort klingelte ihr Handy, sie fischte das grüne Smartphone, auf dem sicher noch seine Fingerabdrücke waren, aus ihrer Basttasche und nahm das Gespräch etwas abseits entgegen.

»Wie Sie sehen, sind wir beide wieder wohlauf«, sagte die alte Dame.

»Das freut mich. Freut mich wirklich sehr.«

»Bei Ihnen auch alles gut?«

Wieso fragte sie ihn das? Sie kannten sich doch gar nicht. Leider waren seine Small-Talk-Fähigkeiten auch nicht gerade berauschend. Entweder verhaspelte er sich, oder ihm fiel überhaupt kein Thema ein.

»Alles bestens«, erwiderte er hölzern. Ich kann nur nicht aufhören, das Mädchen anzustarren, habe wahrscheinlich

Nierenversagen und weiß nicht, was ich mit meinem Leben anfangen soll.

»Ist ja ein Ding! Sie fliegen auch nach Neapel?«

Fabio nickte und wollte etwas erwidern, möglichst etwas Intelligentes, aber ihm kam nicht mal etwas Dummes in den Sinn. Sein Hirn war wie leer gefegt.

»Geht's dann noch weiter? Auf eine der schönen Inseln?«

Er schüttelte den Kopf. »Ich besuche meine Verwandten in Neapel.«

Und Sie, wollte er die Gegenfrage stellen, da machte die alte Dame einen Satz auf ihn zu, umarmte ihn wie ihren verschollenen Sohn und trötete ihm ins Ohr: »Ach, wie herrlich! Leben Ihre Großeltern dort?«

»Mein Onkel und meine Tante.« Fabio wusste wirklich nicht, warum die Dame so ausflippte. Jeder hatte doch irgendwo Verwandte. Und an einer lauten Verkehrsstraße im Zentrum von Neapel zu wohnen war nichts, worum man die beiden beneiden konnte.

»Dann sprechen Sie auch Italienisch?«

»*Sì, chiaro.* Meine Mutter ist Italienerin.«

Das war für die alte Frau das Stichwort, komplett die Beherrschung zu verlieren. »Paulina«, rief sie, »unser Sanitäter kann Italienisch! Stell dir nur vor! Er ist Halbitaliener!«

Das Mädchen hatte wieder aufgelegt und kam heran.

»Rosa, die meisten Italiener können Italienisch«, entgegnete sie und zog eine Augenbraue hoch. »Das ist total normal.«

»Ja, aber er kann es wirklich *fließend*!«

»Rosa.« Paulina rollte mit den Augen.

»Was denn? Man wird doch wohl mal fragen dürfen.«

»Schon in Ordnung«, sagte Fabio zu der jungen Frau

und nutzte den Moment, um sie mit seinen Augen zu hypnotisieren. *Ich will dich heiraten! Willst du auch? Wenn ja, zwinkere mir zu! Jetzt!* Doch der Blick der schönen Paulina blieb neutral, ja beinahe gleichgültig.

Nur die Dame geriet wieder in Fahrt und sagte mit in die Luft gereckten Armen: »Junger Mann, Sie schickt ja der Himmel! Der hat Sie ja auch damals schon geschickt, als Paulina in mein Geschäft gerast ist. Wer weiß, was passiert wäre, wenn Sie nicht zur Stelle gewesen wären! Sie sind ein Schutzengel!«

»Rosa, wir wollten doch noch ein Wasser kaufen.«

Das Mädchen hakte die Frau unter und ging ohne ein Lächeln, ohne ein Wort des Abschieds – einfach so. Aber was hatte er auch erwartet? Ihre Fantasien hatten sich in den letzten Wochen ganz sicher nicht um ihn gedreht. Für sie war er nichts weiter als ein Fremder. Einfach nur der Sanitäter, der damals ihre Wunden versorgt hatte.

Die beiden gerieten aus seinem Sichtfeld. Erst ein paar Minuten später, als der Flug nach Neapel aufgerufen wurde und Fabio sich in die Schlange stellte, die sich am Ausgang gebildet hatte, sah er sie etwas weiter vorne stehen und miteinander tuscheln. Er konnte kein Wort verstehen, ihren Gesten nach schien Paulina jedoch ziemlich aufgebracht zu sein. Sie schüttelte ihre Haare, zeigte mal in die eine, mal in die andere Richtung und einmal auch auf ihn. Die Sache wurde immer bizarrer. Am Unfallort hatten sich die beiden Frauen angegiftet, jetzt verreisten sie zusammen und verhielten sich wie Oma und Enkelin.

Das Boarding ging nur langsam voran, und Fabio trat ungeduldig von einem Fuß auf den anderen. Warum hatte er die Frauen nicht gleich mit einer witzigen Bemerkung zum Pizzaessen in Neapel eingeladen? Oder sich als Fremdenführer angeboten? Als Übersetzer oder Liebhaber für Paulina?

Die beiden verschwanden schon im Flieger, als er gerade erst die Flugzeugtreppe erreichte. Aber noch war nichts verloren, nach der Landung würde er sie aller Wahrscheinlichkeit nach an der Gepäckausgabe wiedertreffen. Genau der richtige Moment, um sich aus dem Hinterhalt heranzupirschen und zuzuschlagen. Er würde es wie einen Zufall aussehen lassen und sie auf einen Espresso und ein *cornetto* in die Flughafenbar einladen. Nichts aufschieben. Nie. Das war nicht gerade eine neue Erkenntnis, doch sie flackerte so überraschend auf, dass er die Stewardess an der Eingangstür lächelnd fragte: »Darf ich noch mal zur Toilette?«

»Sicher. Bitte.«

Und dann ging er pinkeln, einfach nur pinkeln, und war heilfroh, dem Spontantod durch Nierenversagen entkommen zu sein.

* * *

Das passierte also, wenn man auf die Internetkenntnisse seiner fünf Jahrzehnte älteren Reisebegleitung vertraute. Rosa saß irgendwo im hinteren Teil des Flugzeugs, Paulina in Reihe sechs. Der Fensterplatz neben ihr war frei geblieben, und sie nutzte ihn als Ablage für die extra für den Strand gekaufte Basttasche, ihre zerknüllte Jacke und die Zeitungen, die sie eben noch im Kiosk besorgt hatte.

Fliegen, wow! Paulina liebte den Moment, wenn der riesige Vogel abhob und sie in den Sitz gepresst wurde. Die Stadt unter ihr, eine Spielzeugstadt aus Miniaturhäusern und -straßen, eingebettet von Grünflächen und Seen, und irgendwann stieß man durch die Wolken und war in einer anderen Welt. Vermutlich würde sie gar nicht zum Lesen kommen, dafür war sie viel zu hibbelig. Sie freute sich wie ein Kind an Weihnachten auf die Insel, die auf den Fotos so malerisch, wie aus einer längst vergangenen Zeit, aussah. Und dann dachte sie, was für ein Riesenglück sie doch gehabt hatte, dass ihr das alles nach dem tragischen Unfall quasi in den Schoß gefallen war.

Rosa mochte manchmal etwas eigenwillig sein – wenn attraktive Männer in der Nähe waren, drehte sie regelrecht auf –, doch in einem war sich Paulina sicher: dass sie genau die Person war, die sie im Moment um sich haben wollte. Weil Rosa sie so ließ, wie sie war, und weil sie ihr – anders als ihren Eltern – nichts beweisen musste. Weder, was für ein begnadetes Schauspieltalent sie war, noch, was sie sonst Phänomenales mit ihrem Leben anzustellen gedachte.

Die Stimmung zu Hause war in den letzten Tagen ziemlich unschön gewesen. Immer wieder Diskussionen und Streit. *Was willst du bloß auf so einer einsamen Insel? Und dann mit dieser alten Frau? Denk doch mal an deine Zukunft!*

Es war ein kräftezehrender Machtkampf gewesen, aus dem Paulina jedoch am Ende als Siegerin hervorgegangen war. Der Deal: Ihre Eltern bezahlten ihr den Hinflug sowie ein kleines Taschengeld, dafür musste Paulina sich in den kommenden Wochen über ihre Zukunft klar werden.

»Tschuldigung, darf ich mal?«

Paulina blickte auf. Shit, der Sanitäter, dieser hagere Typ mit dem leicht weggetretenen Blick. Der hatte ihr noch gefehlt. Er stand im Mittelgang und deutete auf den Fensterplatz.

»Ich glaube, das ist meiner.«

Die Frau am Gang war bereits aufgesprungen, nun kraxelte auch Paulina aus der Reihe und ließ den Mann auf seinen Platz. Wo kam der Kerl jetzt überhaupt noch her? Alle saßen längst und warteten darauf, dass es losging.

Er plumpste in den Sitz und fingerte, kaum dass er seine Wind- und Wetterjacke über den Knien drapiert hatte, am Gurt. Das tat er so ungeschickt, dass Paulina fast Mitleid mit ihm bekam.

»Soll ich mal?«

Sie nahm ihm die Schnalle aus der Hand und klickte sie fest.

»Oh, danke.«

»Wir sind aber noch nicht in der Luft. Schon klar, oder?«

Bloß ein Mundwinkel hob sich, als er ihr lächelnd die Hand hinstreckte. »Fabio.«

»Paulina.« Sie schlug ein, doch dieses bisschen an Intimität war ihr schon zu viel, und sie zog ihre Hand wieder weg. Dass dieser Typ gut zwei Stunden neben ihr sitzen würde, passte ihr nicht. Sie wollte sich nicht unterhalten. Mit niemandem. Und sie wollte sich auch nicht wieder von ihm anstarren lassen, wie schon im Krankenhaus. Immer guckten die Falschen. Zum Heulen.

»Mir wird übrigens schlecht beim Fliegen«, erklärte sie. Vielleicht schreckte ihn das ja ab, und er bat die Stewardess um einen anderen Platz.

»Sie Arme.« Er lächelte mitfühlend. »Dann helfe ich Ihnen mit der Tüte.«

Um Himmels willen!, dachte Paulina und sagte: »Nein danke, das müssen Sie nicht. Mir wird auch nur schlecht, wenn ich mich unterhalte.«

»Dann schlafen Sie am besten, wenn wir in der Luft sind.«

Zum Glück. Er hatte es begriffen. Paulina schnappte sich die Zeitung und überflog die Schlagzeilen. Kaum hatte sie den ersten Absatz eines Artikels gelesen, tönte es neben ihr: »Darf ich Sie mal etwas fragen?«

Paulina seufzte leise. »Ja, von mir aus.«

»Wohin genau geht denn die Reise?«

Statt zu antworten, legte Paulina die Zeitung auf ihren Knien ab und blickte den Mann herausfordernd an.

»Mir wird schlecht. Sagte ich doch.«

»Aber wir sind noch gar nicht losgeflogen, und Sie sagten, Ihnen wird erst in der Luft schlecht.«

»Jetzt hör schon mit dem albernen Gesieze auf«, brach es aus ihr hervor. »Rosa und ich fahren nach Procida. Mir wird auch nicht schlecht beim Fliegen, wenn ich mich unterhalte. Das war gelogen. Ich will nur meine Ruhe haben, *capisci*?«

»*Sì, ho capito*«, sagte Fabio, und es klang wie eine schöne Melodie. Er fügte noch zwei, drei Sätze auf Italienisch hinzu, die Paulina jedoch nicht verstand.

»Und jetzt noch mal auf Deutsch?«

»Ich freue mich einfach, dass beim Unfall nichts Schlimmeres passiert ist. Und dass wir nebeneinandersitzen. Das ist doch … ein glücklicher Zufall!«

Das Flugzeug rumpelte aus der Parkbucht, und Fabio zurrte den Gurt enger.

Paulina beließ es dabei und widmete sich wieder ihrer Zeitung.

»Warum eigentlich Procida?«, meldete sich ihr Sitznachbar wieder zu Wort, als sie die Reiseflughöhe erreicht hatten und die Anschnallzeichen erloschen waren.

»Warum denn nicht? Ist es dort so furchtbar?«

»Im Gegenteil.« Sein Zeigefinger ging wie ein Scheibenwischer hin und her. »Procida ist eine der romantischsten Inseln, die ich kenne. Ein paar Szenen von *Il Postino* sind dort gedreht worden. Kennst du den Film? *Der Postmann* hieß er in Deutschland.«

Als Paulina verneinte, lachte er auf.

»Schon klar. Er ist ja auch uralt. Damals warst du noch gar nicht auf der Welt. Die Inselbewohner sind heute noch wahnsinnig stolz darauf. Und manchmal kommen sogar Cineasten auf die Insel, um sich die Drehorte anzusehen.«

Paulina blätterte in der Zeitung.

»Aber dass ihr beide dorthin fahrt«, fuhr er fort, »also, die alte Dame und du ... das finde ich seltsam. Procida ist doch eher was für die Flitterwochen.«

»Ja, genau, Rosa und ich haben ja auch geheiratet.«

Fabio lachte über den flauen Witz. »Schräger Humor. Gefällt mir.«

»Aber mir gefällt nicht, dass du so neugierig bist.«

»Verzeihung. Ich bin schon still. Du wolltest ja deine Ruhe haben.«

Zum Glück hielt sich ihr Sitznachbar an sein Versprechen und blickte aus dem Fenster in die blau-weißen Schattierungen. Paulina las, ein paar himmlisch ruhige Minuten verstrichen, dann tauchte Rosa, ihre Handtasche in der Armbeuge, im Gang auf und blieb auf ihrer Höhe stehen.

»Na, so was!«, rief sie. »Da sitzt ihr beiden Hübschen hier zusammen und sagt keinen Ton.«

Paulina mochte Rosa wirklich sehr, aber ihr Geflöte, sobald der Sanitäter auf der Bildfläche erschien, ging ihr ziemlich auf die Nerven. Man konnte ja fast meinen, sie sei in ihn verknallt. Was sie Rosa bei ihrer bewegten Vergangenheit durchaus zutraute.

»Ja, lustiger Zufall, *vero?*«, erwiderte er und beugte sich so weit vor, dass er mit seiner Schulter Paulinas berührte. »Ihr habt vielleicht ein Glück. Um mich herum schlafen alle tief und fest. Keiner will sich mit mir unterhalten.«

Paulina löste den Gurt. »Super, dann tauschen wir.«

»Wenn Sie mögen, können Sie sich gerne zu Ihrer Familie setzen«, schaltete sich die Frau am Gang ein. »Ich nehme dann Ihren Platz.«

Rosa bedankte sich überschwänglich, das sei ja zu lieb, vorletzte Reihe rechts am Gang.

Während sich die Frau ihre Sachen schnappte und nach hinten ging, sprang Paulina auf und bot Rosa den Platz neben Fabio an, die diesen nur allzu gerne annahm. Ein perfekter Deal. Rosa hatte freie Bahn, auf ihren Schwarm einzureden, und Paulina musste sich im Gegenzug nicht weiter von ihm zutexten lassen. Sie konnte ihre Beine in den Mittelgang strecken, die Augen schließen und dem Summen der Motoren lauschen, dieser wohlig einschläfernden Melodie.

Doch daraus sollte nichts werden. Denn Rosa sprach in einer Lautstärke, dass ihre Stimme vermutlich bis ins Cockpit zu hören war. Schwerhörig war sie nicht, also lief augenscheinlich ihr Hormonkarussell auf Hochtouren.

»Was meint ihr?«, tönte sie. »Wollen wir nicht ein Sektchen trinken? Auf unsere neu gegründete Familie anstoßen?«

Fabio lachte auf. »So schnell kann's gehen.«

»Sie sagen es. Fragt sich bloß noch, wer wer ist. Paulina ist auf jeden Fall das Kind, versteht sich von selbst. Sie sind der große Bruder, und ich … die Oma?«

»Dann bin ich aber der sehr, sehr große Bruder. Und Sie die sehr, sehr junge Oma.«

Flirteten die beiden etwa? Rosa sah so glücklich aus, dass

Paulina geradezu neidisch wurde. Wann hatte sie zuletzt so ein Leuchten in den Augen gehabt? Und was war der Anlass gewesen? Sie konnte sich kaum erinnern.

»Also, was nun? Sekt? Oder lieber Saft?«

Fabio winkte ab. »Wir können ja einen Kaffee trinken, wenn wir gelandet sind.«

»Dann müssen wir aber gleich weiter zur Fähre, junger Mann. Wir wollen keine Zeit verlieren.«

Zwischen Rosa und Fabio entspann sich eine Unterhaltung über die Insel Procida. Fabio erwähnte eine Bar, in der man unbedingt den Espresso trinken sollte, eine andere, in der es die besten Leckereien zum Aperitif gab, und ein Fischlokal mit hundertprozentig fangfrischem Fisch.

»Warum kommen Sie uns nicht mal besuchen und zeigen uns Ihre Lieblingsplätze?«, fragte Rosa.

Um Gottes willen, hatte sie das wirklich gesagt? Hatte Rosa den Sanitäter mit dem Hundeblick gerade eingeladen?

Fabio schwieg einen Moment – er wusste wohl selbst nicht so genau, was er von dem Angebot zu halten hatte –, doch dann umklammerte er den Vordersitz wie ein Ertrinkender und sagte: »Sehr gerne. Wann soll ich kommen?«

»Wann immer Sie mögen«, erwiderte Rosa, und Paulina fiel nichts Besseres ein, als hinter der aufgeschlagenen Zeitung die Augen zu verdrehen.

Irgendetwas lief hier gerade mächtig aus dem Ruder. Sie reiste mit einer hormongesteuerten alten Dame auf eine abgeschiedene italienische Insel, die gerade einen ebenso hormongesteuerten Typen eingeladen hatte, sie zu besuchen, der dann womöglich die ganze Zeit um Paulina herumscharwenzeln würde. Na, dann amen und gute Nacht. Zum Aussteigen war es jedenfalls zu spät.

8.

Sie waren da. Standen endlich auf italienischem Boden, und Rosa inhalierte die kerosingeschwängerte Flughafenluft so genüsslich, als befände sie sich bereits am Strand und Wellen würden ihre nackten Zehen umspülen.

Hach, Italien! Hach, Fabio!

Er war ja so ein höflicher Mensch, und nachdem Rosa und die Kleine ihr Gepäck vom Förderband gefischt hatten, bot er sich an, sie im Bus bis zum Hafen und dort direktemang zum Bootsanleger zu begleiten.

»Nee, also echt jetzt mal.« Paulina ächzte leise.

»Was denn? Das ist doch sehr höflich von dem Herrn Fabio.«

»Der Herr Fabio muss jetzt bestimmt auch mal los.«

»*Non c'è problema!*« Er wedelte mit den Händen und lächelte dabei das junge Ding an – ganz gewiss nicht zum ersten Mal.

Zarte Fältchen, von denen Rosa nur träumen konnte, tauchten auf Paulinas Stirn auf. Dann beugte sie sich vor und zischte: »Rosa! Wir sind ja wohl in der Lage, diese lächerliche Fähre zu finden.«

»Sicher, Schätzchen. Aber es ist doch viel netter, wenn der Herr Fabio mitkommt. Und wir nicht am Hafen herumirren müssen.«

Fabio hatte ihr im Flieger von den unterschiedlichen Fähren erzählt, die die Insel ansteuerten. Es gab ein Tragflügelboot Richtung Ischia und eine normale Fähre, allerdings legten nicht alle Boote an, Procida auf und die Schalter für die Tickets befanden sich an unterschiedlichen Standorten.

»Außerdem bin ich siebzig«, beendete Rosa die Diskussion. »Wenn du das bitte mal zur Kenntnis nehmen würdest, junge Dame.«

Paulina verstummte. Endlich. Das Mädchen sollte doch froh sein, dass dieser Goldschatz von Fabio sich ihrer annahm. Schmunzelnd schulterte er seinen Rucksack, schnappte sich Paulinas und Rosas Rollkoffer und trabte los. Unterwegs spendierte er einen Espresso in der Flughafenbar – darauf bestand er –, und nachdem der Bus sie eine halbe Stunde durch Neapel geschaukelt und Fabio die Tickets für die Überfahrt besorgt hatte, musste er ihnen versprechen, sie auch wirklich ganz bald auf Procida zu besuchen.

»*Sì certo.*«

Fabios Blick glitt, während er seine Handynummer auf einen Zettel kritzelte, immer wieder zu Paulina, und Rosa war sich sicher, dass er kommen werde. Und in dem beruhigenden Gefühl, dass ein Italienisch sprechender Mann in greifbarer Nähe war, falls sie ihn brauchen sollte, bestieg sie die Fähre.

* * *

Es war eine betörende und kurzweilige Überfahrt. Mal saßen sie an Deck und sahen zu, wie sich das Meer und der Himmel einen Wettkampf lieferten, wer denn nun blauer, weiter und schöner war. Mal, wenn der Wind zu kräftig blies, gingen sie ins Schiffsinnere. Dort ließen sie sich in die abgenutzten, aber bequemen Sitze sinken, und Rosa schloss für einen Moment die Augen. Sie lauschte dem Tuckern der Motoren, dem hitzigen Disput der italienischen Großfamilie, die eine Reihe hinter ihnen saß, und dann dankte sie Hans, dass er sie auf diese Reise geschickt hatte. Beste Grüße an dich da oben, murmelte sie leise und faltete die Hände. Denn dass er irgendwo dort oben im Himmel saß – daran hatte sie keinen Zweifel.

»Was machst du da?« Paulina schien sie schon länger zu taxieren. »Betest du?«

»Ja, so ähnlich«, antwortete Rosa und verschwieg der Kleinen, dass sie es mit Göttern, welcher Art auch immer, nicht so hatte.

»Ich hab auch grad gebetet.«

»Tatsächlich? Du bist gläubig?«

Paulina grinste und warf ihre Haare zurück. »Nur im Bedarfsfall. Ich hab Gott gebeten, uns dabei zu helfen, den richtigen Weg zu finden.«

»Also bitte, Mädchen. Jetzt wirst du aber theatralisch.«

»Ich mein doch den richtigen Weg zum Haus.«

Rosa nickte. In diesem Punkt wäre ein Gott schon von Vorteil.

»Und ich habe mir gewünscht, dass das Haus einigermaßen in Schuss ist.« Paulina zwinkerte ihr zu. »Keine Lust, heute noch ein Hotel suchen zu müssen.«

»Ich auch nicht, mein Mädchen, ich auch nicht.«

Rosa wusste von Kalle lediglich, dass Hans noch vorletztes Jahr seine Ferien auf Procida verbracht hatte. Schlafgelegenheiten gab es wohl genügend, nur in welchem Zustand mochte alles sein? Verlotterte Betten? Muffige Wäsche? Schlafsäcke, die noch nie eine Waschtrommel von innen gesehen hatten? In ihrer wilden Zeit war Rosa hart im Nehmen gewesen, da hätte sie sich nicht daran gestört. Damals war man eben noch nicht so verwöhnt. Alle Mann hoch im VW-Bus, sich kurz an der Tankstelle waschen oder irgendwo unterwegs im See. Wer hatte damals schon auf komfortable Betten mit frischer Wäsche Wert gelegt?

Knapp zwanzig Minuten vor der Ankunftszeit gingen sie erneut an Deck, und als die Insel schemenhaft in der Ferne auftauchte, jauchzte Paulina und machte kleine Luftsprünge.

Die Fähre fuhr ein Stück die Küste entlang, passierte den Jachthafen und steuerte auf die Anlegestelle zu. Rosa verspürte beim Anblick der näher kommenden pastellfarbenen Häuserformation ein vertrautes Ziepen im Bauch. Ähnlich wie damals, wenn alles auf eine wilde Nacht mit einem ihrer Liebhaber hinauslief. Mit dem Unterschied, dass die Insel kein Liebhaber war, wohl aber jeden Mann an Schönheit in den Schatten stellte. Blassgelbe und rosafarbene Häuser schmiegten sich am Lungomare aneinander. Eine beinahe irreale Szenerie, als hätte sie ein Maler mit seinem Pinsel auf eine riesengroße Leinwand getupft.

Irgendwo in diesem bunten Häusermix musste auch das geerbte Haus stehen, und Rosa wollte vor Glück schier platzen. Eigentlich nur gut, dass das Mädchen in ihren Laden gerauscht war und alles ruiniert hatte. Den Porzellandalmatiner und auch den anderen Krempel. Sonne, Wind und salzige Luft, dazu die Möwen, die die Fähre schon seit einer Weile mit ihrem Geschrei begleiteten – das war doch so viel besser als Berlin, Luigi und der ewige Alltagstrott.

Rosas Handy klingelte.

»Lotte, du, wir sind gleich da!« Rosa musste gegen den

Wind anschreien. »Ich sehe schon die Insel. Ein Traum, sag ich dir! Wie schade, dass du nicht hier sein kannst.«

Ihre Tochter war beruhigt, dass Rosa den Flug und die Überfahrt gut überstanden hatte, und nötigte ihr das Versprechen ab, sich zu melden, sobald sie im Haus angekommen war.

Die Fähre legte pünktlich in Marina Grande an. Im dichten Gedränge ging es von Bord, Koffer schoben sich in ihre Hacken, Ellbogen rammten sie. Als sie endlich festen Boden unter den Füßen hatte, blieb Rosa einen Augenblick stehen. Sie wollte die Ankunft zelebrieren, ja, wie einen guten Wein genießen.

»Hach!«, seufzte sie und ließ ihre Blicke schweifen.

Der Hafen erinnerte sie an das Italien der Fünfziger- und Sechzigerjahre, als die Häuser noch marode sein durften. Als niemand mit dem großen Schrubber über die Fassaden gegangen war, um sie für zahlkräftige Touristen herauszuputzen. Es gab weder Bettenburgen noch Schickimicki-Cafés noch Massen von Touristen. Nur Häuser mit abblätterndem Putz, unaufgeregte Bars und Restaurants sowie verwinkelte Treppen, die tiefer in das Häusergewirr führten.

»Komm, mein Mädchen.«

Rosa straffte sich und holte tief Luft, dann marschierte sie los. Auf ins neue Leben! Die Insel war laut Kalles Beschreibung klein. Zumindest brauchte man kein Taxi, um auf die andere Seite des Hügels nach Corricella zu gelangen. Nur wo genau musste man abbiegen? Welche Gasse führte zu ihrem Haus?

Nach ein paar Metern fasste sich Rosa ein Herz und sprach einen weißhaarigen Mann mit sonnengegerbter Haut an. Vielleicht ein Fischer? Aber er verstand kein Deutsch.

War ja klar. Und mit ihren rudimentären Englischkenntnissen kam sie auch nicht weiter.

»Lass mal, ich mach das«, sagte Paulina und steuerte auf einen jungen Mann zu, der, die Zigarette lässig im Mundwinkel, an einer Hauswand lehnte. So ein schnuckeliges Kerlchen! Ein Alain-Delon-Verschnitt in jungen Jahren. Den hätte Rosa früher auch nicht von der Bettkante gestoßen.

Die beiden verständigten sich mit Händen und Füßen, und schon kurz darauf kam Paulina mit einem breiten Grinsen im Gesicht zurück.

»Ist gar nicht weit. Knappe zehn Minuten.« Sie wies mit dem Kopf zu dem hübschen Kerlchen. »Er hilft uns mit dem Gepäck.«

»Und du meinst, dieser Alain Delon ist vertrauenswürdig?«

»Wer?«

»Ach, vergiss es.« Es war heiß, und Rosa wollte endlich ankommen.

Der junge Mann, der sich als Mario vorstellte, lief schnellen Schrittes die ansteigende Straße hinauf, wobei Rosas großer Rollkoffer, der weiß Gott schon bessere Tage gesehen hatte, schepperte und jammerte, während Paulinas Trolley so leise wie ein Mercedes-Benz übers Straßenpflaster schnurrte. Ein paar Minuten ging es im Stechschritt die Erhebung hinauf, der Bursche drehte sich immer wieder nach Paulina um, nahm allerdings auf die fußlahmere Rosa keinerlei Rücksicht.

»Komm du erst mal in mein Alter, Jungchen«, brummte sie und blieb stehen. Kurz verschnaufen.

»*Avanti! Siamo lì!*«, rief der junge Mann und bog in eine schmale, von Geschäften gesäumte Straße ein.

Beruhigt stellte Rosa fest, dass es alles gab, was man zum Überleben brauchte: einen kleinen Supermarkt, einen Gemüseladen, eine Bäckerei und sogar zwei, drei schicke Boutiquen. Sie passierten einen Friseursalon, dann schlängelte sich die Straße schon wieder hinab. Einmal links abbiegen, einmal rechts, sie schlüpften unter einem Torbogen hindurch und kraxelten eine unebene Steintreppe hinunter. Rosas Knie murrten, und sie war heilfroh, ihren bleischweren Koffer nicht selbst über die Stufen hieven zu müssen.

Doch dann geschah das, was sie die ganze Zeit insgeheim befürchtet hatte: Der junge Delon flitzte – zack – um die Ecke, aber als Paulina und Rosa nachkamen, war er nirgends zu sehen.

»So ein Halunke!«, schimpfte sie. »Der hat uns reingelegt.«

»Reg dich ab. Er hat gesagt, bei der Kapelle rechts, noch mal rechts und dann geradeaus.«

»Und das willst du auch richtig verstanden haben? Italiener können vielleicht Espresso zubereiten, aber Englisch …?«

Paulina hakte sich bei ihr unter, und während sie den Druck auf Rosas Arm verstärkte, sagte sie: »Wir haben ja wohl schon Schlimmeres überstanden, oder? Falls der Typ wirklich weg ist, kaufen wir uns eben neue Klamotten.« Sie grinste. »Vom Versicherungsgeld.«

Wenig später fanden sie den jungen Mann tatsächlich wieder. Er lehnte in einer schattigen Gasse an einem rosafarben getünchten Regenrohr und deutete auf ein Haus in einem etwas helleren, pudrigen Rosaton. Ein Kübel mit einem üppig blühenden Oleander stand neben der Eingangstür.

»Gott sei Dank!« Rosa reckte die Hände gen Himmel. Vielleicht passte da oben ja jemand auf sie auf; wahrscheinlich Hans, der vermutlich gerade auf einer puffigen Wolke hockte. »Das Haus ist ja wirklich rosa, Paulina! Richtig schön rosa!«

»Ja, was hast du denn erwartet?«

Rosas Schultern zuckten auf und ab, dann machte sie einen Schritt auf das schmale, zweigeschossige Gebäude zu, das zwischen ein hellblaues und ein mattgelbes Haus eingeklemmt war. Zärtlich strich sie über den bröckelnden Putz.

»Hallo, du«, flüsterte sie und kam sich nicht mal albern dabei vor. »Ich bin's. Rosa.«

Als sie sich nach Paulina umblickte, war der junge Italiener verschwunden.

»Wo ist er denn jetzt hin? Ich wollte ihm noch einen Schein zustecken.«

»Rosa! Er ist doch kein Callboy!«

»Dann laden wir ihn demnächst mal auf ein Eis ein. Du hast dich doch hoffentlich mit ihm verabredet?«

»Jetzt quatsch nicht rum und schließ endlich auf.«

Rosas Hände zitterten, als sie den Schlüssel aus ihrer Handtasche kramte. Sie war so schrecklich aufgeregt, schließlich war es ein ganz erhabener Moment, der vielleicht erhabenste ihres bisherigen Lebens.

»Schätzchen, soll ich wirklich …?«

»Logisch! Was denn sonst?«

Der Schlüssel passte, das war schon mal die halbe Miete. Es knarzte nur etwas, als sie aufschloss, doch dann sprang die Tür auf.

Das Erste, was Rosa sah, war ein gähnendes schwarzes Loch. Das Erste, was sie roch: Muff.

»Ich mach mal die Rollläden auf«, sagte Paulina und flutschte an ihr vorbei ins Haus.

Wie gut, dass sie die Kleine dabei hatte und die in manchen Dingen äußerst praktisch veranlagt war. Rosa selbst war gerade zu überhaupt nichts fähig. Sie stand bloß auf der Schwelle und versuchte, ruhig zu atmen. Sie war ja auf alles gefasst. Auf Müll in den Ecken, auf Ungeziefer, auf Hans' Dreckwäsche aus rund zehn Jahren, auf schmutziges Geschirr, auf Spuren eines ganzen Lebens.

»Und?«, rief Rosa und reckte sich ungeduldig auf die Zehenspitzen.

Statt einer Antwort hörte sie es klappern, im nächsten Moment flutete Sonnenlicht herein, und sie wich erschrocken zurück. Das konnte nicht sein, sie musste halluzinieren! Durch die Fenster an der Rückfront leuchtete es blau. Das war der Himmel, aber auch ein Fitzelchen vom Meer, das zwischen ein paar Häusern hindurchschimmerte.

»Paulina!«, wollte sie rufen, doch nur ein Krächzen kam aus ihrer Kehle.

»Alles in Ordnung, Rosa?«

»Hältst du mich bitte mal fest?«

Paulina war sofort bei ihr und griff nach ihrem Arm. »Ist dir nicht gut?«

»Doch, aber sag mir bitte eins. Siehst du auch das, was ich sehe, oder bin ich gerade verrückt geworden?«

Ein Grinsen überzog Paulinas Gesicht wie Zuckerguss eine Torte. »Ich weiß ja nicht, was du siehst.«

»Na, das Meer! Und … das hier alles!«

»Ja, das ist das Meer.« Paulina sprach mit ihr wie mit einer senilen Person. »Wir sind ja auch am Meer. Schon vergessen?«

Nur zögerlich betrat Rosa das Erdgeschoss, in dem Wohn- und Essbereich ineinander übergingen. Linker Hand befand sich eine Wohlfühlecke mit einem weißen, wirklich sehr weißen Sofa und azurblauen Kissen. Kein Staubkörnchen, kein Fleck, alles wie frisch gewaschen und geputzt. Staunend ging sie weiter und trat in die offene Küche. In den Regalen über der Arbeitsplatte stapelten sich wild zusammengewürfeltes Geschirr, Gläser, Schüsseln und Glaskaraffen. Töpfe und Pfannen waren in einer Nische zwischen Spüle und Gasherd verstaut. In der Mitte des Raumes stand ein schlichter Holztisch mit vier Stühlen in Rot, Gelb, Blau und Grün.

»Krass«, sagte Paulina, der es ebenfalls für einen Moment die Sprache verschlagen hatte. »Hättest du das erwartet?«

Rosa konnte nichts erwidern. Weil sie die ganze Zeit gegen einen Kloß im Hals ankämpfte. Er stieg hoch und immer höher, und dann liefen auch schon die Tränen. Paulina griff nach ihrem Arm, wohl, um sie zu stützen, doch Rosa straffte sich und zog die Nase hoch.

»Alles in Ordnung, Schätzchen.«

Sie war nur so schrecklich glücklich und gerührt, im nächsten Augenblick tieftraurig, eine ganze Palette an Gefühlen wirbelte in ihr durcheinander. Hans musste ein großartiger Mensch gewesen sein, aber sie hatte ihn verpasst. Weil sie damals auf die vermeintlich heißeren Kerle geflogen war. Das war schmerzlich und irgendwie auch schade.

»Der hat hier garantiert mit einer Frau gewohnt«, sagte Paulina, während sie durch den Küchenbereich strich und sich alles ganz genau ansah.

»Laut Kalle ja nicht.«

»Aber welcher Mann kauft denn ein weißes Sofa?« Sie hielt eine Tasse mit Lavendelmotiv hoch. »Oder so was?«

In Rosas Kopf begann es sich zu drehen. Schnell und immer schneller. Es dauerte eine Weile, bis das Karussell in ihr wieder zum Stillstand kam.

»Jetzt muss ich mich mal kurz setzen«, sagte sie und ließ sich auf einen Küchenstuhl fallen.

»Geht es dir wirklich gut?« Paulina blickte sie besorgt an, ihre Wimpern flatterten wie Libellenflügel.

»Genauso hat meine Lieblingstasse ausgesehen ... also, in unserer WG in Frankreich.« Sie griff nach der Tasse. »Ich hab sie damals auf einem Markt in Avignon gekauft.«

»Tatsächlich?«

»Himmelherrgott, wie kommt die bloß hierher?«

»Vielleicht hat dieser Hans sie ...« Paulina brach ab, schüttelte leicht den Kopf. »Glaubst du, er hat sie damals mitgenommen? Als Andenken an dich? Weil er dich so toll fand?«

Rosa war zu verwirrt, um einen klaren Gedanken fassen zu können, und zuckte bloß mit den Schultern.

Paulina pfiff leise. »Wow! So einen Verehrer hätte ich auch gerne mal.«

»Nun lass doch, Schätzchen ... Ist wahrscheinlich bloß ein Zufall. Und einen Verehrer hast du schließlich auch.«

»Du meinst aber nicht ...«

»Doch. Fabio.«

»Ach, der!« Die Kleine verdrehte genervt die Augen.

»*Der* ist ein sehr netter junger Mann.«

»*Der* ist ziemlich penetrant und mir sowieso zu alt.«

»Wie auch immer. Er könnte uns vielleicht noch mal behilflich sein.«

Paulina schaute fragend, doch Rosa war schon an der Treppe. »Komm, junge Dame. Die Schlossbesichtigung geht weiter.«

Das Geländer wackelte etwas, aber sie kamen heil oben an, und Rosa stieß die erste Tür auf der rechten Seite auf.

»Ein Mädchenschlafzimmer, ich fasse es nicht!«, rief Paulina aus, nachdem sie die Fensterläden geöffnet hatte und Sonnenstrahlen die hellrosafarbenen Wände erleuchteten. Auf dem breiten Doppelbett lag eine blassblaue Decke, darüber hing ein großformatiges Foto von der Insel. In der Ecke neben dem Fenster, das zur Gasse hinausging, stand ein rustikaler Bauernschrank. Er war zwar älteren Datums und die Türen knarzten, als Rosa ihn vorsichtig öffnete, aber er erfüllte voll und ganz seinen Zweck. Wolldecken, Kissen, Bettwäsche und Handtücher stapelten sich auf den Einlegeböden.

»Alles da, was man braucht«, murmelte sie. »Ins Hotel müssen wir jedenfalls nicht.«

»Cool!«, rief Paulina und war schon wieder halb aus der Tür. »Komm, Rosa. Weiter!«

»Ja, gleich.«

Sollte sich das Mädchen ruhig erst allein umsehen. Sie brauchte Zeit, um das alles hier zu verdauen. Insbesondere die Tatsache, dass sie in dem Leben des nahezu Unbekannten eine augenscheinlich so große Rolle gespielt hatte. Sie streckte sich auf dem Bett aus, hüpfte ein bisschen mit dem Po auf und ab, um den Härtegrad der Matratze zu testen, dann schloss sie für einen Moment die Augen. Hach, war das herrlich! Jetzt ein kleines Nickerchen. Doch die Ruhe währte nicht lange. Irgendetwas polterte, Schimpflaute drangen an Rosas Ohr, dann hörte sie Paulinas typisch in die Länge gezogenes *Wow!*.

»Rosa?! Der Rest ist Schrott, da müssen wir renovieren, aber es gibt einen Balkon! Mit Meerblick!«

Rosa war so schnell auf den Beinen, dass ihr Kreislauf kaum hinterherkam.

In das fensterlose Bad mit einer Dusche von anno dazumal warf sie bloß einen flüchtigen Blick. Dann betrat sie den Raum auf der linken Seite, ein geräumiges Zimmer voller Gerümpel und mit abblätternder Tapete. Von der Schwelle der Balkontür aus winkte ihr Paulina aufgeregt zu.

»Komm schon her! Der Ausblick ist traumhaft!«

Rosa kletterte über eine verstaubte Kiste, stieß sich den Fuß an einer am Boden liegenden Hantel, umrundete einen Stapel Kartons und setzte einen Fuß auf den Balkon.

Wie gerne hätte sie ebenfalls *wow!* ausgerufen, so wie Paulina das immer tat, doch beim Anblick des smaragdgrün schimmernden Meeres und der am Felsen klebenden Häuser, die auf dieser Seite der Insel noch weitaus farbenprächtiger leuchteten, verschlug es ihr die Sprache.

»Ist das nicht schön, Rosa?«

»Wunderschön!« Sie beugte sich über die Balkonbrüstung und deutete auf ein Café, das schräg unter ihnen lag. »Schätzchen, ich glaub, ich brauch dringend, also wirklich dringend, ein Glas … irgendwas. Prosecco oder so.«

»*Yep!* Gehen wir uns betrinken.«

»Betrunken klärt sich auch besser die Frage, wie wir das heute Nacht mit dem Bett regeln. Wir haben ja nur eins.«

»Kein Problem.« Paulina warf ihr ein Luftküsschen zu. »Ich schlafe einfach auf dem Sofa.«

Und dann verließen sie auf der Suche nach einem Gläschen irgendwas ihr neues Zuhause.

9.

Rosa war kaum zwei Stunden hier und schon trunken von so viel Schönheit. Falls es irgendwo ein Paradies gab, musste es aussehen wie das kleine Fischerdorf Marina Corricella mit den bunten, übereinandergestapelten Häusern, den verschachtelten, von Oleander und Bougainvillea umrankten Veranden, den verwinkelten Gassen und Treppen, die den Ort wie ein unübersichtliches Adergeflecht durchzogen. Ach ja, und dann waren da auch noch das Meer, in den spektakulärsten Blau- und Grüntönen changierend, und der Himmel, der am Horizont die Meerlinie zu verschlucken schien. Und dann genehmigte sich Rosa ein weiteres Glas Prosecco, vorsichtshalber, um nicht dem Irrglauben zu erliegen, dass sie womöglich bloß vor einer riesigen Fototapete hockte. Luigis *tramezzini*, der Trubel der Großstadt, der Tinnef in ihrer Wohnung, ihre verstaubten Schallplatten – all das war so weit weg, wie aus einem anderen Leben. Ihre Wirklichkeit waren die Fischer, die nur ein paar Armlängen entfernt ihre Netze flickten, das Tuckern der Boote, die Rufe der Kinder, die auf Fahrrädern über die Hafenpromenade sausten.

»Paulina«, sagte Rosa mit bereits schwerer Zunge und bunkerte ein paar Chips in der hohlen Hand.

Paulina schien wie aus einem Dämmerschlaf zu erwachen

und blickte sie aus ihren großen grünen Augen an. Meine Güte, war das Kind schön! Vielleicht gab es ja doch einen Gott, und als er Paulinas Gene zusammengewürfelt hatte, hatte er sich selbst übertrumpft. Gegen sie sah selbst Mona Lisa blass aus.

»Ja, was?«

»Ich glaub, ich mag dich.«

Paulina lächelte spöttisch. »Häh, ja, wieso? Ich dich doch auch.«

»Aber ich mag dich mehr als nur so ein bisschen larifari. Was angesichts der Tatsache, dass du in meinen Laden gerauscht bist und mich fast umgebracht hast, ziemlich viel ist.« Rosa nahm das Proseccoglas in die Hand und sah den Bläschen beim Aufsteigen zu. »Ich sag dir jetzt was, und ich meine es sehr ernst. Du bist fast wie eine Freundin für mich. Eine Freundin, die ich schon sehr lange kenne.«

»Rosa ...« Das Mädchen schüttelte verlegen mit dem Kopf. »Rosa, du spinnst!«

»Mag sein. Du bist nicht die Erste, die mir ein gewisses Maß an Verrücktheit bescheinigt. Aber mal ehrlich: Wäre ich nicht zu ... sagen wir ... fünfzig Prozent verrückt, hätte ich doch gar nicht diese Reise angetreten und dich mitgenommen. Oder? Sag mal.«

Eine Pause trat ein. War sie womöglich zu weit gegangen? Die Kleine war ja ganz blass um die Nase und hielt sich mit der einen Hand an der Stuhllehne, mit der anderen am Glas fest.

»Alles gut, Schätzchen?«

»Ich könnte deine Enkelin sein«, platzte es aus ihr heraus, während sie mit dem Stuhl hin und her rückte. Rein in die Sonne, raus aus der Sonne, im nächsten Moment ein Stückchen nach links, damit die Beine beschienen wurden, der Kopf jedoch im Schatten war.

»In der Tat. Aber tu mir bitte den Gefallen und nenn mich nicht Oma. Dann fühle ich mich wirklich alt.«

Der Anflug eines Lächelns huschte über das Gesicht des Mädchens.

»Soll ich dir noch was verraten?«, fuhr Rosa fort, weil sie gerade in Plauderlaune war. »Aber du darfst mich nicht auslachen, versprochen?«

»Versprochen!«

Rosa klemmte sich eine Strähne hinters Ohr und erklärte: »Ich war damals genauso wie du.«

»Mit Sicherheit nicht!«

»Ich weiß, was du denkst. Du bist einzigartig. Niemand ist so wie du. Das stimmt auch. Aber ich habe mir damals auch nichts von meinen Eltern sagen lassen und die Schule geschmissen. Das nur mal am Rande.«

Paulinas Augen weiteten sich. »Wirklich? Waren deine Eltern auch so ...«

Sie fand keinen Ausdruck für das, was ihre Eltern ausmachte, vielleicht mochte sie ihn aber auch aus Respekt vor ihr, der alten Dame, nicht in den Mund nehmen.

Rosa lachte heiser. »Meine waren schrecklich autoritär. Beide. Sie wollten auf Teufel komm raus, dass ich Sekretärin werde. Für mich das reinste Grauen. Jeden Tag ins Büro. Da hätte ich lieber an Autos geschraubt, aber solche Berufe waren für Mädchen damals nicht vorgesehen.«

»Und deswegen bist du abgehauen?«

Rosa nickte. »In einer Nacht- und Nebelaktion, mit meinem damaligen Freund. Das war auch so ein Reizthema für sie. Sex vor der Ehe, igittigitt.«

Das Mädchen kicherte leise und sagte, wenigstens in dem Punkt seien seine Eltern entspannt.

»Es sind andere Zeiten, Schätzchen, zum Glück.« Sie holte tief Luft und fuhr fort: »Weißt du eigentlich, warum ich dich mit auf die Insel genommen habe?«

»Weil ich renovieren kann?« Paulinas Augenbrauen hoben sich fragend, und Rosa schüttelte amüsiert den Kopf.

»Nein, Paulina, du bist nicht meine Angestellte. Offen gestanden habe ich gedacht ... also, dass du vielleicht jemanden gebrauchen könntest, der dich ein bisschen unter seine Fittiche nimmt. Der einfach für dich da ist ... ohne mit dir verwandt zu sein. Verstehst du?«

Paulina grinste ihr zu, rutschte im Stuhl eine Etage abwärts, streckte ihre gertenschlanken Beine von sich und schloss lächelnd die Augen.

Rosa beobachtete die Kleine eine Weile – das putzige sommersprossige Näschen war ihr noch gar nicht aufgefallen –, dann ging ihr Blick aufs verschwenderisch glitzernde Wasser, und sie dachte, was für ein Glückspilz sie doch war. Sie hatte ein Haus geerbt, diese prächtige Perle am Meer, sie fühlte sich topfit und hatte zudem mit Paulina als Begleitung eine hervorragende Wahl getroffen. Besser ging es nicht.

»Hallo, Leben, ich komme«, flüsterte sie, und mit einer nonchalanten Geste winkte sie den Kellner herbei.

* * *

Die Tage lagen wie eine noch nicht angeschnittene Hochzeitstorte vor Rosa, und sie wollte jedes einzelne Stück genüsslich verspeisen. Sie hatte beschlossen, es mit der Renovierung der Rumpelkammer langsam angehen zu lassen. Wozu auch die Eile? Paulina und sie hatten ein funktionstüchtiges Bad, eine hübsche Wohnküche und mit dem ausklappbaren Sofa genügend Platz zum Schlafen. Mehr brauchte man nicht zum Leben.

Lieber nutzten sie das herrliche Sommerwetter, um in einem Minibus kreuz und quer über die Insel zu schaukeln. Es ging zum Jachthafen Marina Chiaiolella, wo Rosa mit Blick aufs offene Meer und die Insel Ischia den ersten Zitronensalat ihres Lebens aß. Er war mit Olivenöl, Salz und Pfeffer angemacht und eine Offenbarung. Und dann freute sie sich wie ein Kind an Weihnachten, dass Hans sie auf diese wunderbare Reise geschickt hatte. Sie klapperten die Geschäfte in Corricella und im Hafen Marina Grande ab, doch erst an der von knatternden Vespas und Autos umtosten Piazza Olmo wurden sie fündig: Paulina kaufte ein Fähnchen von einem Bikini; Rosa nutzte die Gelegenheit und erstand neben Nietensandaletten und einem Pareo einen bunten Hippiefummel, der sie an damals erinnerte. Zwar sah sie darin nicht mehr ganz so aus wie die Rosa von früher, doch das machte nichts. Sie wollte am Strand eine *bella figura* machen, und das tat sie, auch wenn ihre einstige Beach-Beauty-Figur in die Jahre gekommen war.

Die Insel hatte ein paar kleine und größere Strände zu bieten, aber am besten gefiel Rosa die schnuckelige Bucht Pozzo Vecchio – Schauplatz des Films *Der Postmann* –, in die man über eine in den Felsen gebaute Treppe gelangte. Dort lagen Paulina und Rosa wie Robben auf ihren Handtüchern, ließen den feinen, dunklen Vulkansand durch die Finger rieseln, und Rosa schäkerte mit einem Gigolo der alten Schule. Er sah ganz stilecht aus, wie ein stattlicher Italiener älteren Datums nun mal auszusehen hatte. Braun gebrannt wie ein Grillhühnchen. Mächtiger Bauch. Schwarz gefärbte, zurückgegelte Haare. Goldkettchen auf der schlohweiß behaarten Brust. Ein bisschen zu viel Klischee auf einmal, fand Paulina, doch Rosa nutzte ihn sowieso nur als Übungsobjekt. Und es ging noch mit dem Flirten, das freute sie am allermeisten. Dieses Hingucken und Zwinkern und sich in Pose werfen, ohne ernsthaft etwas vom anderen zu wollen. Und am Ende blieb das köstliche Gefühl, irgendwie und überhaupt noch auf dem Markt der Eitelkeiten mitzumischen. Es war wie Balsam für die Seele. Auch wenn Paulina, noch während Rosa ihren Charme spielen ließ, immer einsilbiger wurde und die Stirn runzelte. Das Leben war kurz, das wusste das Kind eben noch nicht, aber eines Tages würde es schon eine Ahnung davon bekommen und sich dann vielleicht an seine sonderbare ältere Freundin erinnern.

Rosa war schier unersättlich und sammelte neue Eindrücke wie andere Leute Briefmarken oder Münzen. Nur abends war sie von den Anstrengungen des Tages müde und schaltete gerne einen Gang runter. Mal aßen Paulina und sie in einem der Restaurants entlang der Hafenpromenade zu Abend und tranken später noch ein Glas Wein auf dem Balkon, mal machten sie es sich gleich dort oben gemütlich und genossen regionalen Käse, Oliven und Tomaten, während sich die Dunkelheit nach und nach über die Insel senkte. Rosa war hartgesotten und trank Paulina zumeist unter den hellblauen Balkontisch, dem die salzige Luft schon reichlich zugesetzt hatte. Die Farbe blätterte ab, ließ sich in ganzen Placken abziehen. Noch so eine Aufgabe für Fabio. Er hatte doch sicher Talent und restaurierte so ein hübsches Tischchen im Nullkommanichts.

»Wo wir schon beim Thema sind«, sagte Rosa am vierten Abend ihres neuen Lebens und schenkte erst der Kleinen, dann sich selbst nach. Die Flasche war bereits zur Hälfte geleert, und wie Rosa das Leben und ihre Trinkgewohnheiten kannte, würden sie sie ganz sicher schaffen.

»Welches Thema?«

»Alkohol und lockere Zunge.«

Paulinas Augenbrauen rutschten unter die blonden Ponysträhnen, als sie die nackten Füße am Balkongeländer abstellte. Hübsche Zehen hatte das junge Ding auch noch, das musste man ihm lassen. Nicht so hässlich deformierte Hallux-valgus-Füße, wie Rosa sie schon in den Vierzigern bekommen hatte. Die Schuhsünden in ihrer wilden Zeit hatten wohl ihr Übriges getan.

»Also, du und dieser schmucke Alain Delon ...«

»Rosa!« Paulina nahm die Füße wieder runter und schob ihren Stuhl ratschend nach hinten. Sie tat, als würde sie gleich reingehen, was sie aber natürlich nicht machte, weil das Meer, die Luft und das alles einfach zu atemberaubend waren.

»Jetzt reg dich nicht gleich auf, Schätzchen. Ich wollte nur sagen, dass ihr ein ziemlich hübsches Paar wärt.«

»Ist Kuppelei nicht strafbar?«

Rosa lachte schallend. »Also, hör mal! Ich will dich weder verheiraten noch an ein Bordell verschachern.«

»Und ich will keinen Typen.«

»Warum denn nicht? Du bist jung und knackig wie ein Salatblatt.«

»Rosa.« Den vorwurfsvoll anklagenden Tonfall hatte sie wohl von ihrer Mutter in die Wiege gelegt bekommen. »Wenn ich einen Mann will, nehme ich mir einen. Das kann ich ganz alleine. Bin nämlich schon groß.«

»Oh ja, das ist nicht zu übersehen.«

Hach, jetzt einen Joint, der Gipfel aller Genüsse! Damals hatten sie ja in allen Lebenslagen gekifft. Vor der Liebe, nach der Liebe und auch mal zwischendurch. Aber damit hatte Rosa abgeschlossen. Heute gab sie sich mit einem Sektchen dann und wann zufrieden.

Wieder parkte Paulina ihre Füße auf dem Geländer und betrachtete ihre hin und her wackelnden Zehen, als wären sie eigenständige Lebewesen.

»Du willst ja nur selbst zum Zug kommen«, sagte sie nach einer Weile. »Und mich dafür aus der Schusslinie haben.«

»Kindchen, dir ist wohl der Wein zu Kopf gestiegen.«

»Dann schenk mir nicht dauernd nach!«

»Mit wem soll ich denn bitte schön zum Zug kommen?«

»Mit diesem Casanova vom Strand, zum Beispiel?«

»Ach, ein Italiener wie aus dem Bilderbuch«, seufzte Rosa.

Paulina lachte ein bisschen dreckig. Das konnte sie also auch.

»Übrigens: Dein Alain Delon wird in vierzig Jahren auch nicht anders aussehen.«

»Gut, dann lasse ich besser gleich die Finger von ihm.«

Sie tranken noch mehr Wein, redeten noch mehr Unsinn, und auch wenn ihre Meinungen mal auseinandergingen und sie sich kabbelten, lag über allem eine Leichtigkeit, die alles irgendwie unbeschwerter machte. Das Mädchen war in ihr Leben gestolpert, hatte es sich darin bequem gemacht und ohne es zu ahnen, brachte sie Rosas Alltag zum Leuchten. Das war wunderschön, wie ein kostbares Geschenk, doch Rosa war auf der Hut, sie wollte sich nicht allzu sehr daran gewöhnen. Denn eines Tages, das war so sicher wie das Amen in der Kirche, würde Paulina wie ein Schmetterling zur nächsten Blume weiterfliegen. Dann wäre Rosa wieder mit sich allein, und auch kein Gigolo mit Goldkettchen würde es schaffen, sie über den Verlust hinwegzutrösten.

10.

Fabio kochte Espresso, als der Anruf kam. Das tat er häufiger, weil er den ganzen Tag wie festgewachsen in der Wohnung seiner Verwandten herumsaß. Grund war sein rechtes Knie, das seit seiner Ankunft schmerzte. Meniskus, Rheuma, Morbus Ahlbäck – es konnte alles Mögliche sein, und um sich zu schonen, trank er den Espresso lieber zu Hause statt in irgendeiner Bar. Er legte auch keinen gesteigerten Wert darauf, Bekannte von früher zu treffen. Alles war okay, solange er darum herumkam, sich einen Operationssaal von innen anschauen zu müssen. Man kannte das ja vom Hörensagen. Dass Knie-OPs alles bloß noch schlimmer machten. Ralf zum Beispiel. Der hatte sich nach einem Skiunfall unters Messer legen müssen und humpelte immer noch.

Die Jobsuche hatte Fabio vertagt. Sei's drum, sein Onkel und seine Tante drängten ihn nicht. Sie freuten sich einfach, dass er da war, ihr *tesoro* aus Deutschland. *Zia* Gabriela bekochte ihn – mittags drei Gänge, abends drei Gänge. Zum Dank half er im Haushalt, empfand es aber auch nicht als Strafe, auf dem Sofa zu fläzen und sich die überflüssigsten Fernsehshows der Welt anzusehen, während der kleine Fellknäuelhund Pastore auf seinem Bauch lag. Manchmal träumte er auch von dem Mädchen mit den moosgrünen

Augen und den blonden Haaren, und dann … ja, so war das nun mal … machte sich seine Fantasie gelegentlich selbstständig.

Er nahm die zischende *caffettiera* vom Herd und blickte aufs Handy. Eine deutsche Nummer.

»*Pronto?*« Sein Herz schlug schneller.

»Spreche ich mit Fabio?«

Er erkannte die Stimme der alten Dame sofort wieder. Sie klang etwas kratzig, als hätte jemand ihre Stimmbänder mit Schmirgelpapier aufgeraut.

»Ja, am Apparat«, erwiderte er, was ihr einen kleinen Jauchzer entlockte.

Na, das war doch mal was! Wenigstens eine, bei der er hoch im Kurs stand. Auch wenn sie nicht mehr ganz sein Semester war.

»Rosa Kirchner. Die Frau aus dem Flugzeug. Sie erinnern sich?«

»*Ma certo!*«

Es entspann sich eine lockere Unterhaltung über dieses und jenes, wobei die alte Dame achtundneunzig Prozent der Plauderei bestritt. Sie erzählte von dem wunderschönen rosafarbenen Haus, in dem sie mit ihrer kleinen Freundin untergebracht sei, von der beschaulichen Insel, die so herrlich Fünfziger sei, dass man sich gleich um Jahrzehnte jünger fühle, von dem köstlichen Fisch, den es in jedem Furzlokal (sie sagte wirklich Furzlokal) zu essen gebe, und von den malerischen Buchten, die ja zum Glück bisher vom Massentourismus verschont geblieben seien.

Ach wirklich?, interessant, sehr schön, das freut mich aber, mhm, kommentierte Fabio in kurzen Atempausen. Besorgt fragte er sich, warum sie ihre *kleine Freundin* kaum erwähnte.

Gab es da nichts zu berichten? Oder hatte sie sich womöglich mit dem erstbesten Beach-Gigolo verdünnisiert? So eine junge blonde Schönheit war ja schnell weg vom Markt. Und in Italien ganz besonders. Da konnte man kaum bis zwei zählen, und schon zog sich die Schlange an Verehrern von Pompeji bis Paestum.

Die alte Dame redete und redete, eine Wortschleife reihte sich an die andere, sie verirrte sich bald in ihren eigenen Gedankengängen, und als Fabio schon ungeduldig auf den Tisch zu trommeln begann, sagte sie endlich den erlösenden Satz: »Junger Mann, wann kommen Sie uns denn nun mal besuchen?«

Sie klang nahezu vorwurfsvoll, so als hätten sie etwas Festes ausgemacht und nur er hätte sein Versprechen nicht gehalten. Dabei waren ihm ja die Hände gebunden gewesen. So ohne Handynummer, Adresse und Nachnamen.

»Wann möchten Sie denn, dass ich komme?«, erwiderte er steif.

»Ach, ist das albern!«, schimpfte sie ohne Vorwarnung in sein Ohr.

»Was denn?« Hoffentlich hatte er nichts Falsches gesagt und sie machte gleich wieder einen Rückzieher.

»Dass wir uns hier wie Fremde siezen. Fabio, ich bin Rosa. Einverstanden, dass wir Du sagen?«

»*Sì, chiaro.*« Die alte Dame ging aber wirklich forsch zur Sache. Männer hatten bei ihr ganz bestimmt nichts zu lachen.

»Wie wäre es mit morgen?«

»Morgen?«, echote er stupide.

»Heute geht auch. Oder übermorgen. Wie es dir passt.«

Heute, hallte es in seinem Kopf nach. Am Abend wollte er

mit Onkel Matteo *I mercenari*, einen Film mit Sylvester Stallone und Bruce Willis, im Fernsehen gucken. Das heißt, er wollte nicht unbedingt, doch er hatte es seinem Onkel versprochen. Sie würden ein kühles Bierchen trinken, während seine Tante dabeisaß, *Baci* aus einer riesigen Tüte naschte und strickte. Morgen und übermorgen hatte er bisher noch nichts vor. Allerdings tat ihm das Knie immer noch höllisch weh, und er wollte es nicht unnötig belasten.

»Fabio?«, drang Rosas Stimme an sein Ohr. »Bist du noch dran?«

»Ja, ja. Ich muss nur schnell meine Termine checken. Bleiben Sie … äh … bleibst du dran?«

»Ich warte.«

Fabio legte das Handy auf der Anrichte ab, dann drehte er sich im Kreis, trommelte leise gegen den Küchenschrank und rieb sich die Schläfen. Der Anruf, auf den er seit Tagen insgeheim gehofft hatte, war so überraschend gekommen, dass er unfähig war, eine Entscheidung zu treffen. Sicher wollte er Paulina wiedersehen. Am liebsten sofort! Auf der Stelle! Aber sein Knie … Und würden *zio* Matteo und *zia* Gabriela vielleicht beleidigt sein, wenn er von jetzt auf gleich abdampfte?

Weil er Rosa nicht länger warten lassen wollte, griff er schließlich wieder nach dem Telefon, stieß sich dabei den Zeh am Heizungsrohr, sodass ihm für einen Sekundenbruchteil schwarz vor Augen wurde, dann stöhnte er ins Handy: »Rosa, ich komme!«

Die alte Dame antwortete mit schallendem Gelächter. Bravo, Fabio, Eigentor! Besser mal nachdenken, bevor du deinen Mund aufmachst.

Ihr Gelächter ebbte ab. »Du kannst gerne ein paar Tage

bei uns bleiben. Wir haben genug Platz, und der Kühlschrank ist immer gut gefüllt.«

Was für ein verlockendes Angebot! Nur, warum tat sie das? Sah sie in ihm etwa einen potenziellen Liebhaber? Da musste er passen. Keine Frage, die alte Dame war immer noch sehr attraktiv, doch – von Paulina mal abgesehen – stand er mehr auf Frauen seines Alters.

»Aber es wäre fantastisch, wenn du einen Schlafsack mitbringen könntest«, fuhr sie fort.

Einen Schlafsack? Nein, so etwas besaß er nicht. Und seine Verwandten wohl ebenso wenig. Aber das Abenteuer Procida sollte nicht daran scheitern. Ein läppischer Schlafsack würde sich ja wohl irgendwo in der Millionenstadt Neapel auftreiben lassen.

»Gut … dann komme ich … morgen«, stammelte er, und erst, nachdem sie aufgelegt hatten, bekam er Angst vor der eigenen Courage.

* * *

Das Wetter war umgeschlagen. Ein Sturm fegte über die Insel, rüttelte an den Rollläden, pfiff durch die Ritzen und brachte das Meer zum Schäumen.

Hatte Paulina die ersten Tage in einem beinahe euphorischen Zustand verbracht, rauschte ihre Laune nun erdrutschartig in den Keller. Sie verkroch sich den ganzen Tag auf dem Sofa, blätterte ein bisschen in ihrem Krimi oder sah Rosa dabei zu, wie sie, die Lesebrille auf der Nase, die Fußleisten scheuerte.

Grund für ihre lausige Stimmung war aber nicht das Wetter. Eigentlich mochte sie es, wenn die See tobte, das kannte sie von den Sommerferien ihrer Kindheit, die sie mit ihren Eltern an der Nordsee – auf Sylt, Amrum oder Juist – verbracht hatte. Man zog Gummistiefel und einen gelben Friesennerz an, auf ging's. Nein, schuld war dieser Sanitäter. Es behagte ihr nicht, dass er in wenigen Stunden auf der Matte stehen würde. Noch schlimmer fand sie es allerdings, dass Rosa deswegen so ein Tamtam machte. Seit er sein Kommen angekündigt hatte, wuselte sie wie kopflos im Haus herum. Sie putzte, tat und machte, als hätte sich ein Staatsgast angekündigt. Dabei war es doch nur dieser Fabio mit den großen Händen, der sie immer so anstarrte. Dem war es doch egal, ob alles durchgewischt war, die Fußleisten glänzten und das Geschirr sauber im Küchenschrank stand. Eine Spülmaschine hatten sie leider nicht, in puncto Technik war das ganze Haus reichlich vorsintflutlich. Kein Fernseher, kein WLAN, keine Heizung. Immerhin gab es Strom, und aus der Dusche kam warmes Wasser.

Rosa war mit den Fußleisten fertig, und weil ihr wohl nichts einfiel, was sie sonst noch verschönern konnte, begann sie, das Obst in der Schale zu drapieren. Pfirsiche auf die eine Seite, Mispeln auf die andere, dazwischen wie hingetupft ein paar Kirschen und Erdbeeren, die vom Vortag übrig geblieben waren.

»Kann ich was helfen?«, fragte Paulina.

»Schon fertig«, antwortete Rosa, ohne ihren ironischen Unterton zu bemerken.

»Rosa, jetzt setz dich mal hin und leg die Beine hoch. Vielleicht kommt er ja auch gar nicht. Wahrscheinlich geht bei diesem Wetter gar keine Fähre.«

»Was soll ich denn kochen?«, überging Rosa ihren Einwand. Sie stand wie verloren da und fuhr sich durch die grau melierten Haare.

»Warum essen wir nicht einfach auswärts? Vielleicht lädt er uns ja ein.«

»Spaghetti mit Tomatensoße?«, fuhr die alte Dame unbeirrt fort. »Oder ist das zu schlicht?«

Paulina stöhnte leise. Die Gute war ja wie im Fieberwahn. Wollte sie den Typen etwa ins Bett kriegen? Anders war ihr übertriebenes Engagement ja wohl kaum zu erklären.

»Rosa. Du kannst auch Hundefutter auftischen, es ist nur Fabio!«

»*Nur Fabio*, wie du das sagst.«

»Bist du in ihn verknallt? Ist es das?«

»Schätzchen, sei nicht albern. Ich bin zwar noch ganz gut in Schuss, aber so jung nun auch wieder nicht. Der junge Mann könnte mein Sohn sein.«

Paulina wollte es ihr ja gerne glauben, blieb jedoch skeptisch. So, wie sie den Strand-Casanova angehimmelt hatte … Und Fabio sah im Vergleich um Klassen besser aus.

»In welches Hotel geht er eigentlich? Oder zeltet er?«

Rosa wandte ihr den Blick zu; ihre Augen waren ein bisschen glasig. »Er schläft natürlich hier. Wir haben doch genug Platz.«

»So, meinst du.«

Rosa nickte.

»Es gibt aber nur das Wohnzimmer, und da schlafe ich. Und das Schlafzimmer, und da schläfst du.«

»Und die Rumpelkammer«, ergänzte Rosa.

»Aber dort ist es… rumpelig. Alles zugestellt! Und komm ja nicht auf die Idee, den Typen zu mir ins Wohnzimmer zu stecken. Da krieg ich Schnappatmung.«

»Keine Sorge, Kleene. Notfalls kommst du zu mir.«

Schnaubend drehte sich Paulina um und versuchte, sich

auf ihr Buch zu konzentrieren. Was gar nicht so leicht war, denn Rosa stieg in ihre neuen Sandaletten und klackerte lautstark über die Fliesen. Hin und her, eine Schranktür klappte, irgendetwas klirrte, dann ploppte ein Sektkorken.

»Komm, Schätzchen, anstoßen.«

»Wieso, worauf denn?«

Paulina rollte sich wieder auf die andere Seite. Rosa konnte schlechte Stimmung nicht ertragen, das war ihr schon öfter aufgefallen.

»Egal. Worauf du möchtest.«

Rosa kam mit zwei Sektgläsern zu ihr rüber. »Nur ein kleines Schlückchen, das beruhigt die Nerven.«

»Wenn meine Eltern wüssten, dass du mich ständig abfüllst, würden sie sofort kommen und mich abholen.« Paulina lachte.

»Zum Glück wissen sie es ja nicht.« Rosa stellte das Glas auf dem Beistelltisch ab und quetschte sich zu ihr aufs Sofa. »So, und jetzt zum Mitschreiben: Ich hab kein Alkoholproblem. Und ich bin auch nicht in Fabio verliebt.«

»Aber er in mich. Was auch nicht wesentlich besser ist.«

»Wenn er dich anmacht, sag mir Bescheid. Dann kriegt er was von mir zu hören.«

»Okay. Und was willst du dann von ihm? Soll er hier renovieren?«

Rosa schüttelte den Kopf. »Das schaffen wir auch alleine. Nein, Schätzchen, ich brauche ihn als Übersetzer.«

»Aber wir sind doch bisher auch so gut zurechtgekommen. Mit deinem kleinen Lexikon.«

»Das wird aber nicht reichen, wenn ich hier zur Behörde muss.«

Sie erzählte etwas von einer Steuernummer und von

einem Grundbucheintrag, was wichtig sei, um das Haus wirklich ihr eigen nennen zu können, und dann klingelte Paulinas Handy. Shit, ihre Mutter. Wahrscheinlich wollte sie schon wieder nachfragen, was mit ihrer Lebensplanung sei, ob sie endlich eine Erleuchtung gehabt habe, doch bevor Paulina auch nur Hallo sagen konnte, bellte diese: »Simon hatte einen Unfall!«

* * *

Armes Mädchen! Ihr kleiner Bruder war verunglückt, beim Spielen vom Garagendach gefallen. Bisher wusste man nichts Genaues, der Junge wurde noch untersucht, aber Paulina war wild entschlossen, nach Deutschland zu reisen. Jetzt, sofort. Rosa versuchte, ihr das auszureden, die Wetterverhältnisse seien katastrophal, das sehe sie doch selbst, und ob heute noch ein Flieger von Neapel nach Berlin gehe, sei ohnehin fraglich.

Doch die Kleine rannte wie auf Speed durchs Haus, warf unnützes Zeugs in ihre Tasche und packte es gleich wieder aus, um etwas anderes, ebenso Unnützes hineinzustopfen. Minuten später zog sie ihre Turnschuhe an, warf sich einen Kapuzenpulli über die Schultern und sagte: »Also, Rosa. Ich bin dann weg.«

»Warte, Schätzchen! Ich begleite dich zur Fähre.«

Rosa hatte keine Gummistiefel mitgenommen, niemand, der im Sommer nach Italien fuhr, hatte Gummistiefel im Gepäck, aber ihre bequemen Sportschuhe würden dem Regen schon trotzen. Sie zog ihre Jacke an, stülpte sich eine Plastiktüte über die Haare, los ging's.

Inzwischen kannten sie den Weg auf die andere Seite der Insel zum Hafen aus dem Effeff. Einige Minuten ging es die vom Regen glitschigen Treppenstufen hinauf. Rosa war rasch außer Atem, versuchte sich jedoch nichts anmerken zu lassen.

»Paulina!«, rief sie und zog die Plastiktüte schützend in die Stirn. »Willst du nicht lieber morgen fahren? Stell dir vor, es fliegt keine Maschine mehr, dann musst du am Flughafen auf einer Bank übernachten.«

»Egal.« Die Lippen zusammengepresst, kämpfte sich das Mädchen durch den Regen. Sie schien fest entschlossen. Und niemand würde sie umstimmen können.

Der Hafen Marina Grande lag wie ausgestorben da. Wer nicht unbedingt musste, blieb zu Hause oder trank einen Aperitif in einer der Bars entlang der Hafenpromenade.

Es waren bloß noch wenige Meter bis zum Fähranleger, als ihnen eine große, schlanke Gestalt in geduckter Haltung entgegenkam. Rosas Herz hüpfte höher, als sie Fabio erkannte. Männer waren ihr in ihrem Leben selten als Retter in der Not oder Seelentröster erschienen, doch als er sich jetzt eine nasse Strähne aus dem leichenblassen Gesicht strich und erklärte, der Fährbetrieb sei soeben eingestellt worden, fiel sie ihm erleichtert um den Hals. Und seufzte ein paarmal tief auf. Die Kleine musste bleiben, wo sie war. Und dort hatte sie zum Glück festen Boden unter den Füßen.

* * *

Die Überfahrt: ein Albtraum. Die Fähre hatte so heftig geschaukelt, dass Fabio, vor Angst unterzugehen, keine Zeit geblieben war, seekrank zu werden. Übel wurde ihm erst jetzt, als er eine knappe Stunde später bei Rosa und Paulina in der heimeligen Wohnküche saß und eine Portion

Spaghetti mit Muscheln vor ihm stand, die Rosa auf die Schnelle zubereitet hatte. Er konnte nichts essen und schon gar keine Muscheln. Er aß keine Muscheln, nie. Die ganzen Schwermetalle, Mikroplastikpartikel und Toxine, das Meer war voll davon und wohl auch sein ganzer Körper.

Doch nicht nur die turbulente Überfahrt hatte seinem Magen zugesetzt, auch Paulina, die wegen ihres kleinen Bruders so in Sorge war. Fabio litt mit ihr, konnte fast physisch ihren Schmerz mitfühlen, hielt sich aber mit tröstenden Worten zurück. Dazu kannte er sie zu wenig, das stand ihm nicht zu. Schlimm genug, dass er sie ständig ansehen musste – ein Automatismus, gegen den er nicht ankam.

Die Stimmung war auf dem Tiefpunkt. Fabio tat es unendlich leid, dass Rosa sich extra die Mühe gemacht und gekocht hatte. Und zum Dank rührten sie ihre Teller nicht mal an. Nur Rosa schob sich tapfer Gabel um Gabel in den Mund und plapperte vor sich hin. Aber was brachte das, wenn niemand am Tisch darauf einstieg? Paulina wirkte apathisch, und Fabios Sprachzentrum meldete gleich Zentralausfall. Und dann dachte er, dass es vielleicht doch idiotisch gewesen war, zu den beiden Frauen, der alten und der jungen, auf die Insel zu fahren. Da er ja eigentlich nur an der jungen interessiert war und dafür die alte in Kauf nehmen musste.

»Also gut, wenn ihr satt seid, räume ich ab«, erklärte Rosa, nachdem Fabio ein paar Anstandshappen hinuntergewürgt hatte.

»Hat fantastisch geschmeckt«, sagte er.

»Lügner.« Sie zwinkerte ihm zu.

Statt die Sache mit den Schwermetallen und dem extremen Wellengang ins Feld zu führen, lächelte er bloß. Lächeln kam immer gut, und dann klingelte Rosas Handy.

»Ihr entschuldigt mich?«

Laut telefonierend, spazierte die alte Dame durchs Erdgeschoss. Von der Küchenzeile zum blütenweißen Sofa, im Vorübergehen nahm sie einen Teller mit und stellte ihn mit Geschepper in die Spüle. Der Name *Charlotte* fiel, dann *Lotte*, irgendwann sagte sie auch *Herzchen*. Augenscheinlich telefonierte sie mit ihrer Tochter.

Sie hielt das Handy zu. »Paulina, zeigst du Fabio mal das Haus?«

Das Mädchen hatte minutenlang die Spaghetti auf seinem Teller hin und her geschoben, Muster gelegt und die Petersilie am Rand deponiert. Jetzt warf sie Fabio einen derart vernichtenden Blick zu, dass ihm klar war: Sie würde in diesem Moment alles, wirklich alles, lieber tun, als ihn herumzuführen.

»Also, das muss jetzt wirklich nicht sein«, sagte er. »Wir können auch einfach auf Rosa warten.«

»Schon okay.« Sie stemmte sich am Tisch hoch, dann blickte sie sich unschlüssig um. »Küche und Wohnzimmer kennst du ja, die Toilette ist gleich neben der Tür.«

Rosa war gerade darin verschwunden, wohl, um ungestört sprechen zu können.

Die Kleine huschte zur Treppe und lief sie, immer zwei Stufen auf einmal nehmend, hinauf. Fabio beeilte sich, hinter ihr herzukommen, was ihm ein wenig schwerfiel, weil sein Knie wieder wehtat. Paulina stieß die erste Tür auf, und Fabio lugte in ein kuschelig eingerichtetes Schlafzimmer, in dem die vorherrschende Farbe Rosa war. Auf Procida war vieles Rosa. Die Häuser, der Oleander, der an jeder Ecke blühte, selbst die Regenrohre leuchteten bisweilen in der Babyfarbe.

»Hier schläft Rosa«, erklärte Paulina in diesem leicht nöligen Tonfall, den sie auch im Krankenhaus angeschlagen hatte.

»Und du?«

»Unten auf dem Sofa.« Sie quetschte sich an ihm vorbei, ihr frisch-blumiger Heckenrosenduft wehte ihn im Sekundenbruchteil an, dann riss sie schon die nächste Tür auf der anderen Seite auf. »Das Zimmer ist noch nicht renoviert. Bisschen blöd jetzt. Rosa meinte nämlich, du könntest hier schlafen … Also, falls dich das nicht stört.«

Sie machte Licht, und Fabio blieb wie angewurzelt auf der Schwelle stehen. Ein muffiger Geruch schlug ihm entgegen – war das etwa Schimmel? –, und überall stand Gerümpel herum. Ein Paradies für Wanzen, Kakerlaken und anderes Ungeziefer.

»Geschockt?« Paulina grinste frech.

Ja, er war geschockt, doch um nicht als Weichei vor ihr dazustehen, sagte er: »Quatsch, wieso denn? Daraus kann man doch was machen!«

Er stieg über ein paar Kisten und umgekippte Stühle hinweg und öffnete die Fensterläden. Das Meer, schiefergrau und mit weißen Schaumkronen, lag schräg unter ihm, darüber spannte sich der wolkenverhangene Abendhimmel. Kurz lugte der Mond hervor und pinselte einen Streifen Licht auf die Wasseroberfläche, dann schob sich gleich wieder eine Wolke davor, und Himmel und Meer wurden schwarz.

»Schön, oder?«, sagte Paulina in seinem Nacken.

Er drehte sich nach ihr um und lächelte sie an. Einen

Moment lang erschien es ihm, als würden sich ihre Blicke ineinander verfangen. Doch schon war der Moment vorbei, Paulina bückte sich und zerrte eine karierte Liege unter einem Holzschrank älteren Datums hervor.

»Rosa meint, auf dem Ding kann man super schlafen.« Sie versuchte, die Liege auseinanderzuklappen, was ihr allerdings nicht gelang. »Ich bezweifle das zwar, aber probier's aus.«

Fabio musste lachen. Leute von Rosas Statur konnten vielleicht darauf schlafen, doch ab einer Körpergröße von eins achtzig musste man bestimmt die Beine auf dem Fußboden parken oder sich zu einem Päckchen zusammenfalten.

»Weißt du was, Paulina?«, sagte er und nahm ihr die Liege aus der Hand. »Es gibt sicher irgendwo in der Nähe eine Pension oder ein Hotel. Da schlafe ich heute Nacht, und morgen helfe ich euch, das Zimmer auf Vordermann zu bringen. Was hältst du davon?«

»Oh, echt?« Paulina lächelte. Das erste Mal an diesem Abend lächelte sie. Sie konnte also auch nett sein, wenn sie wollte.

»Erst mal muss das ganze Gerümpel raus. Dann besorge ich Farbe und streiche die Wände. Neue Möbel braucht ihr wohl auch. Vielleicht lässt sich noch das eine oder andere Teil retten, aber das meiste ist …«, er zuckte bedauernd mit den Achseln, »Schrott.«

Paulina nagte mit den Schneidezähnen an ihrer Unterlippe, dann sagte sie: »Fabio, kann ich dich mal was fragen?«

»*Certo.*« Immer, jederzeit, fügte er in Gedanken hinzu.

»Du bist doch Krankenpfleger.«

»Rettungssanitäter. Also früher war ich das. Jetzt nicht mehr.«

»Warum nicht?«

»Ach … lange Geschichte.« Staub wirbelte auf, als er an einer Teppichrolle zog, die hinter der Tür hervorlugte. Für den Bruchteil einer Sekunde flackerte Panik in ihm auf. Er hatte seine Hausstauballergie dank einer Hypersensibilisierung recht gut in den Griff bekommen. Was, wenn sie jetzt wieder ausbrach? Dieses Schniefen, Schnupfen und Geröchel wünschte er nicht mal seinem ärgsten Feind. Doch als er in Paulinas Seerosenteich-Augen blickte, gab es nur noch sie, und er vergaß auf der Stelle sein Leiden. »Okay, was willst du wissen?«, fuhr er fort.

»Warum das mit der Untersuchung so lange dauert. Meine Eltern wollten sofort anrufen … also, wenn sie was wissen.«

Das arme Mädchen! Was sollte er ihr nur sagen? Dass eine Untersuchung oft eine weitere nach sich zog? Dass es Not-OPs gab und die nicht immer gut ausgingen? Dass andere Notfälle dazwischenkommen konnten, die die Ärzte für wichtiger hielten?

Er blickte durch die offen stehende Balkontür aufs Meer, das wie schwarz lackiert aussah, und zuckte die Achseln. »Das muss nichts Schlimmes bedeuten. Wahrscheinlich ist einfach so viel zu tun.« Er widerstand dem Impuls, der Kleinen die Hand auf die Schulter zu legen.

Die Dielen knarzten, Schritte waren zu hören, im nächsten Moment stand Rosa in der Tür. »Lust auf Nachtisch? Tiramisu steht im Kühlschrank, und Kuchen von heute Nachmittag ist auch noch da. Das flutscht doch immer.«

Und weil er – Paulina sei Dank – endlich wieder Appetit verspürte, sagte er Ja.

* * *

Charlotte sah auf die Armbanduhr: Es war zweiundzwanzig Uhr durch. Wenn sie gleich in die S-Bahn stieg, würde sie Viertel vor elf bei Lydia in Prenzlauer Berg sein. Sie brauchte jemanden zum Reden, jetzt sofort. Oder sie traf sich mit ihrer Freundin in einem Café in Mitte. Ein Glas Wein brauchte sie nämlich auch und sie bezweifelte, dass Lydia, die seit Monaten allen Genüssen – von A wie Apfeltorte bis Z wie Zabaglione – entsagte und mit ihrer Anti-Genuss-Methode bereits zehn Kilo abgenommen hatte, irgendetwas Alkoholisches im Haus hatte.

Ihre Hände zitterten, als sie zum Handy griff. Immer noch. Wegen des Sanitäters, der jetzt sogar einen Namen hatte. Einen wohlklingenden dazu. Fabio. Und dass nun dieser Mann, der einzige, den sie nach Jahren emotional-erotischer Dürre attraktiv fand, bei ihrer Mutter auf der kleinen Insel hockte, das war mehr als absurd.

Sie haspelte ins Telefon, bemühte sich, langsam und deutlich zu sprechen, Subjekt, Prädikat, Objekt, und als Lydia endlich die Zusammenhänge begriffen hatte, sagte diese: »Bleib, wo du bist. Ich hole nur schnell einen guten Sekt an der Tankstelle, dann komme ich zu dir.«

Eine knappe Stunde später saßen sie in Charlottes winziger Küche mit den unbequemen, aber schönen Thonet-Stühlen, die ihr Ex nach der Trennung zurückgelassen hatte, und tranken piwarmen, halbtrockenen Sekt. Aber es war egal. Charlotte sehnte sich nach diesem Schwindel im Kopf, der sie für ein paar Minuten in eine andere Welt katapultierte.

»Ich versteh das nicht«, sagte Lydia. »Dieser Fabio war doch nur ihr Sanitäter. Wie kommt sie dazu, ihn einfach anzuquatschen?«

»So ist meine Mutter nun mal. Sie hatte noch nie Hemmungen, Männer anzusprechen.« Charlotte schnaubte leise. »Und abzuschleppen.«

»Im Gegensatz zu dir.«

»Ganz genau. Im Gegensatz zu mir. Ich kann das eben nicht.«

»Dann solltest du hinfahren und ein bisschen üben.«

»Wozu? Um mich lächerlich zu machen?«

»Um ihn kennenzulernen! Du weißt doch gar nichts über ihn. Vielleicht gefällt er dir am Ende überhaupt nicht.«

Lydia hatte recht. Womöglich trat aber auch das Gegenteil ein, und sie verliebte sich Hals über Kopf in einen, mit dem ihre Mutter rummachte. Das wäre einfach nur würdelos.

Lydia lachte bloß und sagte: »Er wird ganz sicher nicht mit deiner Mutter anbandeln, warum sollte er auch?«

Charlotte schwieg. Rosa mochte schon jenseits von Sex-Appeal sein, aber sie hatte immer noch das gewisse Etwas. Wenn sie einen Raum betrat, schauten alle hin. Und es war ihr durchaus zuzutrauen, dass sie den Männern immer noch den Kopf verdrehte.

Charlotte nippte am Glas, doch statt betrunkener zu werden und ihr Gefühlswirrwarr nicht mehr so wichtig zu nehmen, wurde sie mit jedem Schluck nüchterner.

»Ich will nicht mit meiner Mutter um einen Mann buhlen, verstehst du? Wie lächerlich! Außerdem haben wir die große Firmenfeier vor uns. Und nach der Firmenfeier das riesige Sport-Event und dann die vielen Hochzeiten.«

Jetzt im Sommer brummte das Geschäft. Und sie konnten es sich kaum erlauben, auf gut bezahlte Aufträge zu verzichten.

Lydia zog die Stirn kraus. »Wie lange willst du eigentlich noch warten?«

»Wie meinst du das? Worauf?«

»Dass dein Leben endlich mal losgeht. Merkst du nicht, dass du die halbe Strecke schon verschlafen hast?«

Charlotte schwieg. Lydia war ja nun auch nicht randvoll mit Glück, bloß weil sie sich im Internet hin und wieder Kerle für heiße Nächte organisierte. Die meisten taugten nichts, und falls doch mal einer dabei war, der ihren Kriterien standhielt, entpuppte er sich ein paar Wochen darauf als Trophäensammler, Bigamist oder Geizkragen. Und das Kind, das vor acht Jahren durch ihre vermeintlich große Liebe entstanden war, musste sie auch allein großziehen.

»Du meinst also, das Lebensglück hängt allein davon ab, ob man einen Mann hat oder nicht?«, sagte Charlotte, bemüht, ihren Ärger hinunterzuschlucken.

»Natürlich nicht!« Lydia blickte einen Moment ins Leere. »Natürlich ist ein Mann nicht alles im Leben. Und ich würde auch nicht irgendeine Beziehung eingehen, nur um nicht alleine zu sein oder – noch schlimmer – mich aushalten zu lassen. Aber es ist auch nicht gut, sich alles zu verkneifen, was Spaß macht. Zum Beispiel diesen Kurztrip auf die Insel.«

»Sagst du mir das als meine Teilhaberin?«

Lydia seufzte tief. »Nein, als deine Freundin. Um die Teilhaberin mach dir mal keine Gedanken. Die kommt schon irgendwie klar.«

Und nur, weil Lydia eine wirklich sehr gute Freundin war, erklärte Charlotte, sie werde es sich überlegen.

11.

Jeden Morgen das Gleiche: Erst hörte Paulina im Halbschlaf die Stufen knarren, dazu leises Seufzen, dann tapsten Füße über den Küchenboden. Rosa litt an seniler Bettflucht und hielt es nicht eine sinnlos verdöste Minute länger im Bett aus. Wenn sie wach war, war sie eben wach und musste aufstehen. Daran gab es nichts zu rütteln. Egal, ob es fünf, sechs oder halb sieben war. Und Kaffee musste sie dann auch kochen und währenddessen gehörig Krach machen.

Eigentlich störten Paulina die Geräusche nicht weiter. Wie das Meeresrauschen und das Tuckern der Motorboote fügten sie sich in ihren Schlaf, unterlegten ihn wie ein sanfter Beat ein R'n'B-Stück. Nicht weiter dramatisch. Rosa hätte gerne auch die Fensterläden öffnen können, durch deren Ritzen schon die ersten Sonnenstrahlen drangen und die irrwitzigsten Muster auf die Wände projizierten. Stattdessen schlich sie im Halbdunkeln herum, stieß ständig gegen irgendwas und führte halblaute Selbstgespräche. Da konnte selbst eine Hartgesottene wie Paulina nicht mehr schlafen.

»Rosa, mach endlich die Fenster auf«, knurrte sie.

»Aber du musst noch nicht aufstehen, meine Kleene.«

Auch dieser Dialog wiederholte sich Morgen für Morgen. Überflüssig zu erwähnen, dass sie spätestens in diesem Moment hellwach war. Heute stand sie zusätzlich wegen Simon unter Strom. Ihre Eltern hatten sich am Abend nicht mehr gemeldet, und ein Blick auf ihr Handy zeigte, dass auch in der Nacht keine Nachricht gekommen war. Verdammt! Paulinas Magen zog sich zusammen. Bestimmt war etwas Schlimmes passiert. Sonst hätten sich ihre Eltern doch längst gemeldet.

»Und wenn er tot ist?«, murmelte sie, während Rosa endlich die Fensterläden aufklappte und Sonnenlicht ins Zimmer flutete.

Rosa fuhr herum. »Schätzchen, so was darfst du nicht mal denken! Na, hopp! Ruf deine Eltern an.«

Paulina starrte auf ihr grünes Handy, das in der Sonne wie eine Schmeißfliege schillerte. Ihr Herz wummerte und stolperte, und ihr war schlecht.

Im nächsten Moment war Rosa bei ihr und nahm ihr das Smartphone weg. »Also gut, wenn du nicht willst, mach ich das eben.«

Paulina fühlte sich zu schwach, um zu protestieren. Sie lag einfach nur mit hämmerndem Herzen da und sah Rosa dabei zu, wie sie flink auf dem Handy herumtippte und es sich schließlich ans Ohr hielt.

Einundzwanzig, zweiundzwanzig, zählte Paulina im Stillen, dann überzog ein gekünsteltes Grinsen Rosas Gesicht, und sie flötete: »Kirchner, guten Morgen! Ich hoffe, ich rufe nicht zu früh an. Paulina ist gerade verhindert, aber sie wollte sich nach ihrem Bruder …«

Rosa brach ab, ihr Lächeln erlosch, und ihre Lippen wurden schmal. Sonnenlicht schien auf ihre noch ungepuderten Wangen und ließen sie faltiger als sonst erscheinen. »Aha, ja, na gut.« Ihr Kopf wackelte auf und ab. »Gerne. Ja, mach ich.« Sie wandte sich Paulina zu und reckte den Daumen in die Höhe. »Gehirnerschütterung«, raunte sie ihr zu.

Der Schweiß stand Paulina auf der Stirn, als sie Rosa das Handy aus der Hand riss und hineinbrüllte: »Simon ist okay? Er ist echt okay?«

»Ja, mein Schatz.« Es war ihre Mutter, und sie klang total ruhig. »Sein Fuß ist verstaucht, und er hat sich die Knie und Ellbogen aufgeschürft. Das ist, abgesehen von der Gehirnerschütterung, alles.«

»Und warum ruft ihr dann nicht an, um mir das zu sagen?«

»Nicht so laut, Paulina. Mein Ohr …«

»Warum ihr mich nicht angerufen habt, will ich wissen!«, schrie sie.

»Schatz, wir wollten dich ausschlafen lassen. Wir kennen das doch … Ich mein, ihr jungen Leute …«

Paulina ließ das Handy sinken. Die Stimme ihrer Mutter quäkte jetzt irgendwo in Höhe ihrer Beine.

»Sie wollten mich ausschlafen lassen, Rosa. Wie findest du das?«

Paulina ließ ihr keine Zeit zu antworten, nahm das Handy gleich wieder ans Ohr. »Mama, ich sitze hier und sterbe vor Angst, und du willst mich ausschlafen lassen?«

»Kind, ich wusste ja nicht …«

»Nee, schon klar. Du weißt nie, wie sich andere fühlen. Zumindest darin bist du ziemlich gut!«

Und dann tat sie etwas, was sie bei anderen zur Weißglut brachte, sie legte einfach auf.

Rosa zog die Augenbrauen hoch. »Ruf sie noch mal an, das ist jetzt nicht fair.«

»Nur über meine Leiche.« Paulina schwang sich aus dem Bett und stöhnte. »Meine Mutter … wie kann man nur so unsensibel sein!«

»Ruf sie an.«

»Später.«

Rosa nickte und verzichtete darauf, ihr Vorhaltungen zu machen. Das war das wirklich Großartige an ihr. Deswegen war sie hier mit ihr zusammen und nicht bei ihren verbohrten Eltern in Berlin.

»Kaffee?«, sagte Rosa.

»Sehr gerne!«

Und weil Paulina mit Verzögerung einiger Minuten eine immense Last von den Schultern fiel und sie nur noch jubeln wollte, bot sie sich an, *panini* und *cornetti* zu holen.

* * *

Auf dem halben Weg zur *panetteria* stellte Paulina fest, dass sie noch ihre Schlafanzughose trug, doch statt umzukehren, lief sie weiter, das Kinn selbstbewusst in die Höhe gereckt. Der Jahrmarkt der Eitelkeiten fand auf Capri, in Saint-Tropez und Keine-Ahnung-wo-noch statt, nicht in diesem kleinen Fischerdorf.

Beim Bäcker herrschte Hochbetrieb. Eine Gruppe Schulkinder deckte sich mit süßen Teilchen ein, zwei junge Mütter, die ihre Buggys samt Kleinkindern vertrauensvoll draußen hatten stehen lassen, schnatterten, eine gebeugte, schwarz gekleidete alte Frau kaufte Brot und Frühstückskekse.

Paulina liebte die Besonnenheit und Gelassenheit der Insulaner. Das Leben floss wie ein träger Fluss, ohne jede Hektik dahin. Anders als in Berlin hatte man hier immer Zeit für ein kleines Schwätzchen, niemand pöbelte, und es gab auch keine Besoffenen, die einem ihren ekligen Atem in den Nacken bliesen.

»*Due cornetti e quattro panini*«, sagte Paulina, als sie schließlich dran war. Einfache Sätze wie diese kamen ihr schon ganz leicht über die Lippen.

Ihr Handy surrte, als sie in der Schlafanzughose nach ihrem Portemonnaie suchte. Ihre Mutter. Die hatte ihr gerade noch gefehlt.

»Mama, ich bin beim Bäcker«, sagte sie ohne Einleitung.

»Paulina, es tut mir wirklich leid. Ich dachte … Ich wollte keinen unnötigen Wirbel machen.«

Die Verkäuferin nannte die Summe, im Gegensatz zur keifigen Stimme ihrer Mutter klang es wie ein wunderschöner Singsang, und Paulina reichte ihr einen Zehner.

»Hast du gehört, was ich gesagt habe?«

»Ja! Ich bin beim Bäcker.«

»Schon verstanden, Schatz. Ich warte kurz.«

Das Handy zwischen Kinn und Schulter geklemmt, nahm Paulina das Wechselgeld entgegen und bedankte sich auf Italienisch.

»Oh, du sprichst ja fast wie eine Einheimische«, hörte sie ihre Mutter sagen, während sie das Kleingeld in die Tasche ihrer Schlafanzughose gleiten ließ.

»Gar nicht wahr.«

»Schatz, ich will dich nicht drängen, aber Papa meint auch, du solltest dir langsam mal überlegen, wie es denn nun weitergeht.«

Super Stichwort. Genau das wollte sie jetzt hören.

»Mama, ich bin gerade erst eine Woche hier. Ihr gönnt mir nicht mal das bisschen Urlaub?«

»Es wäre nur schön, wenn du beim Bisschen-Urlaub-machen mal ein wenig in dich gehst«, tönte es an ihrem Ohr. »Papa findet auch …«

»Was?«

»Dass du langsam erwachsen werden musst. Dazu gehört, irgendwann auf eigenen Füßen zu stehen.«

Es reichte. Wie konnte ihre Mutter ihr ausgerechnet jetzt damit kommen? Simon hätte sterben können!

Ihre Gedanken rasten, überschlugen sich, fuhren Loopings, und dann fasste Paulina einen Entschluss.

»Mama?«, sagte sie, und ihre Stimme klang unheimlich ruhig.

»Du brauchst Geld, richtig? Das war klar, ich hab schon zu Papa gesagt ...«

»Nein, jetzt hör mir mal zu!«, fiel sie ihrer Mutter ins Wort. »Ich will euer Geld nicht mehr, hörst du? Ich suche mir einen Job und zahle euch alles zurück. Also, den Flug und das Taschengeld. Kannst du Papa ausrichten.«

Ihre Mutter lachte leise. »Na, das möchte ich erleben.«

»Gib Simon einen Kuss von mir, ja?«, überging sie die Bemerkung. »Ich muss jetzt ...«

Die Verbindung brach ab. Vielleicht hatte Paulina auch aus Versehen auf den Aus-Knopf gedrückt, denn draußen vor der Tür stand Fabio. Und er glotzte sie an, als hätte sie nicht nur eine Schlafanzughose mit Schäfchenmotiv an, sondern wäre auch noch oben ohne.

»Hi«, sagte sie.

»Wie geht's deinem Bruder?«

»Alles okay.« Sie erzählte von dem Telefonat mit ihrer Mutter, beschränkte sich jedoch auf die allernötigsten Fakten.

»Das ist gut. Freut mich wirklich.«

Fabio machte einen Schritt auf sie zu, doch sie drehte sich so blitzschnell weg, dass er ins Leere taumelte.

»Willst du mit uns frühstücken?«, fragte sie, die Brötchentüte schwenkend. Es war ihr nicht wirklich ein Bedürfnis, sie fühlte sich plötzlich nur unendlich leicht. Schon öfter hatte sie sich einen Job suchen wollen und war meistens an ihrer eigenen Trägheit gescheitert, doch diesmal, das schwor sie sich, würde sie ihr Vorhaben auch in die Tat umsetzen.

»*Volentieri*«, antwortete Fabio und bekam erst mal einen mächtigen Schluckauf.

Er hickste und entschuldigte sich, hickste und entschuldigte sich, und Paulina kam der kurze Weg ewig lang vor. Zumal sie nicht wusste, worüber sie sich mit diesem bis zur Halskrause verklemmten Mann unterhalten sollte. Es gab nichts, worüber sie mit ihm reden wollte, ihre Schnittmenge lag bei null. Er lächelte sie einige Male von der Seite an, aber Paulina verzog keine Miene. Wenn er glaubte, ihr Angebot, mit ihnen zu frühstücken, beinhalte obendrein die Lizenz zum Flirten, hatte er sich geschnitten.

Vor der Locanda del Postino – hier also musste dieser berühmte Film gedreht worden sein – lungerte der scharfe Alain Delon, wie Rosa ihn nannte, herum. Einen Fuß auf dem Blumenkübel abgestellt, stand er in lässiger Pose da und rauchte. Paulina hatte nicht mehr viel an ihn gedacht, und ihn so plötzlich auftauchen zu sehen setzte eine Gedankenspirale à la Rosa in Gang. Was für ein süßer Typ! Bis zum Gehtnichtmehr hot!

Kaum hatte er sie erblickt, hob er die Hand und winkte ihr zu. Paulina winkte zurück, und während der Italiener von einem Ohr zum anderen grinste, guckte Fabio verwundert zwischen ihnen beiden hin und her. Und dann fiel Paulina ein, dass sie ja immer noch ihre Schlafanzughose anhatte, was schon ein Grund war, ein wenig unverschämt zu grinsen.

Einen Peinlichkeitsmoment darauf hatten Fabio und sie den hübschen Typen hinter sich gelassen, und in dem Bewusstsein, dass ihr Leben jetzt endlich Fahrt aufnehmen würde, stieß sie einen übermütigen Jauchzer aus.

12.

Fabio erwies sich als ein wahrer Glücksgriff. Im Nullkommanichts hatte er die Rumpelkammer ausgeräumt, den verstaubten und vergammelten Plunder einem Fischer im Ort aufs Auge gedrückt und als kleines Dankeschön – Rosa mochte es kaum glauben – ein paar Eimer mit Farbresten sowie eine halbwegs passable Matratze geschenkt bekommen. Und bereits am Tag darauf begleitete er Rosa zur *comune*. Diesen hoch aufgeschossenen jungen Mann, der jeden Italiener um mindestens einen Kopf überragte, als Übersetzer und Beistand an ihrer Seite zu wissen verschaffte Rosa Sicherheit. Der beleibte *signore* hinter dem Schreibtisch, der wie eine Mischung aus Mafioso, halbseidenem Autoverkäufer und Schlagerstar von anno dazumal aussah, machte jedenfalls nicht den Eindruck, als würde er eine Dame gesetzten Alters aus Deutschland ernst nehmen. Eine Dame, die zudem behauptete, ein Haus geerbt zu haben. Da konnte ja jede Trulla daherkommen und ihm ein bisschen schöne Augen machen. Doch Fabio, der sich bisweilen schon etwas stoffelig anstellte, wuchs in seiner neuen Rolle über sich selbst hinaus. Er lächelte und charmierte, ließ allerdings auch seine markanten Augenbrauen spielen, wenn er es für nötig hielt. Er zeigte Formulare vor, wühlte sich durch einen Stapel Anträge, trug hier etwas ein, setzte dort ein Häkchen, und am Ende war Rosa der felsenfesten Überzeugung, dass sie das Ding gerockt hatten. Das Haus gehörte ihr. Niemand würde es ihr noch streitig machen können. Bei der Verabschiedung wirkte der Schmerbäuchige wie umgekrempelt, fast schien es, als hätte er sich ein bisschen in sie verguckt. Er nannte sie *gentilissima signora,* gab ihr einen schmatzenden und daher verunglückten Handkuss und nötigte ihr das Versprechen ab, in der Eisdiele seines Neffen, Chiaro di Luna, unbedingt das Zitroneneis zu probieren. Ihm zuliebe. Und sollte ihm zu Ohren kommen, sie hätte es nicht getan, wäre er ernsthaft böse und persönlich beleidigt.

Die Woche verging. Rosa ordnete ihre Papiere, sie kaufte ein und kochte Pasta für alle, jeden Tag eine andere Sorte, sodass Paulina sich schon beschwerte, sie werde noch drall wie eine italienische *mamma* werden. Manchmal stieg sie auch in den ersten Stock, um Fabio, der wie ein Berserker ackerte und schuftete, ihre Hilfe anzubieten. Aber er wollte nicht. Er wollte auch nicht, dass Paulina mit anpackte. Es schien, als hätte er mit dem Abschleifen der Böden, dem Ausbessern und Malern seine Berufung gefunden. Seit Beginn der Renovierungsarbeiten war er vom Hotel in die Rumpelkammer gezogen, wo er auf der geschenkten Matratze am Boden schlief. Er nahm die Unbequemlichkeiten, den Staub, die Unordnung, später auch den Geruch von frischer Farbe in Kauf. Allerdings klagte er jeden Tag über andere Wehwehchen. Mal hatte er Rücken-, mal Knieschmerzen, dann wieder rieb er sich die Herzgegend, sodass sich Rosa langsam Sorgen zu machen begann. Doch er wiegelte immer bloß ab. Seine einzige Bedingung: Sie solle nicht unnötig im Haus hocken, sondern es sich draußen am Meer gut gehen lassen.

Das tat Rosa. Sie genoss ihr Leben gerne. Heute am Postino-Strand, den Kopf voller verrückter Ideen, morgen in einer Bar an der Promenade bei einem Espresso und einer kleinen süßen Sünde wie einer *sfogliatella* mit köstlicher Ricotta-Füllung. Vielleicht könnte sie im nächsten Jahr eine Heizung oder einen Ofen einbauen lassen, um auch die Wintermonate auf Procida zu verbringen. Weihnachten mit Charlotte am Meer. Ohne Tannenbaum, Gans und deutsche Behaglichkeit, dafür mit rauem Seegang, Panettone und Pasta satt – ein Traum! Ein Mann wäre auch nicht schlecht, wenn auch nur, damit er ihnen den perfekten Weihnachtsfisch briet. Und an Silvester – hach! – würden sie und ihr Kind, vielleicht auch Paulina, an der Hafenpromenade stehen, aufs Wasser blicken und in aller Stille das neue Jahr begrüßen.

* * *

Und dann, es war Sonntag, und über Corricella flirrte die Mittagshitze, war das Zimmer fertig. Aus der verstaubten Rumpelkammer war eine charmante Wohlfühloase geworden. Dank Fabio, Rosas persönlichem Helden. Sie hatte keinen Orden zur Hand, bedankte sich stattdessen mit einer Flut von Küssen auf seine unrasierten Wangen. Fabio hatte sich selbst übertroffen. Die Dielen waren abgeschliffen und geölt, ein maroder Fensterrahmen ausgetauscht, und jede Wand in einer anderen Farbe gestrichen. Das war keine Geschmacksverirrung, sondern Rosas Wunsch gewesen, nachdem Fabio ihr die Farbreste gezeigt hatte, die ihm der Fischer überlassen hatte. Pastellgelb, Lichtblau und Violett. Warum nicht mal frischen Wind ins Leben lassen und etwas Ungewöhnliches wagen? Eine Farborgie war doch genau das Richtige fürs siebte Lebensjahrzehnt. Später unter der Erde, hatte sie sich sagen lassen, werde es noch lange genug trist und finster sein. Es fehlten lediglich ein paar Möbel, die wollte Rosa in den nächsten Tagen mit Fabio in Neapel besorgen. Ihr schwebte ein weißes Himmelbett vor, eine kleine, vielleicht antike Kommode, eine moderne Stehlampe und ein funktionaler Schrank. Vielleicht noch ein gemütlicher Lesesessel, das wäre ganz fabelhaft.

»Heute Abend gehen wir essen!«, verkündete sie, nachdem sie und Paulina das Zimmer ausgiebig bewundert hatten. Rosa war dabei etliche Male im Kreis gelaufen, hatte die Wände getätschelt und gehätschelt und es sich bloß verkniffen, auch noch den Boden zu küssen. »Wir drei! Ich lade euch ein!«

Niemand protestierte, selbst Paulina, die die ganze Zeit zu Fabio auf Abstand gegangen war, hatte nicht plötzlich etwas Besseres vor.

»Was hältst du von der Locanda del Postino?«, fragte sie.

»Ich dachte eher ans La Corricella«, sagte Rosa, die dort schon ein paarmal gegessen hatte und immer höchst zufrieden gewesen war.

Sie kramte zu dem Anlass einen pinkfarbenen Fummel mit tiefem Ausschnitt von einer spanischen Modekette aus dem Schrank. Jawohl, ihre Busenfalte konnte sich immer noch sehen lassen. Und sie wollte auch, dass man sie sah. Alles schien auf der kleinen Insel möglich. Zum Beispiel, dass sie ihre Badebekanntschaft vom ersten Tag wiedertraf. Oder auch den Mafioso von der *comune* – so übel hatte er unterm Strich gar nicht mal ausgesehen.

Paulina war bereits vorgegangen – Rosa vermutete, dass entgegen ihrer Beteuerungen doch etwas mit dem kleinen

Alain Delon lief –, und als sie und Fabio gegen zwanzig Uhr das Lokal ansteuerten, kam ihnen das Mädchen, lässig in Shorts, T-Shirt und Flipflops, entgegen.

»Ich hab ihn!«, rief sie und machte kleine Luftsprünge.

»Wen hast du?«, fragte Rosa.

»Den Job!«

»Welchen Job? Ich wusste ja gar nicht, dass du einen gesucht hast.«

»Dann weißt du's eben jetzt.«

Paulina strahlte, und Rosa wurde klar, warum Paulina in den letzten Tagen immer darauf aus gewesen war, alleine loszuziehen. Zum Einkaufen. Zum Baden. Oder einfach auch nur so.

»Was für ein Job ist das?«, erkundigte sich Fabio.

»Kellnerin und Barista in der Locanda del Postino«, verkündete sie stolz. »Okay, in der Küche muss ich wohl auch mal aushelfen.«

»*Auguri!*« Fabio reckte den Daumen in die Luft. »Das machst du bestimmt ganz großartig.«

Charmeur. Rosa war nicht entgangen, dass der junge Mann jeden Moment nutzte, um Paulina Honig um den Bart zu schmieren. Worauf diese mit unverhohlener Verächtlichkeit reagierte, die man sich wohl nur in der Jugend erlauben konnte.

»Das wäre doch gar nicht nötig gewesen, Schätzchen.« Sie strich dem Mädchen übers seidige Haar. »Ich bin nicht deine Eltern und verlange auch nichts von dir. Das weißt du, oder? Und du kannst auch so lange bei mir wohnen bleiben, wie du möchtest.«

»Ich will aber arbeiten.« Paulina blickte sie beinahe trotzig an.

»Also gut, dann arbeitest du eben«, entgegnete Rosa, auch wenn sie das Mädchen nicht so ganz verstand. Paulina war jung. Sie sollte den Strand und die Bars unsicher machen, flirten, es sich einfach gut gehen lassen. Der Ernst des Lebens würde schon noch früh genug über sie hereinbrechen.

»Zahlen die gut?«, wollte Fabio wissen.

»Ja …, nein …, geht so.«

Fabio nickte, dann ging sein Blick in die Ferne. »Ich hab ja eigentlich auch vor, mir einen Job zu suchen.« Er sah Paulina an, und ein schiefes Grinsen zeigte sich auf seinem Gesicht. »Aber schöne Mädchen haben es in der Gastronomie nun mal leichter als … na ja … als einer wie ich.«

Paulina entgegnete zunächst nichts, doch Rosa bemerkte ihren nervös flackernden Blick. Sie blieb abrupt stehen und sagte: »Könntest du es bitte lassen, mich ständig auf mein Äußeres zu reduzieren?«

Fabios dunkle Augenbrauen rückten enger zusammen. »Aber … das tue ich doch gar nicht. Du bist schön und intelligent und hast alles, was sich ein Mann nur wünschen kann. Das ist eine Tatsache.«

Statt sich für das Kompliment zu bedanken – Rosa hätte das an ihrer Stelle ganz sicher getan –, stieß Paulina einen ärgerlichen Laut aus, dann vollführte sie auf den Hacken ihrer Flipflops eine absurde Drehung.

»Und hör auf, mich anzubaggern, okay?«

»Ich … baggere dich … an?«

Der arme Kerl! Er hatte plötzlich feuerrote Ohren.

»Ja, das tust du! Und ich will das nicht. Ich will einfach nur …« Sie schüttelte ihre Haare. »Okay, ich hau ab. Schönen Abend noch. *Ciao.*«

Im nächsten Moment machte sie auf dem Absatz kehrt und rauschte davon.

Tja, Pech, das gemeinsame Essen, das Rosa sich so schön ausgemalt hatte, konnte sie sich wohl abschminken. Dennoch – die Einladung ins Restaurant stand, da mochte Fabio noch so gelackmeiert aus der Wäsche gucken. Der Mensch brauchte schließlich etwas in den Magen, und Fabio hatte ganz sicher nicht die ganze Woche bei ihr geschuftet, um jetzt wieder ausgeladen zu werden.

Vom Meer wehte eine angenehm kühle Brise, als sie auf der Terrasse des Hotels einen Aperitif tranken. Was für ein lauschiges Plätzchen! Man überblickte die gesamte Bucht, die von der Abendsonne erleuchteten Tuschkastenhäuser und das Meer. Nicht mehr lange, und die Fischer würden aufs Meer hinausfahren. Rosa überkam beim Tuckern der Boote jedes Mal ein wehmütiges Gefühl. Sie hatte viel von der Welt gesehen, aber was, wenn es am Ende nicht genug gewesen war? Und dann hoffte sie inständig, dass das Leben immer noch einen ganzen Strauß großartiger Möglichkeiten für sie bereithielt.

Fabio schien die Schönheit der Bucht nicht mal wahrzunehmen. Er saß bloß da, umklammerte das Glas und jammerte. Schlimmer, er triefte vor Selbstmitleid. Was er denn nur falsch gemacht habe? Er habe Paulina lediglich etwas Nettes sagen wollen. Man könne es den Frauen einfach nicht recht machen. Entweder beschwerten sie sich darüber, dass man sie nicht mit Komplimenten überhäufte, oder man schmeichelte ihnen, und dann nahmen sie es einem ebenfalls krumm.

»Fabio«, sagte Rosa und schaute auf ihre rot lackierten Fingernägel. »Ich denke, es ist mal Zeit für ein Grundsatzgespräch.«

Sie schwang nicht gerne die Moralkeule – wer selbst nie Anstand und Moral besessen hatte, sollte andere besser nicht belehren –, aber jetzt musste es sein.

Fabio hob den Blick. Er schaute so ängstlich, dass sie beschloss, ihn zu foppen.

»Nur damit du es weißt, Schatz«, sagte sie, »ich wäre schon noch zu haben.«

»Wie?«

»Ja! Ich bin solo, verstehst du?« Sie zwinkerte ihm zu.

Fabios Mund klappte auf, als wollte er etwas entgegnen, doch stattdessen führte er das Glas zum Mund und kippte seinen Drink auf ex weg.

Rosa konnte nicht mehr ernst bleiben und lachte schallend auf. »War doch nur Spaß, Jungchen! Ich wollte dich bloß ein bisschen auf den Arm nehmen.« Sie langte über den Tisch und tätschelte seine Hand. »Obwohl es in meinem Alter durchaus Frauen gibt, die sich jüngere Liebhaber zulegen.«

Fabio zog die Schultern hoch und nickte, die Augen starr und ohne Wimpernschlag.

»So, jetzt aber mal zur Sache. Paulina ist nicht in dich verliebt. Und es hat auch keinen Sinn, darauf zu hoffen, dass es passiert. So nach dem Motto, ich schmachte sie so lange an, bis sie mich endlich erhört. Verstehst du das?«

Er erwiderte nichts, wirkte immer noch wie eingefroren.

»Sie wird dich nicht erhören«, fuhr sie fort. »Und zwar nicht, weil sie einen anderen hat, sondern …«

»Der Altersunterschied, ich weiß«, presste Fabio heiser hervor.

»Das ist nicht das Entscheidende. Das Mädchen hat viel hinter sich … steckt mitten in einer Selbstfindungsphase.«

»Selbstfindungsphase«, echote Fabio.

»Exakt. Deshalb ist sie im Moment viel zu sehr mit sich selbst beschäftigt, um den Kopf für Dinge … also, wie die Liebe … zu haben.« Rosa beugte sich ein Stückchen zu ihm rüber. Jetzt kam es. Das, was Fabio ein für alle Male begreifen musste. »Aber sollte sich in absehbarer Zeit etwas bei ihr ändern, bist du es trotzdem nicht.«

Fabio blinzelte ein paarmal, doch es sah nicht so aus, als wären ihre Worte bei ihm angekommen.

»Sie will dich nicht. Hörst du? Du bist nicht ihr Typ.«

»Okay, verstehe.« Er stellte das Glas auf dem Tisch ab, dann schüttelte er sich wie ein Hund, der gerade aus dem Wasser gekommen war.

»Na hopp, Jungchen«, sagte Rosa. »Alles halb so wild. An der nächsten Straßenecke wartet bestimmt schon eine andere auf dich. Und ich wette, die ist noch tausend Mal schöner als Paulina.«

Fabio lachte kehlig, und Rosa verstand. Kaum eine Frau war schöner als Paulina, doch kam es darauf überhaupt an? Sie selbst hatte früher hinreißend ausgesehen. Das hatte ihr jede Menge Liebhaber beschert, aber keinen Mann für eine dauerhafte Beziehung. War das vielleicht besser?

Der Kellner brachte die *antipasti misto mare,* und als hätte Fabio einen Schalter umgelegt, machte er sich heißhungrig über das Essen her. Und nach und nach fand er zum Glück auch seine Sprache wieder. Sie unterhielten sich über Paulinas strenge Eltern, über Fabios Großvater Massimo, der ihn in den Ferien immer mit aufs Meer genommen hatte, und über ein paar Umwege kam er auf den Fischer zu sprechen, der ihm die Wandfarbe geschenkt hatte.

»Stell dir vor, Rosa, er ist zum vierten Mal verheiratet.«

»Ist das nicht unmoralisch im katholischen Italien?«

Fabio wischte mit einem Stückchen Weißbrot über den Teller und grinste. »Unmoralisch ist eher, dass er als Erstes die älteste von vier Schwestern geheiratet hat, nach der Scheidung die zweitälteste, dann die Cousine und am Ende die jüngste Schwester.«

»Und was ist mit der zweitjüngsten? War sie so unattraktiv, dass er sie nicht wollte?«

Fabio lachte. »Hat er mir nicht erzählt. Soll ich ihn fragen? Ich mach's!«

Weiter ging das Geplauder, Fabio rechnete nach, wie viele Kinder der Fischer hatte, nämlich sage und schreibe zwölf, sie fanden andere Themen, die sie erheiterten, und Rosa war froh, dass der Abend trotz des Eklats noch eine positive Wendung genommen hatte. Vielleicht – und das hoffte sie inständig – konnten Paulina und Fabio die Sache abhaken und zur Tagesordnung übergehen. Rosa mochte keine Missstimmung im Haus. Und noch schlimmer wäre es, einer von beiden würde abreisen.

* * *

Es war spät, und Fabio fröstelte. Aber Rosa war so in Fahrt, dass er nicht unhöflich sein und den Abend vorzeitig beenden wollte. Schließlich hatte sie alles getan, um ihn aufzuheitern – Geschichten von früher aus der Mottenkiste gekramt, ihn auf die schöne Gemüseverkäuferin auf dem Zentralplatz in Corricella aufmerksam gemacht –, und Fabio hatte das Spiel mitgespielt. Dabei ahnte sie nicht mal, wie schlecht es ihm in Wirklichkeit ging. Die Fischvorspeisen hatten ihm gutgetan, aber die Spaghetti *frutti di mare* waren bereits zu viel gewesen und lagen ihm im Magen wie ein Wackerstein.

Paulina wollte ihn nicht. Er war nicht ihr Typ. Und es blieb ihm nichts anderes übrig, als die Kröte zu schlucken. Für Mädchen wie Paulina war er augenscheinlich bloß ein alter Sack ohne jeden Sex-Appeal. Gegen diesen hübschen Gigolo-Typen, der neulich vor der Locanda del Postino herumgelungert hatte, war er chancenlos, das musste er sich ehrlich eingestehen.

»Noch ein Dessert, Fabio? Und einen Espresso?«

»Gerne«, erwiderte er, während ihn eine Welle der Übelkeit überrollte und ihm der kalte Schweiß auf die Stirn trat.

»Fabio?« Rosa beugte sich vor, und ihre Augen sahen hinter der Lesebrille, die sie zum Studieren der Rechnung aufgesetzt hatte, riesig aus. »Alles gut?«

Er sagte irgendwas, er war sich sicher, dass er noch etwas sagte, bevor ihm schwarz vor Augen wurde und er vom Stuhl sackte.

* * *

Gemurmel. Aufgeregte Stimmen. Da war ein Licht, es wurde hell und immer heller, und Fabio schlug die Augen auf. Ein Sanitäter kniete neben ihm und leuchtete ihn mit einer Lampe an.

»Können Sie mich verstehen?«, sagte der Mann auf Italienisch.

Er nickte.

»Wir bringen Sie ins Krankenhaus.«

»Nach Neapel?«

»Nein, hier.«

»Ich will aber nach Neapel!«

Der Mann lachte leise. »Und wie wollen Sie da jetzt hinkommen? Schwimmen?«

Rosa schob sich in sein Blickfeld. Ach ja, stimmt, er hatte mit ihr gegessen, Fisch, sehr viel Fisch, vielleicht hatte er einen Eiweißschock, oder die Muscheln, die er ausnahmsweise probiert hatte, war verdorben gewesen. Oder, noch schlimmer, war es ein Infarkt?

»Fabio, du machst jetzt, was der Mann sagt, hast du verstanden?«

Er nickte wie ein gehorsamer Schüler und fasste gleichzeitig einen Entschluss. Er würde die Untersuchung im hiesigen Krankenhaus über sich ergehen lassen und je nach Ergebnis morgen nach Neapel fahren, um einen zweiten Arzt zu konsultieren.

Der Sanitäter half ihm auf, und er spürte in sich hinein. Eigentlich ging es ihm schon viel besser. Die Übelkeit war verflogen, und sein Herz schlug nicht mehr so absurd schnell.

»Alles wird gut, Fabio«, sagte Rosa. »Vertrau mir, ich weiß das.«

Und dann wurde er wie ein alter gebrechlicher Mann die Treppenstufen hinauf zur nächsten Autostraße geführt, wo der Notarztwagen bereits auf ihn wartete.

13.

Paulina stand vor der gigantischen Espressomaschine, diesem Wunderwerk an Technik, das zischte, fauchte und einen wunderbar cremigen Espresso ausspuckte, wenn man es nur richtig zu bedienen wusste.

Sie wusste es nicht. Giuseppe, der Bruder des Besitzers und Chef des Lokals, redete schon seit geraumer Zeit auf sie ein. Italienisch-englische Wortfetzen prasselten auf sie nieder, ein Kauderwelsch, wovon sie bloß Bruchstücke verstand. Die Handhabung der Kaffeemühle und der Espressomaschine begriff sie recht schnell, aber wie bekam man es hin, dass die Milch geschmeidig aufschäumte, die richtige Temperatur hatte und beim Eingießen in die Cappuccinotasse eine kunstvoll gemusterte Milchschaumhaube entstand?

»*Pazienza!*«, sagte der kleine Mann mit dem lockigen Haar, als es Paulina beim ersten Anlauf nicht gelingen wollte. Auch beim zweiten Versuch haute es nicht hin, obwohl sie es genauso machte, wie Giuseppe es ihr gezeigt hatte. Mit der linken Hand hielt sie die Tasse schräg, mit der rechten schenkte sie mit einer leicht zitternden Bewegung die Milch von einem Tassenrand zum anderen ein, weder zu langsam noch zu schnell, allerdings mit Bedacht. Am Ende zog sie das Kännchen noch einmal in die Gegenrichtung.

»*Eccola!*«, rief Giuseppe, dann lobte er sie überschwänglich, obwohl das Ergebnis eher fragwürdig ausfiel. Doch der *padrone* sprach beruhigend auf sie ein. Cappuccini würden selten verlangt, allenfalls zum Frühstück, hin und wieder wollten die Gäste einen *macchiato*, also einen *caffè* mit einer kleinen Schaumhaube, was nicht besonders schwierig sei. Und die Insulaner, da brauche sie sich keine Sorgen zu machen, tränken sowieso nur ihren *liscio*, also den normalen Espresso, der aus zwei, maximal drei kleinen Schlucken bestand. Vielleicht mal einen *ristretto, lungo, doppio* oder *corretto*, da werde er sie aber noch genau einweisen.

Paulina schwirrte bald der Kopf, und nachdem sie ihrem ersten Kunden, einem schielenden Typen in einem Tanktop, den Espresso auf den Tresen gestellt und dieser sie nach einem knappen Blick ins Tässchen grimmig angeschaut hatte, fragte sie sich, ob sie tatsächlich die Richtige für den Job war. Hatte sie zu viel Kaffee in die Tasse laufen lassen? Oder zu wenig? Oder war die *crema* nicht so, wie er es gewohnt war? Der Mann verzog keine Miene, als sie ihn unsicher anlächelte, versenkte zwei Teelöffel Zucker im Espresso, kippte ihn wie nix weg, dann zahlte er und gab Paulina bei einem Preis von achtzig Cent satte fünfzig Cent Trinkgeld.

Giuseppe amüsierte sich köstlich darüber und mutmaßte, Paulina habe wohl einen neuen Verehrer, doch sie verzichtete gern freiwillig. Der Mann im Tanktop war nun wirklich nicht nach ihrem Geschmack, abgesehen davon steckte ihr immer noch die Sache mit Fabio in den Knochen. Sie hatte ihn nicht vor den Kopf stoßen oder gar verletzen wollen, aber hatte er denn eigentlich überhaupt nichts gecheckt? Es war doch so offensichtlich gewesen, dass sie nicht an ihm interessiert war. Zum Glück hatte sie das endlich klargestellt, andererseits plagte sie nun auch das schlechte Gewissen. Was, wenn sie womöglich schuld an seinem Kreislaufkollaps gewesen war? Weil sie ihn so harsch angegangen war?

Mit einem leicht mulmigen Gefühl arbeitete sie sich durch den Tag. Sie bereitete Espressi zu, wurde immer besser darin, servierte später kalte Getränke, Prosecco, Wein und *aperitivi,* und als sie endlich Feierabend hatte, durchströmte sie trotz Müdigkeit und schmerzender Füße ein wohliges Glücksgefühl. Sicher, ihre Arbeit war noch nicht perfekt, unterm Strich hatte sie sich aber gar nicht mal so schlecht angestellt. Und auch Giuseppe schien mit ihr zufrieden zu sein, denn er gab ihr sogleich ihren Einsatzplan für die kommenden Tage mit auf den Weg. Was für eine Genugtuung! Sie war eben doch mehr als nur eine erfolglose Schauspielerin. Sie konnte Espressi zubereiten und schielende Typen zum Schmelzen bringen, und weil sie eben war, wie sie war, hatte sie auch noch ein sattes Trinkgeld bekommen. Für die Menschheit war das nichts, für sie ein ziemlich bedeutender Schritt.

* * *

Er tauchte wie aus dem Nichts auf, lächelte, und Paulina glaubte im ersten Moment zu halluzinieren. Denn eben, als sie, müde und in Gedanken an die Arbeit versunken, die Hafenpromenade entlanggetrottet war, hatte sie außer einer herumstreunenden Katze niemanden gesehen. Jetzt stand er da, einen Fuß gegen die Mauer gestemmt, und schob sich eine Zigarette zwischen die Lippen. Paulina schloss reflexartig die Augen, machte sie aber sogleich wieder auf. Sie hätte seine Pose gerne als abgegriffenes James-Dean-Klischee verbucht, doch es gelang ihr nicht, weil er in dieser Haltung so unverschämt sexy aussah.

»Hi«, sagte sie und ging weiter, doch er heftete sich an ihre Fersen.

»Warte!«, rief er ihr auf Englisch hinterher.

In der Hoffnung, dass sie nach dem langen Arbeitstag einigermaßen okay aussah, blieb sie stehen.

»Jobbst du im *ristorante*?«

Sie nickte und murmelte: »Mein erster Tag.«

Er beglückwünschte sie und sagte, die Locanda del Postino sei ein wirklich gutes Restaurant.

»Und du? Was machst du so?«

Er schaute kurz weg, nestelte ein Feuerzeug aus der Hosentasche, zündete die Zigarette aber nicht an. »Ich … also, ich helfe meinem Vater.«

Er half seinem Vater? Das war seine Arbeit?

»Was macht dein Vater denn?« Sie war sich ziemlich sicher, dass er keine Versicherungen an den Mann brachte.

»Fischen.«

»Oh, wie schön«, hörte sie sich sagen, wohl wissend, wie lächerlich ihre Bemerkung war. Fischen war hart. Ein nicht ungefährlicher Job bei Wind und Wetter, der bestimmt nicht viel Geld einbrachte.

»Nein, nicht besonders.« Er zündete die Zigarette an, zog nervös daran, dann sagte er in gebrochenem Englisch, dass er aus Faulheit von der Schule abgegangen sei, dies inzwischen jedoch ziemlich bereue, weil er mit seinem Leben eigentlich etwas anderes anfangen wolle.

»Und was?«, fragte Paulina.

Er zuckte die Achseln. »Ich möchte weg von hier. Nach *Napoli*.«

Paulina konnte das nachvollziehen. Das Meer lag zwar gleich vor der Haustür, doch außer einer Handvoll Hotels und Restaurants, in die zumeist die Tagestouristen strömten, gab es keine Arbeit. Und wenn man nicht gerade vorhatte, Kellner, Koch oder Zimmermädchen zu werden, musste man wohl oder übel aufs Festland ausweichen.

»Komm, ich bring dich nach Hause.«

Sie schlenderten los, Mario zeigte ihr einige Sternbilder am nachtschwarzen Himmel, den Großen Wagen, Kassiopeia, und ein paar gestotterte Halbsätze später ahnte Paulina, dass sie mehr mit ihm gemein hatte, als sie anfangs geglaubt hatte. Beide wollten sie mehr vom Leben. Ohne zu wissen, wie genau dieses *mehr* überhaupt aussehen könne.

»Sehen wir uns morgen?«, fragte er, als sie schließlich vor dem rosa Haus standen.

»Vielleicht? Ich arbeite wieder im Restaurant.«

»Okay, *a domani.*«

Er beugte sich vor, als wollte er sie zum Abschied küssen, dann strich er ihr aber nur über die Schulter und ging pfeifend davon.

Paulina blieb eine Weile vor der Haustür stehen, schnupperte am Oleander und spürte der breiten Palette ihrer Empfindungen nach. Von aufgeregtem Prickeln über Neugier und einer Prise Angst bis zu purer Lebenslust war so ziemlich alles dabei. Nur eins fehlte: dieses Gefühl, innerlich wie tot zu sein. Und das war wie ein Sechser im Lotto.

Sie schloss auf. Nirgends Licht; die Wohnung wie verwaist. Schlief Rosa etwa schon? Sie war doch sonst so eine Nachteule.

»Rosa?« Alles blieb still. »Rosa, bist du da?«

Auf leisen Sohlen huschte Paulina die Stufen hinauf.

Unter der Schlafzimmertür schimmerte ein Streifen Licht. Sie klopfte, erst leise, dann lauter, und als sie immer noch keine Antwort bekam, drückte sie die Klinke runter. Die Sorge um die alte Dame war größer als die Angst, sie womöglich zu wecken.

Rosa lag in ihrem bunten Tunikakleid auf dem Bett, die Lesebrille auf der Nase, das zugeklappte Buch auf dem Schoß. Alles gut, sie schlief tief und fest.

Paulina wollte sich schon zurückziehen, als sie hochschreckte.

»Ach, meine Kleene, da bist du ja!« Sie strich sich die verschwitzten Ponyfransen aus der Stirn. »Erzähl. Wie war dein Tag?«

»Gut.« Paulina versuchte, ihr Happy-Mario-Feeling vor Rosa zu verbergen. »Wie geht es Fabio?«

Knappes Achselzucken.

»Er hat sich noch nicht gemeldet?«

Sorgenfalten tauchten auf Rosas Stirn auf. »Sein Handy ist ausgestellt. Hab's x-mal probiert.«

Das letzte Lebenszeichen von ihm war am Vortag aus der Notaufnahme in Procida gekommen. Da hatte er laut Rosa sogar einigermaßen fidel geklungen. Seltsam, dass er einfach so von der Bildfläche verschwunden war.

»Dann probier's noch mal! Oder ruf im Krankenhaus an!«, rief Paulina, während ein ziemlich unschöner Gedanke in ihr aufflackerte. Ja, vielleicht war Fabios Handy einfach nur ausgestellt, oder der Akku leer oder weiß der Henker was. Vielleicht war er aber auch tot, und dann wäre sie schuld, weil sie dem armen Mann das Herz gebrochen hatte.

Ohne Vorwarnung schossen Paulina die Tränen in die Augen, und sie sank neben Rosa aufs Bett. Während sie weinte und sich der Kummer vieler Jahre Bahn brach, schrillte Rosas Handy. Es war dieser Retro-Klingelton, den jeder zweite Italiener hatte und der Paulina mächtig auf den Keks ging, doch jetzt freute sie sich unbändig, ihn zu hören. Denn es war Fabio, und Rosas Gesichtsausdruck nach zu urteilen, war er wohlauf.

14.

Ein Hochdruckgebiet erstreckte sich über Italien und schaufelte saharaheiße Luft heran. Bereits morgens um zehn – Rosa saß mit ihrer Lavendel-Kaffeetasse und Mandelkeksen auf dem Balkon und ließ ihre nackten Zehen von der Sonne kitzeln – kochte die Luft über der Insel. Rosa liebte das; es konnte ihr kaum heiß genug sein. So fühlte sich eben echter Sommer an! Sonnencreme, klebrige Haut, dazu ein paar schwüle Gedanken. Zugegeben, einige Male hatte sie tatsächlich an den Gigolo vom Strand und auch an den Mafioso von der *comune* gedacht, ganz züchtig, versteht sich, weil sie es mit ihren siebzig ja nun auch nicht übertreiben wollte. Manchmal büxten ihre Gedanken aber auch aus, machten ein paar Schlenker, und dann wurde Rosa unter ihrer Tunika noch heißer.

Fabio war von seiner Ärzte-Odyssee zurück und leistete ihr auf dem Balkon Gesellschaft. Es ging ihm gut. Zum Glück ging es ihm gut! Vielleicht hatte ihm der Kreislauf nur übel mitgespielt – die Ärzte im hiesigen Krankenhaus, aber auch in Neapel, wo er sich zur Sicherheit ein zweites Mal hatte durchchecken lassen, konnten nichts feststellen. Fabios Herz war stark wie das eines Jungbullen, sein Blutdruck im Idealbereich, und seine Cholesterinwerte so niedrig, wie man es sich nur wünschen konnte.

»Rosa, es wird Zeit, dass ich mir einen Job suche«, erklärte er, den Blick wie ein Pirat in die Ferne gerichtet. »Ich fahre morgen oder übermorgen weiter nach Ischia.«

»Wie bitte?« Rosa griff nach seinem Arm, als könnte er noch auf die Idee kommen, im nächsten Augenblick Reißaus zu nehmen. »Aber das kannst du nicht machen!«

»Wieso nicht? Das Zimmer ist doch so weit fertig. Paulina schläft jetzt da. Und das soll sie auch.«

Rosa hatte das in Fabios Abwesenheit so entschieden. Es war an der Zeit, dass das Mädchen sein eigenes Zimmer bekam. Fabio würde dann eben mit dem Sofa im Wohnzimmer Vorlieb nehmen müssen.

»Aber …« Rosas Hände führten ein Luftballett auf. »Du wolltest mit mir die Möbel aussuchen gehen! Wie soll ich das denn allein schaffen und … Also, hör mal, Fabio, wenn du dich jetzt einfach vom Acker machst, da fehlt doch jemand im Haus! Außerdem könntest du dir auch hier Arbeit suchen. Oder glaubst du allen Ernstes, Paulina hat den einzigen Job auf der ganzen Insel ergattert?«

Fabio schaute ziemlich lange aufs Meer, dann blinzelte er Rosa an und schüttelte den Kopf. »Ich will euch nicht zur Last fallen.«

»Aber das tust du nicht!«

Er wies mit dem Kinn Richtung Tür, die er, damit Paulina nicht aufwachte, vorsichtshalber zugezogen hatte. »Das sieht *sie* aber bestimmt anders.«

»Ach, Jungchen, jetzt mach doch nicht alles so schrecklich kompliziert. Ist das hier vielleicht ein Kindergarten? Nein, ist es nicht. Das hier ist ein Haus, ein großes noch dazu. Da kann man sich auch aus dem Weg gehen, wenn man mal Zeit für sich braucht. Früher haben wir zu zehnt in einem *Zimmer* geschlafen!« Sie lachte kehlig. »Gut, manchmal auch miteinander. Aber das war alles kein Problem, man hat nur im Hier und Jetzt gelebt und sich keine Was-wäre-wenn-Gedanken gemacht.«

Der Anflug eines Lächelns schlich sich in Fabios Gesicht. »Überredet. Aber wenn ich in drei Wochen immer noch keinen Job habe, dampfe ich ab.«

Rosa quiekte vor Freude, dann huschte sie auf leisen Sohlen an Paulina vorbei, die, zur Schnecke eingerollt, auf der Matratze schlief, um einen Prosecco zu holen. Es war ja elf durch. Da konnte man sich schon mal ein Schlückchen genehmigen.

Sie hantierte in der Küche, als sie klackende Schritte in ihrem Rücken vernahm. »Magst du auch was zu knabbern, Fabio? Oder noch ein Brötchen?«

Keine Antwort.

»Fabio?«

Sie drehte sich nach ihm um, und dann sah sie, dass er ihr Blutzuckermessgerät in der Hand hielt, mit dem sie eben noch ihren Blutzucker hatte kontrollieren wollen.

»Diabetes?«, fragte er.

Verflixt und zugenäht noch mal! Warum guckte er denn jetzt so schrecklich besorgt? Viele Menschen hatten Diabetes, das war nun wirklich kein Grund, sich zu ängstigen.

»Ja, Schätzchen, und jetzt leg das Ding wieder in die Schublade.«

»Du musst es doch nicht verstecken.«

»Tu ich doch gar nicht«, erwiderte sie gereizt und ließ den Korken ploppen. »Aber ich muss es auch nicht an die große Glocke hängen. Oder? Muss ich das?«

»Typ zwei?«

»Herrje, du willst es aber ganz genau wissen. Ja, Typ zwei. Mach dir keine Sorgen, ich komme bestens zurecht. So. Themawechsel.« Sie sprach nicht gerne über ihre Zipperlein und am allerwenigsten mit jemandem vom Fach. Meistens kamen dann Fragen, Tipps, alles Mögliche, was man gar nicht hören wollte.

»Sonst alles gut bei dir?«, fuhr er fort.

»Ja, ich bin kerngesund. Aber wenn du weiter so nervige Fragen stellst, rege ich mich auf und bekomme gleich einen Herzkasper.«

Fabio kratzte sich verlegen am Ohr. »Tut mir leid, Rosa. Ich wollte nicht indiskret sein.«

Das warst du aber, dachte sie. Und als sie wenig später wieder auf dem Balkon saßen und der extratrockene Schaumwein aus der Region, der ein kleines Vermögen gekostet hatte, durch ihre Kehlen rann, fand sie, dass es an der Zeit war, den Spieß umzudrehen und ebenfalls ein bisschen indiskret zu sein.

»Sag mal, Jungchen, kann es sein, dass *du* vielleicht ein Problem hast?«

»Wie meinst du das? Ich verstehe nicht …« Fabio lugte hinter sich durch die Scheibe, aber Paulina schlief immer noch tief und fest.

»Ein Problem gesundheitlicher Art.«

Seine Lippen schienen plötzlich blutleer, seine Augen glasig. Er stellte das Glas neben sich auf dem Boden ab und rieb sich die Hände, als wären sie eiskalt. Vielleicht waren sie es auch. Bei dreiunddreißig Grad im Schatten waren Hände ja gerne mal kalt. »Ja, Rosa, ich bin krank«, sagte er, und seine Stimme hatte einen theatralischen Tonfall angenommen.

»Spannungskopfschmerzen?«, sagte sie einfach so ins Blaue.

Fabio blickte sie perplex an. »Woher weißt du das?«

»Ich hab da so ein spezielles Gespür. Aber da ist noch mehr, oder?«

Er nickte eifrig wie ein Musterschüler. Dabei hatte sie gar nicht vor, ihm eine Note in Hypochondrie zu geben. Auch wenn ihm eine Eins mit Sternchen zustand.

»Zum Beispiel?«

Und er begann aufzuzählen, ein ganzes Sammelsurium an Wehwehchen. Und seine Leiden trugen bisweilen die kuriosesten Namen. Erdbeerfleck, Zeh-Arthrose, diffuse Alopezie, atopisches Ekzem, Reizkolon oder Seborrhoische Keratose.

»So, so«, sagte Rosa, nachdem er zum Ende gekommen war. Es hatte ziemlich lange gedauert, und sie hatte ein Gähnen unterdrücken müssen. Auch wenn das so gesehen nicht besonders komisch war, konnte sie sich ein Schmunzeln nicht verkneifen. »Klingt dramatisch.«

Fabio verzog schmerzlich das Gesicht. »Das ist es auch, Rosa. Manchmal habe ich Angst, ich könnte einfach nicht mehr aufwachen.«

Sie klopfte ihm auf die Schulter. »Das wäre doch fabelhaft! So will ich auch eines Tages sterben. Hab ich bei dem da oben«, sie deutete in den knallblauen Himmel, »schon angemeldet.«

Er starrte Rosa an. Erschrocken war gar kein Ausdruck.

»So, jetzt trinken wir noch mal ein Schlückchen. Das tut gut.«

Rosa füllte die Gläser auf. Immer rein mit dem edlen Tropfen. Ihre Zuckerwerte waren im grünen Bereich, und Fabio würde der Alkohol hoffentlich etwas lockerer machen.

Er nahm das Glas in die Hand, doch anstatt zu trinken, blickte er hinein und schüttelte verzweifelt den Kopf. »Weißt du eigentlich, was man von zu viel Alkohol bekommt?«

»Gute Laune?« Rosa prostete ihm zu.

»Also. Die Folgen von Alkohol sind …« Fabios Augenbrauen rückten enger zusammen, dann leierte er runter: »Speiseröhrenkrebs, Gastritis, Magenkrebs, Leberkrebs, Pankreatitis, Wernicke-Enzephalopathie, Korsakow-Syndrom, Herzinsuffizienz, Hypoglykämie, ach, und eine Fettleber kann man auch noch kriegen.«

»Hast du ein Medizinlexikon verschluckt?« Rosa lachte gurgelnd.

»Das ist nicht witzig.«

»Nö, nur ein ganz kleines bisschen.« Ihr Gekicher ebbte langsam ab. »Und welche von diesen Krankheiten hast du bereits? Lass mich raten. Die Fettleber! Du siehst aus, als hättest du eine richtig schöne Gänsestopfleber.«

Fabio fuhr hoch, sein Blick war flammend. Oh mein Gott, war sie womöglich zu weit gegangen?

»Ich will das nicht hören, Rosa! Und ich kann es auch nicht leiden, wenn man mir Krankheiten einredet, die ich gar nicht habe.«

»Jetzt setz dich wieder hin, Jungchen, ich hab dir was zu sagen.«

Sie packte ihn am Handgelenk und zog ihn auf den Stuhl. »Mir ist schon klar, dass du ein Problem hast. Ist ja nicht zu übersehen. Aber du bist nicht krank. Alles spielt sich bei dir bloß hier ab.« Sie pochte sich gegen die Stirn.

»Ich bin kein Psycho, falls du das meinst.«

»Meine ich auch nicht. Aber du hast eine ziemlich ausgeprägte Form von Hypochondrie. Und statt ständig zum Arzt oder in die Notaufnahme zu rennen, solltest du lieber mal ... na ja ... eine Therapie machen. Oder Qigong oder so was.«

»Nein«, sagte er, und etwas beängstigend Ruhiges lag in seiner Stimme.

»Und warum nicht? Was wäre so verkehrt daran?«

Fabio heftete seinen Blick aufs Meer, das glitzerte und glänzte und sich nur von seiner allerbesten Seite zeigte. Das tat er eine ganze Weile lang, dann griff er nach dem Glas und nahm einen kräftigen Schluck – Fettleber hin, Fettleber her.

»Meine gleichaltrige Cousine ist an Krebs gestorben«, erklärte er.

»Oh, das tut mir leid«, murmelte Rosa.

»Einer meiner Onkel hatte mit fünfunddreißig einen Herzinfarkt«, fuhr er fort, »und mein Bruder ...« Er war immer leiser geworden und Rosa musste mächtig die Ohren spitzen, weil gerade ein Hubschrauber lautstark über sie hinwegknatterte. »Er ist an Leukämie gestorben«, kam er zum Ende. »Eine Woche nach seiner Einschulung.«

Rosa spürte einen Fausthieb im Magen, und in ihrem Kopf drehte sich alles. Verständlich, dass Fabio nach diesen Schicksalsschlägen so geworden war. Jeder hätte an seiner Stelle irgendeine Macke davongetragen. Und weil es sinnlos war, ihm weiter ins Gewissen zu reden, breitete sie einfach ihre Arme aus und drückte ihn an ihren mütterlichen Busen.

* * *

Es war weit nach Mitternacht, und Rosa lag, bloß mit einem Laken bedeckt, im Bett, als Charlotte anrief. Ihr Kind rief nie so spät an, und dass sie es jetzt tat, verhieß nichts Gutes. Das Gespräch mit Fabio wirkte immer noch in ihr nach, auch später beim Baden am *Postino*-Strand war ein paarmal das Thema darauf gekommen.

»Charlotte-Herzchen!«, rief sie übertrieben munter, als könnte sie allein durch ihre Stimmgebung schlimme Nachrichten abwenden.

»Hast du schon geschlafen, Mama?«

»Um Himmels willen, nein! Du kennst doch deine Mutter.« Ihr Herz wummerte, und ihr war flau.

»Sitzt du noch draußen auf dem Balkon?«

»Jetzt mach's nicht so spannend, Lotte. Heiratest du, oder was ist los?«

Charlottes raues Lachen drang an ihr Ohr. Das klang nicht gerade nach einer Hiobsbotschaft. »Stell dir vor, Mama, ich habe gerade einen Flug nach Neapel gebucht. Sonntag bin ich bei dir.«

Rosa begriff nicht und bat Charlotte, das eben Gesagte zu wiederholen.

»Bist du schwerhörig? Ich fliege Sonntag nach Neapel. Und nehme dann gleich die Fähre nach Procida.«

»Oh.« Rosa richtete sich auf, das Laken rutschte vom Bett. »Kannst du jetzt doch freimachen?«

»Lydia und ich haben eine fantastische Aushilfe aufgetan. Jung, ambitioniert und auch noch zuverlässig.«

»Fein, mein Kind.«

»Mama? Du klingst ja nicht gerade begeistert.«

»Doch, mein Herzchen, ich freue mich riesig! Das ist wundervoll! Es gibt nur einen kleinen Haken ...«

»Ja?«

»Du müsstest mit mir im Doppelbett Vorlieb nehmen. Ist das in Ordnung für dich?«

»Kein Problem.«

Aber für Rosa war es ein Problem – oder vielmehr ein Problemchen. Sie hatte gerne ihre Ruhe beim Schlafen, und von einem gemeinsamen Städtetrip nach London wusste sie, dass Charlotte wie ein besoffener Matrose schnarchte. Hieß: Sie würde kaum ein Auge zutun.

»Wie lange bleibst du denn?«

»Mein Rückflug geht vierzehn Tage später. Aber wenn dir das zu lang ist … Ich kann noch umbuchen.«

»Nein, Lotte. Ist doch fabelhaft! Ich freue mich!«

Rosa spuckte noch mehr Floskeln aus, um ihrer Freude Ausdruck zu verleihen, wusste allerdings nicht, ob sie tatsächlich so begeistert war, wie sie vorgab.

Es war spät, sie fühlte eine bleierne Müdigkeit in den Gliedern, und kurz bevor sie in den Dämmerschlaf sank, ging ihr ein Gedanke durch den Kopf, für den sie sich augenblicklich schämte: Waren Fabio, Paulina und sie nicht schon Familie genug? Sei nicht unfair, Rosa, rügte sie sich und wälzte sich auf die andere Seite. Charlotte ist dein Ein und Alles! Also ist sie auch jederzeit herzlich bei dir willkommen.

* * *

Rosa wachte gegen zehn Uhr auf und fühlte sich erfrischt wie nach einer Woche Spa-Urlaub. Zehn Uhr! So lange hatte sie zuletzt in ihren wilden Jahren geschlafen. Als sie bis in die Puppen getanzt, gefeiert und sich geliebt hatten.

Sie räkelte sich genüsslich, heute wollte sie es mal so

richtig langsam angehen lassen, und griff nach ihrem Krimi. Zwanzig Buchseiten später absolvierte sie ihre Yogaübungen, die sich hoffentlich positiv auf ihre aus dem Leim geratene Leibesmitte auswirken würde, und als sie nach einer ausgedehnten Dusche die Treppe hinunterkam, saßen Paulina und Fabio am Frühstückstisch und unterhielten sich über Kaffeesorten. Heinzelmännchen hatten neben frischem Brot, Butter und Konfitüre duftende Pfirsiche eingekauft.

»Da irrst du dich«, sagte Fabio. »Die süditalienischen Espressosorten haben nur einen höheren Robusta-Anteil. Deswegen kommt dir der Kaffee bitterer vor.« Er hob den Blick. »Guten Morgen, Rosa. Stell dir vor, Paulina mag den Kaffee hier nicht.«

»Nein, Schätzchen?«

»Geht so.«

»Das ist aber schade.«

Es war nur eine so dahingeplapperte Phrase. Vielmehr freute sie sich darüber, dass die beiden einträchtig beieinandersaßen und sich über belanglose Themen wie Kaffee unterhielten. Vielleicht hatten sie sich ja ausgesprochen. Oder aber beschlossen, einfach nicht weiter drüber zu reden. Beides war in Ordnung, Hauptsache, es kam der Stimmung im Haus zugute.

»Übrigens«, sagte Rosa, nachdem Fabio ihr Kaffee eingeschenkt hatte. »Meine Tochter kommt übermorgen zu Besuch.«

Fabio hob die Augenbrauen, als wollte er sagen, *Moment mal, Paulina und ich sind doch deine Gäste*. Und auch Paulina schaute wenig begeistert drein.

»Wie soll das dann gehen?« Ihr Blick flog zu Fabio, der schmatzend einen Pfirsich aß. »Reist du ab? Gehst du wieder ins Hotel? Ich mein, ich könnte mir ja auch was suchen, aber mein Boss hat mir noch keinen Lohn ausbezahlt.«

»Menschenskinder, wo ist denn das Problem?«, entgegnete Rosa. »Wir rücken einfach ein bisschen enger zusammen. Charlotte schläft bei mir oben. Man kann gut mit ihr auskommen, ihr werdet schon sehen. Momentchen mal … ihr kennt sie doch aus dem Krankenhaus.«

Fabio zuckte die Achseln, und Paulina sah aus, als würden überhaupt keine Denkvorgänge in ihrem Hirn stattfinden.

»Na, hört mal! An Charlotte muss man sich einfach erinnern. Grüne Augen, lange rote Haare, wunderschöne Figur.«

»Ach, die«, sagte Paulina. »Sie hat mich an Herzogin Kate erinnert. Nur andere Haarfarbe. Und größerer Busen.«

Rosa kicherte. »Ja, den hat sie von mir.«

»Also, ich weiß ja nicht, Rosa.« Fabio schob den Pfirsichkern auf seinem Teller hin und her. »Vielleicht sollte ich dann doch besser abreisen. Ich meine, sie ist deine Tochter. Da ist es doch ihr gutes Recht …« Er brach ab.

»Schluss jetzt, Fabio. Du bleibst hier, hast du mich verstanden?«

»Äh ja, aber …«

Rosa sah, wie Paulina ihm über den Tisch hinweg zunickte. »Wir kriegen das schon irgendwie hin. Ich bin sowieso fast jeden Tag bei der Arbeit. Und auch sonst viel unterwegs.« Ein verlegenes Lächeln huschte über ihr Gesicht, und Rosa ahnte, dass das Mädchen sicher andere Dinge vorhaben würde, als mit ihr, Charlotte und Fabio auf dem Balkon zu sitzen und aufs Meer zu schauen. Konnte man ja auch verstehen. Mit drei Erdenbürgern älteren

Datums, die in puncto Sex-Appeal ganz sicher nicht mit dem schnuckeligen Alain Delon mithalten konnten.

* * *

Der Vormittag war lang, und Rosa überredete Fabio und Paulina, die erst am Nachmittag in die Locanda del Postino musste, zu einem Spaziergang zur höchsten Erhebung der Insel, der Terra Murata.

»Zu Fuß?«, fragte die Kleine, obwohl sie eindeutig die jüngsten Beine von ihnen dreien hatte.

»Was glaubst denn du?«, erwiderte Rosa. »Dass dich ein Hubschrauber hinbringt?«

»Ist das weit?« Sie schürzte die Lippen.

»Keine Sorge, Schätzchen. Der Ausblick wird dich ganz sicher entschädigen.«

Das Argument zog zum Glück, doch da Paulina herumtrödelte und auch Fabio ewig lang im Bad brauchte, war es bereits Mittag, als sie endlich loszogen, und dementsprechend heiß. Fabio und Rosa trugen breitkrempige Strohhüte, die noch aus Hans' Besitz stammten, Paulina war zu eitel oder glaubte, ihre Blondpracht werde sie auch so vor der Sonne schützen. Statt sich über den kleinen Familienausflug, den vermutlich letzten in dieser Konstellation, zu freuen, nölte sie in einer Tour. Sie komme verschwitzt zur Arbeit, das sei alles so anstrengend, und wieso sie den Ausflug nicht auf einen kühleren Tag hätten verschieben können.

»Komm du erst mal in mein Alter«, schimpfte Rosa und hakte sich, weil ihr von der Hitze bald ebenfalls etwas blümerant wurde, bei dem Mädchen unter. Das Leben war kurz, und sie wollte den atemberaubenden Panoramablick, der sich ihnen über dem Küstenstreifen bot, genießen. Die bunten Häuschen von Corricella wurden mit jedem Meter, den sie die Steigung hinaufgingen, kleiner, das Meer weiter und tiefblauer, und irgendwann stieß auch Paulina beseelte Jauchzer aus. Warum nicht jetzt sterben?, dachte Rosa. Dann wäre sie zumindest schon mal im Paradies.

Wenig später machten sie an einer kleinen Kirche halt. Sie traten ins Innere – hier war es angenehm kühl –, und Rosa blickte sich staunend um. Das Kirchenschiff diente als Depot für unzählige zentnerschwere Prozessionsfiguren, die Szenen aus der Bibel darstellten.

»Wie cool ist das denn?«, wisperte Paulina, um gleich darauf mit geradezu kindlicher Neugier eine leidende Maria zu inspizieren.

Rosa sah aus dem Augenwinkel, wie Fabio sich bekreuzigte, dann folgte sie Paulina auf Zehenspitzen, als bestünde die Gefahr, den gegeißelten Jesus, die Soldaten, Pontius Pilatus und die Harfe spielenden Engel zum Leben zu erwecken.

»Zu dumm, dass wir keinen Reiseführer dabei haben«, sagte sie leise, als Paulinas fragender Blick sie traf.

Doch das machte nichts, denn Fabio erwies sich als exzellenter Fremdenführer. Er erklärte, dass die imposanten Figuren, *misteri* genannt, extra für die jährliche Karfreitagsprozession angefertigt würden. Der dreistündige Festzug über die Insel sei am Golf von Neapel so prominent, dass an diesem Tag Abertausende von Menschen nach Procida übersetzen würden.

»Warst du auch mal dabei?«, wollte Paulina wissen.

»Ja, als kleiner Knirps. Nur kann ich mich kaum noch erinnern.«

»Dann nehmt euch mal nächstes Jahr an Ostern nichts vor.« Rosa zwinkerte ihnen zu. »Abgemacht? Das Spektakel würde ich mir schon gerne mal ansehen.«

»*D'accordo*«, sagte Fabio, und Paulina bestätigte, indem sie Rosa ein Küsschen auf die Wange drückte und sich für die *megacoole* Exkursion bedankte.

Rosa fühlte sich immer noch etwas zittrig, als sie in der prallen Mittagssonne das Tor zur Terra Murata passierten. Augenscheinlich hatte sie die Kraftanstrengung bei der Hitze wohl doch unterschätzt. Aber dann tauchten sie in das älteste Wohnviertel der Insel ein, und Rosa fand in einer schattigen Gasse eine Bank zum Ausruhen.

»Alles gut, Rosa?«, fragte Paulina besorgt.

»Ja, Schätzchen. Ich sollte nur langsam mal etwas essen. Hab richtig Kohldampf.« Sie nestelte ein Stück Traubenzucker aus ihrer Kelly Bag, befreite es von der Folie und schob es sich in den Mund.

»Wir könnten ja irgendwo einkehren«, schlug Fabio vor. »Also, falls es hier ein Lokal oder eine Bar gibt.«

Paulina blickte auf ihr grünes Smartphone. »Tut mir leid, Leute, ich muss zur Arbeit. Aber wenn wir jetzt umkehren, könnt ihr ja auch unten essen gehen.«

Rosa nickte schwach, vielleicht würde sie den Rückweg gerade noch bewältigen, doch Fabio sagte: »Geh du schon mal vor, Paulina. Wir kommen dann später nach.«

Eine Zornesfalte tauchte zwischen Paulinas filigranen Augenbrauen auf. »Ihr lasst mich jetzt hängen? Ich glaub's ja wohl nicht!«

»Bitte, Paulina.« Fabio strich ihr über die Schulter. »Rosa braucht wirklich eine Pause. Und du findest den Weg doch auch alleine.«

»Verstehe. Ihr wollt mich wohl loswerden.«

»Jetzt red keinen Quatsch, Kindchen, und setz dich mal kurz.«

Paulina ließ sich neben Rosa auf die Bank fallen, und dann offenbarte sie ihr, was sie eigentlich lieber für sich behalten hätte. Nämlich, dass sie zuckerkrank sei und es jetzt eben an der Zeit sei, etwas zu essen.

»Echt? Du hast Diabetes?« Paulina riss hinter der Sonnenbrille die Augen auf.

»Ganz genau, Schätzchen.«

»Und warum hast du nie einen Ton gesagt?«

»Weil …« Rosa seufzte leise. »Weil das eigentlich nichts zur Sache tut.«

»Nee, schon klar.« Paulina schlug sich mit der Handfläche gegen die Stirn. »Okay, dann macht mal. Übrigens, echt nett von dir, dass Fabio Bescheid weiß und ich nicht.«

»Ach, meine Kleene …«

Doch da hatte Paulina bereits kehrtgemacht und eilte mit langen Schritten davon.

* * *

Sie fanden kein Restaurant, dafür aber ein Lebensmittelgeschäft, das zum Glück nicht über die Mittagszeit geschlossen hatte, und ließen sich *panini* mit Schinken und Mozzarella zubereiten. Rosa genoss das Brötchen und die Apfelsaftschorle wie ein Menü in einem Fünfsternelokal. Denn was gab es Köstlicheres als ein Picknick unter freiem Himmel und mit Blick aufs Meer und auf Neapel? Doch kaum hatte sie den letzten Bissen verputzt und die Getränkeflasche geleert, kam der Katzenjammer mit voller Wucht zurück.

»Man muss seine Wehwehchen ja wohl nicht immer an die große Glocke hängen«, schimpfte sie, als sie sich langsam auf den Rückweg machten.

»Natürlich nicht. Aber ich kann auch Paulina verstehen. Sie ist verletzt, weil sie eben dachte, dass sie ...«, Fabios Augenbrauen rückten enger zusammen, »also, dass sie bei dir an erster Stelle steht und du keine Geheimnisse vor ihr hast.«

»Jeder Mensch hat Geheimnisse. Stimmt doch, oder, Fabio?«

Er ließ die Frage unbeantwortet, was auch gut war, denn sie musste sich darauf konzentrieren, nicht zu stolpern oder zu straucheln, so rasant ging es bergab. Sie schaute kaum nach links und rechts und verpasste so den atemberaubenden Ausblick auf die Bucht. Aber das war jetzt eben die gerechte Strafe. Ein paar Meter weiter hielt sie es nicht mehr aus, setzte sich auf einen Mauervorsprung und rief Paulina an.

»Schätzchen, lass uns reden. Ich will nicht, dass irgendwas zwischen uns steht.«

Sie hörte Paulina geräuschvoll atmen.

»Hallo? Bist du noch dran?«

»Rosa, das war ziemlich daneben von dir.«

»Gut, von mir aus, es tut mir leid! Ich mag es nur nicht, als Kranke behandelt zu werden. Verstehst du das?«

»Und wieso wusste Fabio Bescheid?«

»Weil ... herrje, er hat's eben zufällig mitgekriegt. Freiwillig hätte ich es ihm auch nicht erzählt.«

Eine kleine Pause entstand.

»Hast du was gegessen, Rosa? Bist du wieder okay?«

Rosa erzählte von dem köstlichen *panino* und dass sie sich wie neugeboren fühle.

»Schön. Freut mich.« Das Mädchen klang wie ausgewechselt.

»Dann ist alles wieder gut, meine Kleene?«

»Ja, alles gut. Ich hab wahrscheinlich auch ein bisschen überreagiert. War blöd von mir.«

Sie schmatzten sich gegenseitig Küsschen zu, dann steckte Rosa ihr Handy weg und grinste Fabio erleichtert an. Wieder einmal hatte sich gezeigt, dass man Unstimmigkeiten am besten gleich aus der Welt schaffte. Bevor sie sich noch zu einem handfesten Streit auswuchsen.

In Corricella empfing sie die Gluthitze des frühen Nachmittags. Kein Lüftchen wehte, und Rosa beschloss, sich auf ihr Zimmer zurückzuziehen, um eine gepflegte Siesta zu halten. Es gab ja sonst auch nichts zu tun.

Sie zog sich bis auf ihren brombeerfarbenen Spitzen-BH und den passenden Slip aus und streckte sich auf dem kühlen Laken aus. Wie gut das tat! Nur ein paar Minuten dösen und die Welt samt ihrer hässlichen Probleme vergessen.

Doch daraus wurde nichts. Denn sie war gerade am Hinüberdämmern, da schrillte ihr Handy. Augenblicklich wünschte sich Rosa in frühere Zeiten zurück, als sich noch niemand hatte vorstellen können, dass die Welt eines Tages von diesen überall und jederzeit klingelnden Telefönchen beherrscht werden würde. Sie schaute nicht mal aufs Display, bevor sie ranging.

»Charlotte?«

Stille.

»Charlottchen, bist du das?«, sagte sie lauter.

»Nein, ich bin nicht das Charlottchen.«

Männliche Stimme. Stimmbänder, die schon einiges mitgemacht hatten. Alkohol, Zigaretten, beides vermutlich über Jahrzehnte.

»Ich spreche doch mit Rosa?«

Ich fürchte, ja, dachte sie und sagte: »Kalle! Ja, ich bin's. Rosa, wie sie leibt und lebt.« Und während sie an sich hinabblickte, schickte sie ihm ein perlendes Lachen. Ja, ihr Busen quoll aus den Körbchen, ihr Bauch könnte weniger voluminös sein, ihre Schenkel weniger wabbelig, aber sie fand sich immer noch sexy.

»Störe ich, Rosa?«

»Nein, gar nicht.« Wie leicht ihr die Lüge über die Lippen kam!

»Wie geht's denn so? Wann jettest du auf die Insel?«

Sofort war es da, das schlechte Gewissen, Kalle nicht informiert zu haben. Dabei hatte sie ihm versprochen, ihn auf dem Laufenden zu halten. Doch wie so häufig im Leben verflüchtigten sich die guten Vorsätze im Alltagstrott.

»Äh, ja, also offen gestanden bin ich schon da.« Sie hüstelte und schob rasch nach: »Allerdings noch nicht lange.«

»Schön. Freut mich.« Hinter seinem neutralen Tonfall spürte sie seine Enttäuschung. »Und wie ist es so?«

»Nett«, sagte sie, bemüht, nicht allzu enthusiastisch zu klingen.

Kalle hakte nach, und dann konnte sie nicht mehr an sich halten und schnatterte los. Sie schwärmte von der Insel, vom herrlichen Wetter, von Hans' ausgezeichnetem Geschmack, was die Einrichtung des Hauses betraf, ja selbst den Zitronensalat, den sie schon zweimal gegessen hatte, ließ sie nicht unerwähnt.

»Ich sehe schon, du hast dich gut eingerichtet«, brummte Kalle in einer Atempause.

Oh ja, das hatte sie. Sie war so egoistisch, dass es zum Himmel stank, hatte lediglich an sich und ihren eigenen Vorteil gedacht und darüber den Mann vergessen, der vielleicht auch ein kleines Stück vom Kuchen abhaben wollte.

»Schon renoviert?«, erkundigte er sich.

»Ja, alles tippitoppi«, antwortete sie und konnte sich eine leise Spur Stolz in der Stimme nicht verkneifen.

»Wie hast du das denn geschafft?« Kalles Lachen klang kratzig. »Du weißt, ich traue dir alles zu, aber hey, wir sind beide keine zwanzig mehr.«

Ja, du mich auch, dachte sie und sagte: »Dafür sind meine beiden Helfer jung. Einundzwanzig und Anfang vierzig.«

»Ah! Knackige Italiener?«

Kalle wollte es aber ganz genau wissen.

»Das junge Mädchen kommt aus Deutschland, der knackige Italiener ist nur ein Halbitaliener. Kenne ich auch aus Berlin.«

»Dein Freund?«

»Kalle!«

»Was denn! Plötzlich so prüde?«

»Das hat nichts mit prüde zu tun, das ist indiskret.«

Sie schwiegen einen Moment.

»Ach, Rosa«, drang abermals Kalles Stimme an ihr Ohr. »Dir liegen die Männer sicher immer noch zu Füßen. Du bist und bleibst eine Wucht.«

Ja, das war sie, doch bevor er noch weiter mit Komplimenten um sich werfen konnte, sagte sie: »Kalle, ich muss Schluss machen. Gleich kommt der Stromableser. Aber wenn du hier mal vorbeischauen möchtest … du bist jederzeit herzlich willkommen.«

Hatte sie das eben tatsächlich gesagt?

Ja, das hatte sie, denn er antwortete postwendend: »Oh danke, meine Liebe! Darauf komme ich sehr gerne zurück. Ich hab schon richtig Sehnsucht nach meiner schönen Perle.«

Er ließ offen, ob er damit Rosa oder die Insel meinte, vielleicht ja beides. Kaum hatten sie aufgelegt, beschlich Rosa ein mulmiges Gefühl. Hatte sie etwa gerade etwas angeleiert, was sie besser gelassen hätte? Sie wollte nicht, dass Kalle nach so vielen Jahren in ihr Leben platzte und es sich dort womöglich bequem machte. Wozu auch? Gerade jetzt, wo alles nahezu perfekt war.

15.

Paulina lag auf einem himmelblauen Badehandtuch und döste. Ab und zu blinzelte sie durch die riesige Siebzigerjahre-Sonnenbrille, die sie sich von Rosa ausgeliehen hatte.

Heißer Sand, Meeresrauschen, Salz auf den Lippen – ein perfekter *lazy afternoon* am Meer. Mario an ihrer Seite. Er trug Badeshorts, und Paulina scannte immer wieder verstohlen seinen makellosen Körper. Die samtige, nougatbraune Haut, den muskulösen Bauch, die wohlgeformten, nicht zu mageren Beine. Halb hatte er sich auf ihrem Handtuch ausgestreckt, halb lag er im Sand und schien zu schlafen.

Seit zweieinhalb Tagen wich er kaum noch von ihrer Seite, was ihr zunehmend gefiel. Sie stand auf ihn. Sie mochte seine Art, seine Stimme, sein Lächeln, obgleich ihre Unterhaltungen immer noch ohne jeden Tiefgang waren. Ob das wohl anders wäre, wenn er ihre Sprache perfekt beherrschte? Oder sie seine? Vermutlich nicht. Er kannte weder Filme, noch las er Bücher, seine Welt waren Handyspiele und Wassersport. Was okay war, nur womöglich nicht genug.

Hatte Paulina Dienst, hockte er draußen im Schatten, trank einen *caffè*, daddelte auf seinem Handy herum und warf ihr sehnsüchtige Blicke zu, sobald sie ein Tablett nach draußen trug. Es tat gut, so angeschaut zu werden. Und doch war sie sich nicht sicher, ob sie es drauf ankommen lassen sollte. Sex, emotionale Verstrickungen, das ganze Programm. Rosa, die früher augenscheinlich nichts hatte anbrennen lassen, hatte wie eine Kupplerin auf sie eingeredet.

»Amüsier dich doch mal, Schätzchen. Du bist jung! Das musst du ausnutzen! Bevor es irgendwann zu spät ist.« Und augenzwinkernd hatte sie hinzugefügt: »Wäre doch ein Jammer, wenn du dir diesen Alain Delon durch die Lappen gehen lässt.«

Rosa hatte gut reden. Einfach nur so Sex, das war nicht Paulinas Ding. Wenn, dann wollte sie auch Liebe. Aber dafür war Mario denkbar ungeeignet. Ein Typ, der auf einer kleinen Insel lebte, ein Hilfsfischer, dessen Zukunft womöglich das Fischerboot seines Vaters war.

Sie drehte sich auf den Bauch, sorgsam darauf bedacht, dass ihr Bikinioberteil nicht verrutschte. Bloß einen Wimpernschlag darauf spürte sie seine Hände auf ihrem Arm. Wie alles an ihm waren auch diese schön, feingliedrig und mit gepflegten Nägeln, das war ihr bei ihrer zweiten Begegnung aufgefallen, als er sie nach der Arbeit nach Hause gebracht hatte.

»Sonnencreme?« Seine Stimme war dicht an ihrem Ohr, und ein Schauer kroch ihr über den Rücken.

»Gerne«, murmelte sie.

Im ersten Moment fühlte sich die Creme auf ihrem heißen Rücken kühl an, doch unter Marios massierenden Händen wurde sie warm, und der Geruch von Sommerferien stieg ihr in die Nase. Sylt, Amrum, Juist – immer hatte es so am Meer gerochen. Seine Finger fuhren auf ihren Schulterblättern Kreise, sie liebkosten ihren Nacken, strichen ihr über den Rücken, erst am Rand ihrer Bikinihose machten sie halt.

Vielleicht hatte Rosa ja doch recht, und sie sollte es einfach tun. Sex ohne Verpflichtung, was war denn schon groß dabei? Sie waren ganz allein in der Bucht – der perfekte Moment …

Mario war inzwischen mit ihren Oberschenkeln beschäftigt, er cremte mit festem, aber nicht zu starkem Druck, seine Hände krabbelten langsam wieder höher, und Paulina spannte sich in freudiger Erwartung an. Eine Weile schienen sie über ihrem Po zu schweben, dann spürte sie, wie seine Finger unter den Bund ihrer Bikinihose glitten.

Anders als die Typen, mit denen Paulina zuvor zusammen gewesen war und die sich wie ausgehungerte Tiere auf sie gestürzt hatten, beherrschte Mario das Spiel der Verführung perfekt. Ein Schritt vor, zwei Schritte zurück – er schien zu wissen, wie es ging. Und dann tat sie es einfach: Blitzschnell drehte sie sich um und zog ihr Bikinioberteil aus.

»Oh«, machte Mario, seine Augen wurden groß, und er schüttelte knapp den Kopf.

Gefiel ihm etwa nicht, was er sah, oder was war plötzlich los? Sie griff nach seiner Hand, doch alles Begehrliche war aus seinem Blick gewichen.

»Da! Da hinten!«, wisperte er, und sein Zeigefinger schnellte vor.

Paulina schnappte sich das Bikinioberteil und hielt es sich, während sie einen Blick über die Schulter warf, schützend vor ihre Brüste.

Fabio.

Er stand, eine Stofftasche über der Schulter, am Fuße der Treppe, die den Felsen hinaufführte, und winkte. Ausgerechnet. Hatte er etwa spezielle Antennen und versuchte, ihr einen Strich durch die Rechnung zu machen? Weil er ihr keinen anderen Mann gönnte?

»*Merda*«, sagte Mario, und Paulina rollte mit den Augen, während Fabio bereits durch den vulkanschwarzen Sand auf sie zustapfte. Im nächsten Moment stand er vor ihnen und deutete auf das Bikinioberteil, mit dem sie immer noch ihre Blöße zu verdecken versuchte.

»*Allora* … Paulina.« Sein Bartschatten verbarg nicht, dass er rot wurde.

Ein paar italienische Worte flogen zwischen den Männern hin und her, dann raunte Fabio ihr zu, sie könnte ziemlichen Ärger bekommen, wenn man sie beim Nacktbaden erwischte.

»Ich will ja gar nicht nackt baden«, erklärte sie schnippisch und verkniff es sich, ihm auf die Nase zu binden, was sie in Wirklichkeit vorgehabt hatte. Dinge, die wahrscheinlich ebenso wenig erlaubt waren, für die es aber von Vorteil war, wenn man keine Klamotten anhatte.

»Zieh dir bitte was über.« Fabios Blick ging immer wieder unauffällig zu Mario, während er sich das T-Shirt über den Kopf zerrte und aus den Shorts stieg. »Ich bin dann mal im Wasser.«

Er warf die Klamotten in den Sand, weg war er.

Mario warf ihr einen bedauernden Blick zu. Wird wohl nichts mehr, schien er zu bedeuten. Immerhin, es hatte nicht an ihr gelegen. Und als noch eine Familie mit einer Schar Kinder kreischend und lachend die Stufen hinabpolterte, streckte er sich auf dem Bauch aus und vergrub den Kopf zwischen seinen angewinkelten Armen.

Paulina hakte die Ösen ihres Bikinioberteils ein, dann fuhr sie ihm sanft über den sonnengebräunten Nacken mit dem hellen Flaum. Nie zuvor hatte sie einen schöneren Nacken gestreichelt, und eigentlich wusste sie bereits in dieser Sekunde, dass sich ein Teil von ihr in Mario verliebt hatte. Und weil das ein ziemlich umwerfendes Gefühl war, beugte sie sich zu ihm runter und küsste ihn.

* * *

Die Bikerjacke über die Schulter geworfen, stand Charlotte an Deck der Fähre, über ihr nichts als lichtblauer Himmel, um sie herum das tintenblaue Meer, das sich kräuselte und wellte. Der Wind fuhr ihr durch die Haare, ließ sie flattern, und sie genoss das Gefühl grenzenloser Freiheit. Schon lange hatte sie so etwas nicht mehr empfunden.

Selbst schuld, Lotte, hatte sie mit einem Mal die Stimme ihrer Mutter im Ohr, *du hast es ja nicht anders gewollt. Immer nur ackern und schuften.*

Das stimmte. Sie arbeitete viel und oft auch am Wochenende. Aber weil kunstvoll arrangierte Torten ihre Leidenschaft und sie und Lydia ein ausgesprochen gutes Team waren, machte es ihr kaum etwas aus. Sie hatte es eben so gewollt. Genauso wie die ehrenamtliche Arbeit beim Malteser Hilfsdienst.

Rosa hatte in den letzten Jahren immer mal wieder bei ihr angeklopft und gefragt, ob sie nicht zusammen verreisen wollten. Mallorca, Capri, Rügen, irgendein Ort, an dem es einfach nur schön war, doch Charlotte hatte stets eine Ausrede parat gehabt. Urlaub mit ihrer quirligen, verquasselten, hyperaktiven Mutter – sie wusste nicht, ob das gut gehen würde. Denn bei aller Verbundenheit war es eine komplizierte, bisweilen vertrackte Liebe zwischen ihnen. Rosa unterstellte ihr, sie nehme ihr die wilde Vergangenheit übel. Aber das stimmte nicht. Charlotte wollte sie nur nicht dafür bewundern, dass sie als Groupie durch die Betten gehüpft war. Denn das war nichts, worauf man sich etwas einzubilden brauchte. Im Gegenzug hatte Charlotte ständig das Gefühl, ihrer Mutter etwas beweisen zu müssen. Dass sie sich eine eigene Existenz aufgebaut, ja, ihr Hobby zum Beruf gemacht hatte, schien im Rosa-Universum kaum zu zählen. Ihre Mutter hatte es immer bloß mit einem lapidaren *Schön, mein Kind* abgetan. Wirklich überzeugend hatte es nie geklungen. Und manchmal kam Charlotte der Gedanke, dass Rosa in Wahrheit ein Enkelkind fehlte. So ein kleines Würmchen zum Betüddeln, Knuddeln und Liebhaben. Nur damit konnte sie leider nicht dienen.

Charlotte sah zur Seite. Schon seit geraumer Zeit spürte sie, dass sie jemand angaffte. Oh nein! Schon wieder so ein älteres Semester. Ein Typ mit schütterem Haar und zotteligem Bart. Charlotte hatte genug von diesen Grauschöpfen, die sich immer noch rattenscharf fanden und glaubten, bei ihr punkten zu können. Dieser hier war mit einer XXL-Leinenhose und einem weißen, etwas zu weit geöffneten Hemd bekleidet, und wenn sie nicht alles täuschte, hatte sie ein Lederband mit einem Peace-Anhänger im üppig sprießenden Brusthaar aufblitzen sehen. Offenbar war er einer dieser Althippies, die sich überall auf der Welt tummelten. Und garantiert trug er Sandalen. Charlotte schloss eine Wette mit sich selbst ab, bevor sie ein zweites Mal hinschaute. Sie musterte ihn blitzschnell und musste schmunzeln. Wette verloren. Klassische Slippers – der Lieblingsschuh der Italiener –, und sie waren tadellos gepflegt.

Der Mann, der sie immer noch auffällig musterte, hatte

bemerkt, dass sie ihn abcheckte, und lächelte sie für einen Sekundenbruchteil an.

Tief durchatmen, sagte sie sich, dann klemmte sie ihren Rucksack unter den Arm und floh ins Schiffsinnere. Hier war es zwar stickig, und das Stimmengewirr der Touristen, Großfamilien und Schulgruppen glich dem Summen in einem Bienenstock, doch alles war besser, als weiter an Deck zu stehen und sich den Blicken des Mannes auszuliefern. Charlotte kannte solche Typen. Jede noch so kleine Geste missinterpretierten sie und nutzten die Gunst des Augenblicks, um sie anzusprechen. Daran war grundsätzlich nichts verkehrt, auch sie vertrieb sich gern die Zeit mit einer kleinen Plauderei, nur verstanden die Herren das dann zumeist falsch, fühlten sich sogar noch ermuntert, weiter an ihr herumzugraben.

Ein Platz am Mittelgang war frei, und sie ließ sich in den gepolsterten Sessel sinken. Mit geschlossenen Augen lauschte sie dem Geschnatter und Geplapper, das sich mit dem Brummen der Schiffsmotoren vermengte. Noch eine knappe halbe Stunde. Dann würde sie auf ihre Mutter treffen, aber auch auf diesen Fabio. Und das machte sie gerade ziemlich nervös. Womöglich war es tatsächlich eine Schnapsidee gewesen, einfach hier aufzukreuzen. Vielleicht war das Dreiergespann inzwischen ein eingespieltes Team, und sie würde bloß stören. Charlotte kannte das schon von ihrer Mutter. Es war ja geradezu eine Lieblingsbeschäftigung von ihr, junge Menschen um sich zu scharen. Vermutlich gab es ihr das Gefühl, dazuzugehören, noch einmal mitzumischen, wieder jung zu sein. Vor einigen Jahren hatte Rosa sich mit ein paar Studenten angefreundet, war mit ihnen um die Häuser gezogen und hatte ihnen die bizarren Storys ihrer Jugend erzählt. Doch die Studenten hatten ihre Bachelorarbeiten geschrieben, manche hatten die Stadt verlassen, andere geheiratet und Kinder bekommen, und Rosa stand wieder alleine da. Kurz darauf war der dubiose Igor in ihr Leben getreten. Anfang dreißig, Künstler und obdachlos. Rosa hatte ihr Herz an ihn verschenkt, ihn aufgepäppelt, vielleicht auch eine kleine Liaison mit ihm gehabt, so genau wusste Charlotte das nicht. Und dann hatte er sich, quasi von jetzt auf gleich, aus dem Staub gemacht. Samt dem Familienschmuck. Aber so war ihre Mutter nun mal: Sie verschenkte ihr Herz vorschnell, und wenn sie auf die Nase fiel, stand sie eben wieder auf. »War doch nur Schmuck«, hatte sie achselzuckend gesagt und Kaffee aufgesetzt.

Charlotte hielt es nicht lange auf ihrem Sitz. Sie wollte die Ankunft vom Wind liebkost erleben, und als sie an Deck trat und die Küste mit den eng verschachtelten bunten Häusern auftauchen sah, durchströmte sie ein überwältigendes Gefühl des Glücks. Kreischende Möwen begleiteten die Fähre, und in einem Pulk junger Leute wurde sie zur Ausgangstreppe geschoben.

»Verzeihung, sind Sie Deutsche?«

Der zauselige Alte war urplötzlich neben ihr aufgetaucht.

»Ja, bin ich, aber eigentlich wäre ich jetzt lieber eine Chinesin«, entgegnete sie schnippisch.

»Warum das denn?«, fragte der Mann arglos. War er wirklich so blöd, oder tat er nur so?

»Weil … ach …« Sie machte eine abwinkende Geste, dann nutzte sie eine kleine Lücke, um schnell die Treppe hinunterzuhuschen. Ihr Gepäckstück stand ganz vorne, sie griff danach und war beim Verlassen der Fähre eine der Ersten. Im Gehen nestelte sie ihr Handy aus der Hosentasche und gab die Adresse, die ihre Mutter ihr gesimst hatte, ins Navi ein. Der Oldie war zum Glück nicht mehr zu sehen.

Es dauerte einen Moment, bis sich die freundliche Navi-Stimme meldete, dann lotste sie Charlotte die Hafenpromenade entlang. Es gab so viel zu betrachten und zu bestaunen. Fischer vertäuten ihre Boote, eine Schulklasse zog lärmend vorbei, Restaurants richteten ihre Tische fürs Mittagessen her – und am liebsten hätte sie in irgendeiner Bar haltgemacht, um einen Espresso zu trinken. Doch als sie beim zufälligen Schulterblick bemerkte, dass eine hell gekleidete Gestalt in dieselbe Richtung wie sie ging, beschleunigte sie ihren Schritt. Der Mann mit dem Zauselbart besaß ja wohl nicht die Chuzpe und folgte ihr! Sie eilte weiter, der Rollkoffer rumpelte über die unebenen Steine, der Rucksack schlug ihr in den Rücken, und hin und wieder quakte die Navi-Stimme. Charlotte wäre nicht überrascht gewesen, hätte sie sie zum Verweilen aufgefordert, aber sie führte sie an den Bars und Restaurants vorbei und schickte sie einige Hundert Meter weiter rechts in den Ort hinauf. Wie köstlich es überall roch! Mal zog der Dunst von gebratenem Fisch aus einem offen stehenden Fenster, an einer Bäckerei stieg Charlotte der Geruch von frischem Brot in die Nase, und über allem hing ein schwerer, süßlicher Blumenduft. Sie war erst wenige Minuten hier und hatte sich bereits bis über beide Ohren in die Insel verliebt. In die pastellfarbenen Häuser, in die betörenden Aromen und in die Inselbewohner, die sie, wohl wegen ihrer roten Haare und ihrer schneeweißen Haut, mit großen Augen anstarrten. Charlotte machte das ein wenig verlegen – gleichzeitig genoss sie die Aufmerksamkeit aber auch. Im Moloch Berlin schaute sie niemand an;

dort war sie Teil einer anonymen Masse, was oft einfach nur deprimierend war.

Es dauerte nicht lange, schon lenkte die Navi-Stimme sie in eine enge Gasse und schnarrte: »Sie haben die Zielstraße erreicht. Das Ziel befindet sich auf der rechten Seite.«

Charlotte scannte die Häuserzeile. In etwa dreißig Metern Entfernung erblickte sie es dann, das schmale zweigeschossige Haus. Das musste es sein, genauso hatte ihre Mutter es beschrieben. Sie näherte sich langsam, beinahe ehrfürchtig. Auch wenn der Putz abblätterte und die Fensterrahmen dringend einen neuen Anstrich benötigten, es war zuckersüß wie eine ihrer Hochzeitstorten. Sie stellte ihren Rollkoffer neben einem Kübel mit einem prächtig blühenden Oleander ab. Nirgends ein Namensschild. Aber es gab einen Klingelknopf, immerhin.

Charlotte zögerte. Sollte sie klingeln? Oder erst ihre Mutter per SMS informieren? Was, wenn der Sanitäter öffnete? Den wollte sie nicht unbedingt als Erstes antreffen.

Sie hörte Schritte in ihrem Rücken, gleich darauf spürte sie einen Luftzug im Nacken und fuhr herum.

Der Althippie stand bloß einen Schritt von ihr entfernt und lächelte sie spitzbübisch an. Er war ihr also tatsächlich gefolgt! Zwar hatte sie keine Angst vor diesem Zausel, doch allmählich ging er ihr gewaltig auf die Nerven.

»Was gibt's?«, fragte sie. »Haben Sie ein Problem?«

Er schüttelte den Kopf. »Ich hab das nicht verstanden mit der Chinesin.«

»Da gibt es nichts zu verstehen. Ich möchte mich nur nicht mit Ihnen unterhalten.«

Sie wandte sich wieder der Haustür zu.

»Ich fürchte, das wird sich nicht ganz vermeiden lassen.«

Diesmal schleuderte sie ihm fast ihre Haare ins Gesicht, als sie sich mit einem Ruck umdrehte.

»Ich kann es nicht leiden, wenn man mir derart auf die Pelle rückt. Also bitte …« Sie wedelte mit der Hand, als wollte sie ihn wie ein Insekt verscheuchen.

Doch zu ihrer Verwunderung wurde sein Lächeln breiter, und seine ebenmäßigen Zähne, die fast schon künstlich wirkten, blitzten auf. »Tut mir leid, junge Dame, aber ich glaube, wir haben dasselbe Ziel. Ich will zu Rosa. Rosa Kirchner.«

Charlotte fiel bloß ein perplexes *Oh!* aus dem Mund.

»Karl-Heinz Burger. Für Freunde Kalle.« Er streckte ihr die Hand hin. »Ich bin ein alter Freund von Rosa. Und von Hans … Also von dem Mann, von dem sie das Haus geerbt hat. Und wer sind Sie? Die Tochter?«

Karl-Heinz Burger. Der Name sagte Charlotte nichts. Ihre Mutter hatte ihn nie erwähnt, und an das Gesicht konnte sie sich ebenso wenig erinnern. Aber er sich vielleicht an sie? Oder vielmehr an ihre roten Haare?

Sie nickte stumm, da wurde die Tür aufgerissen, und ihre Mutter stand in einem fließenden Kleid mit Tupfen in der Tür.

»Du siehst tatsächlich immer noch Bombe aus, Rosa!«, rief Karl-Heinz. Er machte eine galante Geste, um Charlotte vorzulassen, und sie kam gerade im richtigen Moment, um ihre Mutter, die wie leblos zusammensackte, aufzufangen.

* * *

Ihr war kalt, und ihr Puls raste, als sie die Augen aufschlug. Vielleicht träumte sie dieses bizarre Szenario ja auch nur? Charlotte neben ihr auf der Couch. Ein im Zeitraffer gealterter Kalle, lässig am Küchenschrank lehnend. Fabio, wie ein antiker Held auf der Treppe thronend. Nur Paulina fehlte, aber die war ja auch ständig bei der Arbeit oder turtelte mit ihrem Alain Delon.

»Mama, was machst du bloß für Sachen?« Charlotte legte ihr eine Hand auf den Arm, was sich ziemlich real anfühlte. Und langsam dämmerte es Rosa, dass ihre beiden Gäste ebenfalls real waren.

»Fabio, machst du mal einen Kaffee?«

Er stand auf, guckte etwas trantütig in der Gegend herum, dann bequemte er sich zur Küchenzeile.

»Mit deinem Kreislauf alles okay?«, fragte Charlotte.

»Geht schon wieder.« Ihr Blick ging zu Fabio. »Sag mal, Jungchen. Hast du ein Blutdruckmessgerät dabei? Dann könntest du ja gleich mal messen.«

Fabio schüttelte den Kopf. »Wenn du willst, bring ich dich zum Arzt.«

»Ich begleite euch!«, sagte Charlotte rasch.

»Jetzt macht bloß nicht so ein Theater. Ich war auf euren Spontanbesuch … und dann noch im Doppelpack … eben nicht eingestellt.« Sie richtete sich auf. »Alles wieder paletti.«

»Mama, ich hab doch gesagt, dass ich komme.«

»Ja, natürlich, mein Kind.«

»Na ja, ich ja wohl auch«, brummte Kalle.

Das stimmte. Allerdings hatte Rosa angenommen, er werde irgendwann einmal vorbeischauen, nicht sofort. Das war ja geradezu ein Überfall. Und wie alt er geworden war! Wie konnte das nur angehen? Und sah sie in seinen Augen womöglich ebenso welk aus? Wie eine Rose im Spätherbst?

»Vergessen wir das, Kinder!«, rief sie gespielt munter.

Dabei war ihr immer noch ein bisschen blümerant, und sie wünschte, sie könnte sich einfach in einen anderen Film beamen. »Jetzt trinken wir erst mal schön Kaffee. Es sind auch noch Kekse da.«

Die *caffettiera* zischte bereits, und Rosa deckte mit leicht zittrigen Händen den Tisch. Es gab nicht genügend Tassen im Haushalt, also musste sie improvisieren und stellte ein paar Gläser dazu. Kalle war aus ihrer gemeinsamen Jugend ja ganz andere Zustände gewöhnt. Manchmal hatten sie nicht mal Teller gehabt und gemeinsam aus dem Topf gegessen.

»Alles gut, Mama?«, fragte Charlotte.

Herrje, wie besorgt ihr Kind dreinschaute! Als wäre sie bereits halb tot.

»Ja, wieso?«

»Weil du immer noch ganz blass bist.«

»Ach was, papperlapapp.«

Sie ging vor dem Küchenschrank in die Hocke, und während sie nach den Keksen kramte, wirbelten die Gedanken in ihr durcheinander. Ob sich die beiden etwa verabredet hatten? Nein, das war unmöglich. Bis vor ein paar Minuten kannten sie sich ja gar nicht. Sie konnten sich nicht kennen! Es war lediglich ein seltsamer Zufall, dass sie dieselbe Fähre genommen hatten.

»Mir ist deine Tochter schon auf dem Schiff aufgefallen«, sagte Kalle, als Rosa wieder hochkam. Sternchen tanzten vor ihren Augen, und sie hielt sich einen Moment am Schrank fest. Ja, klar! Das konnte sie sich bildlich vorstellen. Kalle auf Freiersfüßen. Früher hatte er über die alten Säcke gelästert, die sich an jüngere Frauen ranmachten. Heute war er wahrscheinlich selbst einer von der Sorte.

Charlotte stieß einen missbilligenden Laut aus, dann trat sie ans Fenster und riss es auf. Eigentlich war das nicht Usus im Süden. Die Hitze strömte so erst recht ins Haus.

»Schönheiten wie sie sind ja auch rar gesät«, fuhr er fort und sah Rosa so herausfordernd an, dass diese genervt den Blick abwandte. Was sollte das? Wollte er sie provozieren? Oder war er etwa gekommen, um nahtlos an damals anzuknüpfen?

Erst kurz darauf beim Kaffeetrinken – es entspann sich ein lockeres Geplauder – beruhigte Rosa sich allmählich wieder. Kalles Anreise war Thema, das Klima im Golf von Neapel, die Insel, die in Kalles Augen so herrlich *sixties* war. Charlotte saß zwischen Kalle und Fabio, aber sie hatte sich halb Fabio zugewandt, wodurch sie Kalle automatisch die Schulter zeigte. Rosa verstand sie voll und ganz. Vermutlich hätte sie das an ihrer Stelle auch getan.

»Wann machst du denn nun endlich eine Führung?« Kalle hielt nach einem längeren Monolog inne, um sich zum x-ten Mal Espresso nachzuschenken. Schon damals, als sie mit der Band umhergefahren waren, war Kaffee sein Lebenselixier gewesen. »Ich bin neugierig, was ihr aus der Abstellkammer gemacht habt.«

»Na, dann kommt mal mit.«

Sie stiegen in den ersten Stock, Rosa ging als stolze Besitzerin voran, Charlotte und Kalle folgten ihr wie ein Hofstaat. Nur Fabio blieb unten und machte sich in der Küche zu schaffen.

Charlotte war entzückt – »die lichten Farben, so mediterran!« –, doch Kalle mäkelte an allem herum. Hier habe Fabio seiner Ansicht nach geschlampt, dort etwas übersehen, und vom Malern verstehe er ja wohl rein gar nichts.

Rosa seufzte bloß leise in sich hinein. In Kalles Augen war Fabio wohl ein Rivale, ein sehr viel jüngerer zudem, was ihm nicht zu schmecken schien. Und Rosa schmeckte es nicht, dass Kalle mit der gleichen Eifersucht wie vor vierzig Jahren daherkam. Hatte er denn kein bisschen dazugelernt, sich überhaupt nicht weiterentwickelt? Damals hatte es drei Gründe gegeben, warum sie die Affäre beendet hatte. Erstens war er nicht Herbert. Zweitens würde er niemals Herbert sein. Und drittens war ihr sein Platzhirschverhalten schon damals auf den Wecker gefallen.

»Wenn du willst, kannst du gerne alles nachbessern«, schlug sie vor.

Kalle zeigte beim Grinsen seine immer noch makellosen Zähne. Oder trug er mittlerweile schon ein Gebiss?

»Warum so schnippisch, meine Liebe?«

»Ich lass euch dann mal alleine«, murmelte Charlotte und huschte hinaus.

Rosa trat auf den Balkon. Dreimal *om* sagen und tief in den Bauch atmen. Wolken zogen vom Meer heran, und mit ihnen wurde schwül-warme Schirokko-Luft auf die Insel geschaufelt.

Kalle stellte sich neben sie, lehnte sich weit über die Brüstung.

»Herrlich«, sagte er. »Einfach nur herrlich.«

»Du hättest mich nicht so überfallen müssen.«

»Tut mir leid, meine Schöne. Ich dachte, du würdest dich freuen.«

Rosa erwiderte nichts, blickte bloß aufs Meer, das einen gräulichen Farbton angenommen hatte. Schaumkronen bis zum Horizont.

»Du freust dich also nicht?«

»Doch, natürlich«, sagte sie. »Wir haben uns lange nicht gesehen. Aber das Haus ist voll, das siehst du ja selbst.«

»Kein Problem. Ich schlafe auf dem Fußboden. So wie früher. Macht mir wirklich nichts aus.«

»Und dein Bandscheibenvorfall?«

»Ach, der!« Er lachte. »Ich sag ihm immer, er soll mich bloß nicht nerven, und meistens hält er sich auch daran. Aber wenn's dir zu viel wird, Rosa… Ich kann auch ins Hotel gehen.«

»Das sehen wir dann«, sagte sie ausweichend. Am liebsten hätte sie Kalle sofort ins Hotel verbannt. Um ihr Kind für sich zu haben und um ihre Nerven zu schonen. Doch sie mochte nicht unhöflich sein. Hans hatte zwar ihr das Haus vermacht und nicht Kalle. Aber stand ihm nicht auch ein klitzekleiner Teil zu? Das war bloß fair.

Kalle untersuchte inzwischen das Balkongitter, murmelte etwas von salzhaltiger Luft und Korrosion und dass Hans auch immer darüber geschimpft habe, dann schlug er vor, sich darum zu kümmern.

»Sehr gerne«, sagte Rosa. »Wie lange bleibst du?«

Kalle zupfte nachdenklich an seinem weißen Bart. Er sah ein bisschen aus wie Gott. Gott mit einem Peace-Anhänger um den Hals. Und plötzlich war sie heilfroh, dass sie Herbert nicht in seinen letzten Lebensjahren gesehen hatte. Womöglich war auch aus ihm so ein Waldschrat geworden, und ihre schöne Erinnerung wäre im Nu verpufft.

Kalle wandte ihr den Kopf zu. »Du hast Angst, ich könnte mich bei dir einnisten, richtig?«

»Nein!« Ja, ja, ja, das hatte sie!

»Doch, Rosa.« Er tippte ihr auf die Nase. »Du hast früher schon immer dein bezauberndes Näschen kraus gezogen, wenn du geflunkert hast. Ich erinnere mich sehr gut.«

»Was du nicht alles weißt.«

Es begann zu tröpfeln, und Rosa kehrte ins Zimmer zurück. Dort schüttelte sie völlig unmotiviert Paulinas Kopfkissen auf, zupfte das Laken zurecht und faltete ihr Nachtshirt. Sie war nicht dem Ordnungswahn verfallen, sie wusste nur nicht, was sie sonst tun sollte.

»Keine Sorge, Rosa. Ich will hier weder einziehen noch einen ausgedehnten Urlaub machen. Ich wollte dich einfach nur mal wiedersehen, und da dachte ich…«, sein Lächeln geriet eine Spur zu gefühlig, »also, dass das doch eine einmalige Gelegenheit ist.« Er war in zwei Schritten an der Tür. »Und jetzt lasse ich dich mit deiner Tochter allein und suche mir irgendwo ein Zimmer.«

Das klang gut. Geradezu fantastisch. Und fast schon beschwingt flatterte Rosa hinter Kalle die Treppe hinunter.

* * *

Charlotte eilte die stark befahrene Via Vittorio Emanuele entlang. Es gab weder einen Bürgersteig noch einen Seitenstreifen. Man musste einfach zusehen, wie man als Fußgängerin zurechtkam. Von Inselromantik war hier nichts zu spüren. Nichtsdestotrotz brauchte sie dringend eine Kopfschmerztablette, und in Olmo sollte sich, laut Auskunft einer Frau, die ein E-Bike vor sich hergeschoben hatte, eine Apotheke befinden.

Es war alles ein bisschen viel gewesen. Das frühe Aufstehen, die Anreise und dann Kalle… Keine Frage, er war unterhaltsam und hatte Witz, die Kehrseite der Medaille war seine Geschwätzigkeit. Bei jedem Thema musste er seinen

Senf dazugeben, er mischte sich ständig und überall ein. Vielleicht war es unfair, doch Charlotte unterstellte ihm ein ziemliches Maß an Unverfrorenheit. Er war losgezogen, um sich ein Hotelzimmer zu suchen, bereits eine halbe Stunde später stand er schon wieder auf der Matte. Die Insel sei komplett ausgebucht. Angeblich. Eine Stimme in ihr sagte ihr, dass er schwindelte. Auf Capri und Ischia war sicher die Hölle los, nicht aber auf dieser kleinen Insel, an der die meisten Urlauber sowieso nur vorbeifuhren. So hatte er bekommen, worauf er es augenscheinlich von Anfang an abgesehen hatte: eine Gratisunterkunft auf dem Fußboden im Wohnzimmer.

Fabio war das exakte Gegenteil von Kalle. In sich gekehrt und zurückhaltend, mischte er sich nur dann ins Gespräch, wenn er auch wirklich etwas zu sagen hatte. Dabei hätte sie sich gerne ein bisschen mehr Feuer bei ihm gewünscht. Blicke, interessiertes Nachhaken, vielleicht einen kleinen Spontanflirt. Doch er hatte ihr nicht mal richtig in die Augen gesehen, bloß dagesessen, höflich auf ihre Fragen geantwortet und unterdessen die Ohren gespitzt, wohl um nicht zu verpassen, was in der ersten Etage abging. Ob er womöglich in ihre Mutter verknallt war? Man hörte ja ab und zu von diesen Männern, die auf ältere Frauen standen. Aber nein, das war abwegig, eher hatte es an ihrem blutleeren, uninspirierten Blabla gelegen. *Was für eine entzückende Insel! Hier möchte man doch am liebsten den ganzen Sommer verbringen. Italienisch ist ja eine so melodische Sprache.* Vielleicht war sie aber auch einfach nicht sein Typ und musste sich eingestehen, dass die Zeiten, in denen sie sich die Männer hatte aussuchen können, vorbei waren.

Allmählich begannen die viel zu schnell fahrenden Autos

lästig zu werden. Noch schlimmer waren die Vespafahrer, die vorzugsweise an unübersichtlichen Kurven überholten und Charlotte immer wieder zwangen, sich gegen die Hauswand zu drücken.

Endlich, hinter der nächsten Straßenbiegung tauchte die Kreuzung mit der Apotheke auf. Das Hämmern in ihrem Kopf war schier unerträglich geworden, und sie nahm das Medikament gleich in der Apotheke ein. Ein paar Minuten ruhte sie sich auf einer Bank an der kleinen Piazza aus, dann steuerte sie neugierig den Weinladen auf der gegenüberliegenden Straßenseite an. Charlotte liebte Weinläden. Und dass dieser überdies gute Schokolade verkaufte, war geradezu perfekt. Sie stöberte in dem umfangreichen Sortiment, kaufte einen Rotwein aus Sizilien, einen anderen aus Apulien und zwei Flaschen Weißwein aus den Abruzzen, den ihr die Verkäuferin sehr ans Herz legte, dazu vier kleine Tafeln Schokolade, von denen sie eine auf der Stelle verputzte.

Danach ging es ihr besser, und nach einem Espresso in der Bar nebenan, der den Brummschädel endgültig vertrieb, machte sie sich auf den Rückweg. Auf halber Strecke kam ihr ein großer, hagerer Mann entgegen. Mit ihrer leichten Kurzsichtigkeit konnte sie ihn nicht gleich erkennen, umso erfreuter war sie, als Fabio kurz darauf vor ihr stand und sie schief anlächelte.

Es war ein bisschen wie früher auf dem Schulhof. Als sie Benedict angehimmelt hatte. Jedes Lächeln von ihm war wie eine Liebeserklärung gewesen, jedes Augenzwinkern wie eine Lizenz zum Knutschen, und bis heute wusste sie nicht, ob er in ihr nur die unsportliche Rothaarige gesehen hatte, die auf der Tanzfläche eine denkbar unvorteilhafte Figur abgab, oder wirklich so für sie geschwärmt hatte, wie sie für ihn. Fabio gefiel ihr immer noch genauso wie bei ihrer ersten Begegnung im Krankenhaus. Daran hatte auch ihr holpriger Einstieg nichts geändert.

»Wo geht's denn hin?«, fragte sie in bemüht lockerem Tonfall.

»In die *enoteca*. Rosa meinte, ich soll den Wein fürs Abendessen besorgen.«

Charlotte hielt ihre Tüten auf, und er lugte neugierig hinein.

»Ich glaube, das reicht, um betrunken zu werden, nicht wahr?« Lausbubenhaftes Grinsen von einem Ohr zum anderen.

»Ich glaube, das reicht, um einen schönen Abend zu haben«, entgegnete sie, sein Lächeln erwidernd. Es war nur ein Augenblick, aber er reichte aus, um eine Kette verwirrender Gefühle in ihr loszutreten.

»Kommen Sie mit zurück?«, wollte sie wissen.

»Ja, aber nur, wenn wir uns duzen.«

»Sehr gerne.« Nichts anderes hatte sie gewollt. Von Anfang an war es ihr unnatürlich vorgekommen, diesen Mann, mit dem sie sich gedanklich schon so lange beschäftigte, zu siezen.

Den nächsten Kilometer mussten sie im Gänsemarsch gehen, keine Chance, bei der chaotischen Verkehrslage miteinander zu reden. Das taten sie erst, als sie Corricella erreichten, und als wäre der Bann aus Unsicherheit und Hemmung gebrochen, floss das Gespräch plötzlich wie von selbst. Fabio erzählte von seinen Verwandten in Neapel. Von Onkel Matteo, der den ganzen Tag an alten Vespas schraubte, und von seiner etwas schrulligen, dafür umso liebenswerteren

Tante Gabriela, die aus reiner Gutmütigkeit für die ganze Nachbarschaft mitkochte.

»Aber deine Mutter, Charlotte …« Fabio nickte ihr anerkennend zu. »Rosa ist wirklich einzigartig. So jung und frisch. Kaum zu glauben, dass sie schon siebzig ist.«

»Als Kind war sie mir immer ein bisschen zu jugendlich. Da habe ich mir so sehr eine Mama in Kittelschürze und mit Dauerwelle gewünscht.«

Fabio lachte auf. »Wirklich?«

»Oh ja! Eine, die zu Hause ist, wenn ich aus der Schule komme. Eine, die jeden Tag kocht und aufräumt und mir bei den Hausaufgaben hilft.« *Und nicht ständig Liebhaber hat*, ergänzte sie in Gedanken.

»Dann nehme ich an, Rosa war nie zu Hause, wenn du aus der Schule gekommen bist? Sie hat auch nie gekocht und dir bei den Hausaufgaben geholfen?«

»Nur am Wochenende. Sie musste ja das Geld für uns verdienen.«

»Und dein Vater?«

Von einem plötzlichen Fluchtinstinkt getrieben, beschleunigte Charlotte ihren Schritt. »Gibt es nicht.«

»Tut mir leid, das wusste ich nicht.« Er holte sie ein, schlug nach einer Wespe, die ihn wild umkreiste. »Darf ich dich mal was fragen, Charlotte?«

»Sicher.«

»Ist er …«, er hob verunsichert die Hände, »gestorben?«

»Keine Ahnung, ich weiß es nicht. Ich habe ihn nie kennengelernt.« Warum erzählte sie ihm das nur so offen? Sie kannten sich doch noch gar nicht. Selbst bei Lydia war sie, was das betraf, eher verhalten. Es brachte ja auch nichts, ständig darüber zu reden.

Zum Glück war Fabio diskret genug, bloß knapp zu nicken und nahtlos zum nächsten Thema überzugehen.

»Was hat Rosa damals eigentlich gearbeitet?«

»Ach … sie hat alles Mögliche gemacht. Bei der Post gejobbt, bei einer Zeitarbeitsfirma als Sekretärin, in einer Bäckerei ausgeholfen. Eine Zeit lang war sie sogar Friedhofsgärtnerin. Und am Fließband hat sie auch schon gestanden.«

»*Davvero? Brava!*« Fabios Augenbrauen tanzten beim Sprechen. »Den Porzellanladen hat sie dann erst später aufgemacht?«

»Ja, da hab ich schon in einer WG gewohnt und studiert.«

»Lass mich raten …« Er taxierte sie mit schief gelegtem Kopf. »Pädagogik?«

»Falsch! BWL. Nach zwei Semestern hatte ich allerdings die Nase voll und habe eine Ausbildung zur Konditorin gemacht.«

Fabio nickte anerkennend, als sie erzählte, dass sie sich mit einer Freundin selbstständig gemacht habe. Endlich kam die Sprache auf ihr Metier. Denn redete sie über ihre kunstvollen Torten, blühte sie auf wie der Oleander, der in Italien an jeder Ecke wuchs. Lydia sagte immer, Charlotte sei nie schöner als in solchen Augenblicken.

Sie war noch am Erzählen, als sie das hübsche blonde Mädchen, diese Paulina, im Außenbereich eines der Restaurants an der Hafenpromenade erblickte. Mit einer langen weißen Schürze um die Hüften räumte sie Gläser auf ein Tablett.

»Hallo!«, rief Charlotte und winkte ihr zu.

»Hallo«, entgegnete die Kleine, doch ihr Blick blieb ausdruckslos.

»Paulina, das ist Charlotte«, stellte Fabio sie vor.

»Wir haben uns damals im Krankenhaus gesehen«, ergänzte sie. »Vielleicht erinnerst du dich?«

»Ja, klar«, erwiderte das Mädchen und eilte bereits weiter.

Paulina war eine Schönheit, keine Frage, doch diese arrogant-schnippische Art war Charlotte schon am Krankenbett ihrer Mutter übel aufgestoßen. Vielleicht war sie aber auch nur verunsichert und witterte in Charlotte eine Konkurrentin, die ihr den Prinzessinnenstatus im Haus streitig machen wollte?

»Sie meint es nicht so«, sagte Fabio achselzuckend. »Sie ist jung und manchmal ein bisschen …«

Ihm schien kein passendes Adjektiv einzufallen.

Ja, Paulina war jung. Und schön. Und Charlotte hoffte sehr, dass sich Rosa nicht von ihr ausnutzen ließ.

16.

Der Duft angeschwitzter Zwiebeln stieg Fabio in die Nase, als Kalle ihnen die Tür öffnete.

»Kommt rein«, sagte er, als wäre er jetzt der Herr im Haus.

Er ließ die Klinke los und schlurfte in Espadrilles, die auch schon bessere Tage gesehen hatten, zu Rosa in die Küche.

»Kinder, da seid ihr ja schon!«, rief sie, mit einem Kochlöffel fuchtelnd. »Habt ihr Wein mitgebracht?«

»Ja, Mama.«

»Dann mal her damit. Ein kleines Schlückchen kann ja nicht schaden.«

Charlotte packte die Einkaufstasche aus, dann ging sie nach oben, um sich bis zum Abendessen hinzulegen.

Fabio beneidete sie darum. Wie gerne hätte er ebenfalls eine kleine Siesta gemacht, aber sein Schlafplatz war hier unten im Wohnzimmer, wo das Leben tobte und sich jetzt auch noch Kalle breitgemacht hatte. Die Karten im Haus waren neu gemischt, das musste er akzeptieren. Mit Charlotte kam er bestens klar, er mochte diese überaus angenehme Mischung aus Offenheit und Diskretion. Anders Kalle, das typische Alphamännchen, das sein Herz auf der Zunge trug und mehr erzählte, als man hören wollte. Mit

Männern wie ihm, das wusste Fabio aus seiner Zeit als Rettungssanitäter, konnte es anstrengend werden.

»Fabio, deck doch bitte schon mal den Tisch«, sagte Rosa, nachdem er den Wein entkorkt hatte. Sie tat so munter, doch ihr Lächeln wirkte angespannt, als sie ihm zuprostete. Verständlich. Dieser plötzliche Trubel im Haus. Schuhe, die im Weg standen. Eine Zahnbürste mit zerfledderten Borsten, die sich im Bad eingenistet hatte und jeden Morgen aufs Neue *Hallo, hier bin ich!* rief. Ein verschwitztes Männer-T-Shirt über dem Heizkörper. Und das war vermutlich erst der Anfang.

Der Gedanke blitzte ein paarmal auf, während er Teller und Gläser auf den Tisch stellte. Vielleicht war es wirklich besser, er zog in ein Hotelzimmer. Oder er fuhr, falls er kein freies mehr fand, gleich weiter nach Ischia.

Eine gute Stunde später war das Essen fertig. Rosa rief nach Charlotte, und kaum standen die Schüsseln auf dem Tisch, kam Paulina nach Hause. Sie beäugte Kalle neugierig, dann reichte sie Charlotte die Hand und entschuldigte sich, vorhin so kurz angebunden gewesen zu sein. Sie sei im Stress gewesen, zu Stoßzeiten könne man bisweilen nicht mal aufs Klo gehen. Dabei schenkte sie Fabio, und für ein paar Sekunden stiegen Silvesterraketen in ihm auf, ein zauberhaftes Lächeln. Er bildete sich nichts darauf ein – er hatte sich die Kleine längst aus dem Kopf geschlagen. Aber er deutete es als ein Zeichen, dass sie nicht mehr sauer auf ihn war. Vielleicht konnten sie noch mal von vorne anfangen, womöglich sogar Freunde werden. Ohne Begehren, Sex und all die Dinge, die Beziehungen immer so schrecklich kompliziert machten.

Es gab karamellisierten Ziegenkäse auf Auberginensalat,

den Rosa nach einem Rezept von Tante Gabriela zubereitet hatte. Alle lobten die Vorspeise, es schmeckte auch wirklich ausgezeichnet. Kalle drehte gleich wieder mächtig auf. Das sei das Köstlichste, was er je in seinem Leben probiert habe und wie das bloß angehen könne, damals seien unter Rosas Regiment allenfalls Spiegeleier auf den Tisch gekommen und so weiter und so fort.

Charlotte, die sich für den Abend in ein figurbetontes bordeauxfarbenes Kleid geworfen hatte, lächelte mit leisem Spott, Paulina grunzte abfällig, und selbst Rosa konnte sich ein Grinsen nicht verkneifen.

»Kalle, hier sammelt niemand Punkte, nur weil er mir Komplimente macht, klar?«

»Ich meine es aber so.«

»Dann isst du also immer noch … 'tschuldige … diesen Fraß? Currywurst und Dosenravioli und solche Sachen?« Sie schob ratschend ihren Stuhl zurück und begann, die Teller einzusammeln. »Ihr mögt doch Kalbsleber? Die gibt es als Hauptgericht. Ich habe da so ein leckeres venezianisches Rezept mit Zwiebeln gefunden.«

»Ah, *fegato alla veneziana*!«, rief Fabio aus. »Sehr gerne.«

Während Kalle nach draußen ging, um eine zu rauchen, trug Rosa Fabio auf, sich um die Musikuntermalung zu kümmern. Neben dem Sofa stand ein Plattenspieler, der noch aus dem Nachlass des Vorbesitzers stammen musste, daneben lagen übereinandergestapelte Vinylplatten. Fabio pustete den Staub weg, dann sichtete er die Sammlung. Sämtliche Musikgrößen der damaligen Zeit waren vertreten: Janis Joplin, The Rolling Stones, Joan Baez, The Beatles, Bob Dylan, Marvin Gaye, Creedence Clearwater Revival, Diana Ross, The Moody Blues, Joe Cocker, Jimi Hendrix, The Who …

»Einen speziellen Wunsch, Rosa?«

»Egal.« Sie lachte ihre raue Bardamen-Lache. »Irgendwas, das gut zu Leber auf venezianische Art passt.«

Typisch Rosa. Ihr spezieller Humor. Zu dieser Musik passte ja wohl eher saufen und kiffen, und weil Fabio komplett überfordert war, griff er blindlings nach einer LP, zog sie aus der Hülle und legte sie auf den Plattenteller. Seine Hand zitterte leicht, als er die Nadel ansetzte. Wann hatte er das zuletzt getan, eine echte Vinylplatte aufgelegt? Vermutlich als Kind beim Plattenspieler seines Vaters.

Eine Bassgitarre erklang, schon der erste Akkord rumste ohne Umweg in seinen Magen. Er kannte das Lied, nur woher? Wie durch einen Nebel sah er, wie Rosa lächelnd die Leberstücke zu den bereits angeschwitzten Zwiebeln in die Pfanne warf, es spritzte und zischte, dann orgelte ein Synthesizer, und ein Wasserfall an Gefühlen rauschte durch ihn hindurch. Glück, gefolgt von Schmerz, Wut und einer tiefen Trauer. Das war der Song. Dieser wunderbare Song, der an dem Tag, an dem sein Bruder gestorben war, im Radio gelaufen war. Fabios Herz schlug in einem hämmernden Beat. Nach Luft japsend, hangelte er sich an der Wand entlang, dann fiel er schlaff aufs Sofa.

»Fabio?« Charlotte kam herbeigeeilt und hob seine Füße auf die Lehne. Das war gut. Er selbst wäre nicht dazu imstande gewesen.

Es kostete ihn eine ziemliche Anstrengung, dann presste er hervor: »Ruf den Notarzt. Bitte.«

»Mama!«, schrie Charlotte. »Wir brauchen einen Arzt! Schnell!«

Stimmengewirr drang an sein Ohr, das nahm Fabio jedoch bloß wie durch eine Glasglocke wahr, dann war er mit Rosa und Charlotte allein, während Van Morrison immer noch sein gefühliges *It's All Over Now, Baby Blue* spielte.

Rosa quetschte sich neben ihn aufs Sofa, öffnete ihm den Hemdkragen. »Wo tut's denn weh, Jungchen? Hier?« Sie legte ihm ihre Hand auf die Brust.

Er horchte in sich hinein. Nein, eigentlich tat ihm im Brustraum nichts weh. Er schüttelte den Kopf.

»Heb doch mal deine Arme an.« Charlotte sagte das vollkommen ruhig, aber ihr Gesichtsausdruck sprach eine andere Sprache.

Er tat es.

»Und jetzt lächele mich an«, fuhr sie fort.

Er lächelte, obwohl ihm kein bisschen danach zumute war.

»Und jetzt sag bitte: Ich heiße Fabio, und Van Morrison konnte ich noch nie ausstehen«, forderte Rosa ihn auf.

»Ich heiße Fabio, und …« Er richtete sich auf. »Das stimmt ja gar nicht! Ich mag Van Morrison. Sehr sogar.«

»Na, dann ist ja alles gut«, erklärte Rosa und wechselte einen knappen Blick mit ihrer Tochter.

»Nein!« Er legte sich rasch wieder hin. Nur vorsichtshalber. »Mir ist immer noch … also, irgendwie schwummerig.«

»Ja, dir ist schwummerig, weil du ein Problem hast, Fabio. Wir haben doch darüber gesprochen.«

Sie hatte recht, er hatte ein Problem, doch im Moment verkannte Rosa den Ernst der Lage. »Dann ruf ich jetzt im Krankenhaus an.«

»Schätzchen, jetzt mach bitte keine Welle«, sagte Rosa und kehrte mit der Gelassenheit eines Brauereipferds an den Herd zurück.

Unfassbar! Wie konnte sie nur so schrecklich egoistisch

sein? Das war doch nicht *seine* Rosa! Es ging ihm nicht gut, es ging ihm ausgesprochen schlecht, und weil er keine Lust hatte, in den nächsten paar Minuten einen völlig unnötigen Spontantod zu sterben, fischte er sein Handy aus der Hosentasche.

»Ich weiß die Nummer nicht. Charlotte, könntest du bitte die Nummer für mich recherchieren?«

»Vorschlag«, entgegnete sie und nahm ihm das Smartphone aus der Hand. »Du ruhst dich in Rosas Zimmer aus, ich suche die Nummer raus, und falls es nicht besser wird, rufe ich den Arzt an, einverstanden?«

»Aber ein Infarkt …«

»Fabio, du hast keinen Infarkt. Du hast auch keinen Schlaganfall. Das war eine Panikattacke. Und jetzt ist sie wieder vorbei, nicht wahr?«

Sie redete immer weiter, lullte ihn mit ihrem schmeichelnden Singsang ein. Er achtete kaum auf ihre Worte, weil es auch nicht wichtig war, was sie in diesem Moment sagte. Das dunkle Timbre ihrer Stimme war beruhigender als jedes Sedativum. Und als sie schließlich nach seinem Arm griff und ihm aufhalf, ließ er es geschehen. Wenn er jetzt starb, dann starb er eben. Er war am Meer! Und wenn man schon sterben musste, dann am besten an einem Ort wie diesem.

Charlotte begleitete ihn nach oben, das verschaffte ihm Sicherheit, und als er sich auf Rosas Bett ausstreckte, das so vertraut nach ihrem Parfum duftete, schloss er erschöpft die Augen.

Er musste eingeschlafen sein, denn als er aufschreckte, war es dunkel im Zimmer. Sofort war alles wieder da: die Sorge um seine Gesundheit, diese grauenhafte Angst, die ihn von morgens bis abends begleitete, sich bisweilen wie eine Klaue um seinen Nacken legte, und als er schemenhaft eine Gestalt an seinem Bett sitzen sah, fuhr er zusammen.

»Alles in Ordnung, Fabio?« Es war Charlottes tiefe, leicht rauchige Stimme.

»Ich weiß nicht …« Er fasste sich ans Herz, das immer noch etwas schnell, aber gleichmäßig schlug.

»Du hast geschlafen.«

»Wie lange?«

»Eine Stunde.«

»Eine Stunde?« Mit einem Satz war er aus dem Bett.

Er machte Licht, aber weil sein Kreislauf nicht ganz mitspielte, ließ er sich gleich wieder auf den Stuhl neben der Tür sinken.

Charlotte saß immer noch unbeweglich an seinem Bett, ihre langen roten Haare fielen wie ein Umhang über ihre Schultern. Er betrachtete sie, ihre weibliche Figur, und er fragte sich, warum er nicht eher gesehen hatte, wie attraktiv sie war. »Aber du warst nicht die ganze Zeit hier bei mir, oder?«

»Doch.«

»Du hast hier eine Stunde gesessen und mir beim Schlafen zugesehen?«

Sie nickte.

»Warum?«

»Einer musste doch auf dich aufpassen.«

»Dann denkst du also auch, ich bin krank?«

»Nein, Fabio. Das denke ich ganz gewiss nicht.« Sie strich die Bettdecke glatt und schüttelte das Kopfkissen auf. »Aber manchmal …« Sie verharrte in der Bewegung. »Manchmal ist es nur einfach gut, nicht allein zu sein.« Sie schaute weg, sah ihn wieder an und lächelte verlegen.

Manchmal ist es einfach nur gut, nicht allein zu sein, hallten die Worte in seinem Kopf nach. Es dauerte einen Moment, bis ihm aufging, wie recht sie hatte. Denn wäre der schlimmste Fall eingetreten, wäre er zumindest nicht allein gewesen. Und das war ein ziemlich tröstlicher Gedanke.

»Rosa hat das Essen warm gestellt«, sagte sie. »Hast du Hunger?«

Er nickte. Oh ja, er hatte Hunger. Das war ein gutes Zeichen!

»Dann brauchen wir keinen Arzt zu rufen?«

Er schüttelte den Kopf.

»Na, siehst du. Komm.«

Sie ging vor, und verwundert darüber, dass sie etwas bei ihm geschafft hatte, was niemandem zuvor gelungen war, folgte er ihr.

17.

Es gab Tage, die fingen genauso lausig an, wie der vorangegangene aufgehört hatte, und dieser Montag war so einer. Obwohl die Sonne schien. Obwohl das Meer und der Himmel von diesem leuchtenden, beinahe unwirklichen Knallblau waren, als wäre beides retuschiert worden. Obwohl Kaffeeduft durchs Haus zog. Drei *Obwohls*, drei schlagkräftige Argumente, doch Paulina hatte nicht mal Lust aufzustehen. Alles bloß wegen Mario, der urplötzlich von der Bildfläche verschwunden war. Ohne ein Wort der Erklärung. Weder war er im Restaurant aufgetaucht, noch ging er ans Handy, und sie zerbrach sich den Kopf darüber, was das zu bedeuten haben mochte. Hatte sie etwas Falsches gesagt oder getan? War er krank? Oder hatte er – das wäre die schlimmste aller Möglichkeiten – eine andere? Ab und zu verirrten sich ja schon ein paar Touristinnen auf die Insel. Mädels, die nicht den ganzen Tag im Restaurant kellnerten und Zeit für die angenehmen Dinge im Leben hatten. Party machen, knutschen, Sex.

Rosa und Fabio waren im flammenden Morgenrot mit der Fähre nach Neapel gefahren, um Möbel für das frisch renovierte Zimmer auszusuchen. Paulina bedauerte es, dass sie nicht mitkommen konnte. Sie war für die Mittagsschicht eingeteilt, und Giovanni hatte keine Vertretung für sie gefunden. Die Möbel interessierten sie zwar weniger, aber sie war neugierig auf die Stadt, auf die sie bei ihrer Anreise nur ein paar schnelle Blicke durch die verdreckte Scheibe des Flughafenbusses hatte werfen können.

Also aufstehen. Irgendwann musste sie ja mal den Tag beginnen. Gerade hatte sie ein Bein aus dem Bett geschwungen, als ihr Handy schrillte. Vielleicht Mario? Sie griff so überstürzt danach, dass es ihr beinahe entglitt. Ein Blick aufs Display: nein, ihre Mutter. Obwohl die Stimmung zwischen ihnen nach wie vor nicht die beste war, rief sie beinahe jeden Tag an. Wie eine Klatschreporterin wollte sie alles in Erfahrung bringen, was auf der Insel so los war, um am Ende ihre übliche Moralpredigt vom Stapel zu lassen.

Paulina ging nur unwillig ran – bisweilen ließ sie es auch ganz bleiben – und blaffte ein ziemlich genervtes »Ja, Mama?« ins Smartphone.

»Wie geht's dir denn, mein Schatz? Habt ihr schönes Wetter?«, sagte sie einleitend. Diese beiden Sätze spulte sie ebenfalls immer ab. Wenn auch in leicht unterschiedlichen Varianten.

»Ja, danke, Wetter ist super.«

»Und was machst du so? Jobbst du heute wieder in dieser … Bar?«

Das Wort *Bar* klang aus dem Mund ihrer Mutter irgendwie anrüchig, so als würde Paulina in einer Stripteasespelunke oder in einem Puff arbeiten.

»Ganz genau. Du, ich muss mich auch beeilen. Mein Boss flippt aus, wenn ich zu spät komme.«

Glatte Lüge. Giuseppe hatte noch nie etwas Unfreundliches zu ihr gesagt. Im Gegenteil. Meistens stellte er ihr, bevor es an die Arbeit ging, ein leckeres *cornetto* oder ein Stück Ricottakuchen hin.

»Warte. Nur eine Sekunde. Dir gefällt das Kellnern ja anscheinend richtig gut, oder?«

»Ja, macht Spaß.«

»Aber du weißt schon, dass das kein Beruf mit Zukunft ist?«

»Mama! Wie oft denn noch? Es ist bloß ein Job. Ich will weder euch noch Rosa auf der Tasche liegen.«

Die Verabschiedung fiel nicht übermäßig herzlich aus, Paulina duschte, und als sie kurz darauf, in einem maritimen Ringelkleid und mit einem Handtuchturban ums nasse Haar geschlungen, die Treppe hinunterkam, saßen Charlotte und der alte Zausel am Tisch und schwiegen sich an.

Ups, frostige Stimmung.

Zögerlich blieb sie am Fuß der Treppe stehen. »Ähm, guten Morgen.«

»Morgen, Paulina!«, rief Kalle, und auch Charlotte hob den Blick.

»Störe ich?«

»Nein, gar nicht, setz dich doch!« Charlotte strahlte sie an, als wären sie bereits seit Urzeiten beste Freundinnen. Aber das waren sie nicht. Paulina spürte sehr wohl, dass Rosas Tochter zu ihr auf Abstand ging. Ob sie eifersüchtig auf sie war? Aber warum? Sie wollte ihr Rosa doch gar nicht wegnehmen.

»Kaffee?« Kalle griff nach der Alukanne, und Paulina nickte. »Was hast du heute denn vor, mein schönes Kind?«

»Arbeiten.« Sie hielt ihm die Tasse hin.

»Arbeiten. Immer nur arbeiten.« Er hob die Brauen. »Mädchen, du sollst Spaß haben, dich amüsieren! Als ich in deinem Alter war, habe ich möglichst wenig gearbeitet.« Sein Blick ging zu Charlotte. »Oder wie siehst du das?«

»Das muss jeder mit sich selbst ausmachen«, entgegnete diese unterkühlt.

»Hab ich etwa schon wieder was Falsches gesagt?« Kalle bleckte die perlweißen Zähne. »Der Dame kann ich es heute irgendwie nicht recht machen«, sagte er, zu Paulina gewandt. Und fügte dann augenzwinkernd hinzu: »Ist wohl mit dem falschen Fuß aufgestanden.«

»Wie du meinst«, erwiderte Charlotte, ließ ihre rote Haarmatte über ihr Gesicht fallen und konzentrierte sich wieder auf ihr Handy, auf dem sie seit geraumer Zeit herumtippte. Seltsam, wo es doch gar kein WLAN im Haus gab.

Die Stimmung war nicht nur unterkühlt, sie lag bei minus dreißig Grad, mindestens. Paulina bestrich eine Weißbrotscheibe mit Butter und Marmelade, nahm den Teller und die Kaffeetasse und verschwand damit nach oben auf den Balkon. Sie hatte nicht die geringste Lust, in diese Auseinandersetzung, die sie sowieso nichts anging, hineingezogen zu werden. Außerdem frühstückte es sich mit Meerblick sowieso viel schöner. Sie stöpselte die Kopfhörer ihres iPods in die Ohren und während sie vom Brot abbiss, betrachtete sie den Himmel. Ein paar flauschige Wolken zogen träge vorbei, vereinten sich zu einem gewaltigen Schnabeltier, das Wasserdampf auszuatmen schien. Schon löste sich die Wolkenformation wieder auf. War eigentlich alles im Leben so flüchtig wie dieses Schauspiel am Himmel? Bis heute Abend würde sie Mario noch Zeit geben. Exakt zwölf Stunden. Hatte er sich bis dahin nicht gemeldet, war's das. Veräppeln konnte sie sich auch selbst.

Mit wachsender Gleichgültigkeit trank sie den Kaffee, dann hörte sie es hinter sich rumpeln, und Kalle trat, mit Eimer und Werkzeugkasten bewaffnet, auf den Balkon.

»Hi«, sagte er.

»Hi«, echote sie, als hätten sie sich heute noch nicht begrüßt.

»Stört's dich, wenn ich hier ein bisschen arbeite? Das Balkongitter ist so was von marode, da muss dringend was gemacht werden.«

»Schon okay, ich wollte sowieso gerade runter.«

Sie brauchte dringend noch einen Kaffee, allerdings hätte sie den schon gerne draußen in der Morgensonne getrunken. Jetzt musste sie mit Charlotte Vorlieb nehmen, die in gekrümmter Haltung am Tisch saß und eine alte Tageszeitung las. Sie blickte auf und seufzte.

»Äh, soll ich wieder gehen?«, fragte Paulina. Offenbar war ihre Anwesenheit nicht gerade erwünscht.

»Nein, nein! Setz dich. Ich bin nur ...« Sie winkte ab.

»Was?«

»Genervt.«

»Von mir?«

»Ach, Paulina, natürlich nicht!« Sie deutete mit dem Daumen nach oben und flüsterte: »Er nervt.«

»Weil er sich hier ausbreitet und sich jetzt auch noch unentbehrlich macht?«

Charlotte blickte sie einen Moment regungslos an, dann kratzte sie einen angetrockneten Marmeladenfleck vom Tisch. »Ja ... nein ... Ach, ich weiß auch nicht.«

Eine Pause trat ein. Paulina schenkte sich Kaffee nach.

»Kennst du das auch? Ich meine, dass immer die falschen Männer gucken?« Charlotte lachte leise. »Nein, das kennst du ganz sicher nicht. Du bist jung und hübsch, die älteren Semester werden es nicht mal wagen, dich anzumachen.«

»Da irrst du dich aber gewaltig.« Paulina musste an die vielen Sugardaddys denken, die sie, seit sie schätzungsweise siebzehn war, immer wieder belästigt hatten. »Und der da…«, sie zeigte ebenfalls mit dem Daumen nach oben, »macht er dich an?«

»Wie würdest du das deuten, wenn dich jemand ständig anstarrt? Und wenn du zufällig in seine Richtung guckst, so grinst, als ob… na ja…« Sie sprach nicht weiter, stieß bloß einen unwirschen Laut aus.

»Als ob der dich flachlegen will?«

»Das möchte ich mir nicht so genau ausmalen.« Sie schüttelte sich so angewidert, dass Paulina lachen musste.

»Eigentlich schade, dass du heute arbeiten musst.« Charlotte befeuchtete ihren Finger und schlug knisternd die Seiten um.

»Wieso?«

»Ich will gleich mit dem Bus auf die andere Seite der Insel fahren… in diesen kleinen Jachthafen. Du hättest mitkommen können.«

»Echt?«, platzte es aus Paulina heraus.

»Warum überrascht dich das so?«

»Na ja… ich dachte, du magst mich nicht besonders.«

»Soll ich ehrlich sein?«

»Klar.« Gespannt, was jetzt kommen würde, lehnte sich Paulina zurück und nippte am Kaffee.

»Anfangs mochte ich dich wirklich nicht besonders. Im Krankenhaus warst du… sagen wir… nicht gerade zugänglich, und als meine Mutter meinte, sie nimmt dich mit auf die Insel…«

Charlotte sah einen Moment weg, dann trafen sich ihre Blicke wieder. Bernsteinbraune Augen zu roten Haaren, ziemlich ungewöhnlich. Seltsam nur, dass die Frau so gar keine Ähnlichkeit mit ihrer Mutter hatte.

»Du hast gedacht, ich will Rosa wie eine Weihnachtsgans ausnehmen, stimmt's?«

Charlotte sagte nichts, bloß ein Mundwinkel hob sich einen Millimeter. Aus der oberen Etage erklang lautes Hämmern.

»Du kannst ruhig ehrlich sein. Ich hätte das an deiner Stelle wahrscheinlich auch gedacht. Aber ich will dir deine Mutter nicht ausspannen. Und auf ihr Erbe habe ich es auch nicht abgesehen, falls du das denkst.«

Ein warmes Lächeln glitt über Charlottes Gesicht. »Meine Mutter mag dich sehr. Und ich weiß auch, warum.«

»Aha? Da weißt du mehr als ich.«

»Du hast ihr nach dem schrecklichen Unfall aus dem Tief herausgeholfen.«

Paulina schüttelte vehement den Kopf. »Nein, nein, das war genau andersherum. Rosa hat mich aus der ganzen Scheiße rausgezogen. Ich wollte nicht mehr leben, verstehst du?«

Ein Kloß saß plötzlich in ihrer Kehle. Nicht heulen, bitte nicht heulen, redete sie sich gut zu, doch zu spät. Schon liefen die Tränen, und dann geschah etwas Wunderbares: Charlotte nahm sie in den Arm. Einfach so. Es war vielleicht ein bisschen kindisch und irgendwie auch peinlich, in den Armen dieser beinahe Fremden zu weinen, aber es tat verdammt gut. Und als sie sich kurz darauf schnäuzte, dachte sie, dass diese Sache mit Mario im Vergleich zu dem, was alles hinter ihr lag, ziemlich läppisch und eigentlich kaum der Rede wert war.

* * *

Der Asphalt Neapels kochte.

Rosa schwitzte, als sie an Fabios Arm vom Strom der Menschen durch die Straßen geschoben wurde. Autos hupten, Vespas knatterten, und Fabio beschwor sie, die Handtasche bloß nicht zur Straßenseite hin zu tragen, denn die Diebe rissen sie den Touristinnen gerne mal im Vorbeifahren von der Schulter.

Konnte es ihr sonst kaum warm genug sein, war die Gluthitze auf einmal eine wirkliche Herausforderung. Sonnenhut auf, Sonnenhut ab, Sonnenhut wieder auf. Mit Hut fühlte sie sich wie in einer kochenden Blase gefangen, ohne war es luftiger, doch die Sonne prallte direkt auf ihren mittlerweile platt gedrückten Bob. Schweißtropfen liefen ihr die Schläfen hinab, und der Nacken fühlte sich klitschnass an.

Neapel war anstrengend, keine Frage, aber von einzigartiger Schönheit. Eine in die Jahre gekommene Diva, trubelig, stolz und eigenwillig mit den verwinkelten Gassen, versteckten Kirchen, Katakomben und Palazzi.

Fabio zeigte ihr seine Lieblingsbar in der Altstadt, wo sich Rosa gleich zwei Cappuccini und zwei *cornetti* genehmigte und dazu einen halben Liter Wasser weggluckerte. Danach fuhren sie mit dem Bus in die Via Toledo, eine der längsten Einkaufsstraßen Neapels. Rosa blieb vor nahezu jeder Boutique stehen und konnte sich an den farbenfrohen Kleidern kaum sattsehen. Sie gingen auch in den einen oder anderen Laden hinein, Rosa kaufte jedoch nur ein paar Armreifen, die bei jeder Handbewegung klirrten, eine wild gemusterte Tunika und ein Paar Badelatschen.

Fabio schien wie ausgewechselt. Er war gesprächiger als sonst, ging mit den geschmeidigen Bewegungen eines jungen Athleten durch die kochende Stadt und trank, wann immer sich die Gelegenheit dazu bot, einen Espresso, ohne gleich eine Herzattacke zu erleiden. Ein Wunder war geschehen, und ihre Tochter musste es vollbracht haben. Nur wie? Rosa war ja schon ein bisschen neugierig. Hatte sie ihn verhext? Ihm einen Zaubertrunk eingeflößt? Ihn vielleicht sogar geküsst? Rosa hielt alles für möglich.

»Fabio?«, sagte sie, als sie wenig später, ein fliederfarbenes Tütchen schwenkend, aus einer Wäscheboutique trat. Sie hatte es sich nicht verkneifen können und einen zitronengelben Spitzen-BH gekauft. Zwar schnitt er am Rücken ein wenig ein, aber das war ihr egal. Für ein bisschen Sex-Appeal nahm sie auch das in Kauf. »Wie geht es dir?«

Er blickte sie überrascht an. »Gut. Wieso fragst du?«

»Nur so. Darf ich nicht?«

»Natürlich. Aber …«

»So richtig gut? Also, du hast keine Wehwehchen, keine Angst, im nächsten Moment zu sterben, und du fühlst auch keinen Tumor in dir wachsen?«

Sein Lächeln erlosch, und Rosa dachte, herrje, womöglich hatte sie ihm genau das falsche Stichwort geliefert und gleich entdeckte er ein Zipperlein, das ihm zuvor nicht aufgefallen war, irgendein Leiden, das sich ratzfatz zu einer lebensbedrohlichen Krankheit aufbauschen ließ.

Schweigsam, den Blick stur geradeaus geheftet, bog er in eine schmale Gasse ein, und sie folgte ihm. Hier war es herrlich schattig. Rosa blieb, etwas aus der Puste, vor einem Porzellanladen stehen. In den Auslagen: Marmeladendosen mit floralen Motiven, Geschirrsets, Servierplatten, zwei Händchen haltende Pinguine, die Rosa, obgleich sie weit davon entfernt waren, Hunde zu sein, an ihren Dalmatiner erinnerten. Für einen Moment flackerte Wehmut in ihr auf.

»Komm.« Fabio hielt ihr lächelnd seinen Arm hin.

»Das macht mir nichts aus, Jungchen«, erklärte sie. »Ich lebe jetzt ein anderes Leben. Ein ziemlich duftes Leben sogar. Was soll ich denn da mit so einem Lädchen, in dem bloß alles verstaubt? Staub bin ich bald selbst, und die Vorstellung ist, lass dir das gesagt sein, unangenehm genug.«

Ein paar Meter weiter fanden sie ein Geschäft mit einem kleinen Sortiment an Möbeln. Italienisches Design, in Neapel gefertigt, stolze Preise. Aber Rosa gefielen sie in ihrer Schlichtheit, und wozu sollte sie auf den letzten Metern auch noch sparen? Charlotte hatte bereits eine kleine Vorauserbschaft von fünfzehntausend Euro bekommen, und das rosa Haus, das sicher ein hübsches Sümmchen wert war, würde sowieso an sie übergehen.

Es dauerte keine halbe Stunde, und Rosa hatte sich für einen senfgelben Kleiderschrank, ein weißes Bett und ein Nachtschränkchen in Zitronengelb entschieden. Den Damen zu Hause würde es sicher gefallen, und Rosa war sowieso entzückt. Gelb – das stand für Heiterkeit, Optimismus und Wärme. Und das passte ganz hervorragend zu ihrem neuen Leben.

Fabio war ein Fuchs und handelte einen Rabatt von fünfzehn Prozent raus. Der Verkäufer versprach, die Möbel noch diese Woche zu liefern, Rosa schob ihre Kreditkarte über den Ladentresen, und beschwingt-beschwipst verließ sie das Geschäft.

Später beim Pizzaessen – Fabio bestand darauf, sie in die berühmte Pizzeria Mattozzi an der Piazza Carità einzuladen – schnitt sie das Thema Charlotte an. Mehr beiläufig versuchte sie, etwas aus ihm herauszukitzeln, doch er verstand es geschickt, ihr auszuweichen. Vielleicht gab es aber auch gar nichts zum Herauskitzeln, und irgendwann gab Rosa auf.

Sie nahmen die frühe Nachmittagsfähre zurück, ließen sich an Deck den Wind um die Nase wehen – Rosa mit einem seligen Dauergrinsen auf den Lippen –, doch kaum hatten sie im Hafen Marina Grande die Fähre verlassen, straffte sich Fabio und verkündete: »Sei mir bitte nicht böse, aber ich ziehe wieder ins Hotel. Kalle und ich … du weißt schon … das geht auf Dauer nicht gut.«

Rosa sagte nichts, sie konnte nichts sagen. Weil in ihr gerade die Wut auf Kalle hochkochte. Das hatte er ja prima hingekriegt! Sich ins gemachte Nest gesetzt, und jetzt vergraulte er auch noch ihren Gast der ersten Stunde.

»Kommt gar nicht infrage!«, entgegnete sie. »Du kommst jetzt mit. Wir finden schon eine Lösung.«

Wohl wissend, dass es die eigentlich nicht gab, hakte sie sich bei Fabio unter und stiefelte los.

18.

Es gab solche Tage. Sie schienen nahezu perfekt, und noch während man versuchte, dem Glück nachzuspüren und es festzuhalten, zogen bereits dunkle Wolken auf. Es war aber auch einfach zu schön gewesen. Der Spaziergang mit Paulina, die heute frei hatte, zum *Postino*-Strand, schwatzen und baden. Jetzt freute Charlotte sich darauf, sich in der menschenleeren Bucht zu sonnen, ein bisschen zu dösen und bei Bedarf Paulina gut zuzureden, die unter Liebeskummer litt. Dieser Schönling, der einfach von der Bildfläche verschwunden war … Bisher hatte sie nur ein paar wenige Andeutungen gemacht, doch Charlottes Neugier war geweckt. Und sie gefiel sich in dieser neuen Rolle als mütterliche Freundin.

Gerade wollte sie nach dem Handtuch greifen, als sie ihn sah: Kalle. Shorts, weißes T-Shirt, Jutebeutel über der Schulter – so federte er sportlich die Treppe im Felsen hinab.

»Lass das bitte nicht wahr sein«, murmelte sie und streckte sich tropfnass neben Paulina aus.

»Was ist denn los?«, murmelte das Mädchen träge.

»Guck jetzt bitte nicht nach rechts.«

Prompt stützte sich Paulina mit den Ellbogen ab und blickte nach rechts. Abfälliges Grunzen, dann drehte sie sich auf den Bauch.

»Wieso muss der ausgerechnet hier baden?«, sagte Charlotte und wickelte sich in ein Handtuch. Der Althippie sollte sie nicht auch noch halb nackt sehen. In den letzten Tagen war es nämlich nicht besser geworden. Mit den Blicken, den Sprüchen, dieser plumpen Art von Anmache.

»Wahrscheinlich hat er gerochen, dass wir hier sind«, brummte Paulina wenig begeistert. »Manche Leute haben solche Antennen.«

»Ich glaub, ich geh lieber«, zischte sie Paulina zu, da war Kalle schon bei ihnen.

»Mädels, macht euch heute Abend schick!«, rief er in bester Ferienlaune. »Rosa lädt uns zum Essen ein.«

»Aha. Und wieso?« Paulina richtete sich auf. Ihre Schultern und ihre Waden sahen aus wie paniert.

»Die Möbel sind da. Ich habe sie gerade aufgebaut. Also mit Fabios Hilfe. Der junge Mann ist ja doch einigermaßen auf Zack.« Ein Lächeln glitt über sein Gesicht. »Sieht richtig knorke aus, ihr werdet staunen.«

Paulina gluckste leise. »Ist ja knorke.«

»Mach dich nur lustig, meine Hübsche. Ihr sagt doch heutzutage immer nur *cool* und *geil*, das ist weitaus weniger originell.«

Charlotte nutzte den Moment, als Kalle sich das Shirt über den Kopf zog, und streifte sich ihr Strandkleid über den nassen Bikini.

»Du gehst schon?« Die Enttäuschung stand ihm ins Gesicht geschrieben.

»Ja. Zu viel Sonne.« Ihr Blick ging unwillkürlich über seinen immer noch drahtigen Körper.

»Du musst dich gut eincremen, Charlottchen. Und einen Hut aufsetzen.«

»Ja, weiß ich«, entgegnete sie, warf Paulina ein knappes *Ciao* hin und stapfte los.

Situationen wie dieser ging sie besser gleich aus dem Weg. Damit gar nicht erst Missverständnisse aufkamen. Vielleicht war ja auch Fabio zu Hause. Seit sie an seinem Bett gesessen hatte, nutzte sie jede Sekunde, um ein paar Worte mit ihm zu wechseln. Oft redeten sie über Belangloses wie das Wetter oder das Inselleben, bisweilen auch über Filme, Bücher und Politik. Fabio war belesen, er teilte ihre Liebe für Krimis, dänische Fernsehserien und Strawinsky. Im gleichen Maße, wie sie sich darüber freute, dass er mittlerweile auch mal auf sie zukam, um sie etwas zu fragen oder ihr einen Kaffee anzubieten, beunruhigte sie der Gedanke, er könne Hals über Kopf abreisen. Er wollte sich einen Job auf Ischia oder Capri suchen, das hatte er mehrfach angekündigt. Charlotte vermutete hingegen, der wahre Grund lautete Kalle. Der alte Weggefährte ihrer Mutter machte sich zwar nützlich, wo es nur ging, dennoch störte er, ohne dass sie es näher erklären konnte, die Harmonie. Niemand schien auf seine Anwesenheit gesteigerten Wert zu legen. Paulina ließ ihn dies sogar mehr als deutlich spüren, nur ihre Mutter war zu großherzig, um den Freund von damals vor die Tür zu setzen.

Charlotte wollte sich rasch den nassen Bikini ausziehen, als sie nach Hause kam, aber Rosa bugsierte sie ohne Umwege ins Balkonzimmer.

»Na, mein Kind, was sagst du?«

Charlotte blickte sich staunend um. Mit den gelben Möbeln aus Neapel erstrahlte der Raum in neuem Glanz. Die unterschiedlichen Gelb-, Blau- und Fliedertöne bissen sich ebenso wenig wie die bunten Farben der Inselhäuser, die ganz Procida zum Leuchten brachten.

»Ein Traum, Mama! Es ist wirklich wunderschön geworden.«

»Nicht zu bunt?«

Charlotte schüttelte den Kopf.

»Herzchen, ich finde, du solltest jetzt hier schlafen.«

»Nein, Mama. Das ist Paulinas Zimmer.« Sicher, das Mädchen hatte es bequemer und ruhiger als sie selbst, aber sie konnte und wollte der Kleinen nicht zumuten, mit ihrer Mutter in einem Bett zu schlafen. »Wenn wir mal im Herbst oder Winter hier sind und Paulina nicht da ist, komme ich gerne auf das Angebot zurück«, sprach sie weiter.

»Weihnachten!«, rief Rosa aus. »Lotte, was hältst du von Weihnachten?«

»Das sehen wir dann.« Denkbar war es, nur plante sie wegen ihrer Konditorei nicht gerne allzu lange im Voraus. »Wo steckt eigentlich Fabio?« Beim Heimkommen hatte sie ihn zu ihrer Enttäuschung nicht angetroffen.

»Ich weiß es nicht, mein Kind. Er hat sich nicht bei mir abgemeldet. Oha! Da vermisst ihn aber jemand ziemlich, oder?«

»Quatsch!«, entgegnete sie wohl eine Spur zu heftig, denn Rosa grinste süffisant.

»Du kannst ruhig zugeben, dass du ihn magst.«

»Natürlich mag ich ihn. So, wie wir ihn alle mögen. Außerdem ist er ein Hypochonder.«

»Aber längst nicht mehr so schlimm.« Rosa lachte. »Charlotte, was hast du bloß mit ihm angestellt?«

»Okay, Themawechsel.«

Schon als Teenager hatte sie es nicht leiden können, wenn ihre Mutter sie nach den Jungs, mit denen sie loszog, ausgehorcht hatte. *Ist er hübsch? Wie alt? Ach, Charlottchen, nun greif schon zu, du musst ihn ja nicht gleich heiraten! Dr. Soundso kann dir doch die Pille verschreiben, also rein prophylaktisch.*

Erst am Abend im Restaurant – sie waren bereits beim Aperitif, und Kalle erzählte mit gewissem Stolz von den Saufgelagen seiner Jugend – kam Fabio abgekämpft und mit verschwitzten Nackenhaaren dazu. Er entschuldigte sich, er sei einem Bekannten aus Neapel über den Weg gelaufen, der eine Touristengruppe herumgeführt habe, dann ließ er sich auf den Stuhl neben Charlotte fallen. Nicht sie hatte dafür gesorgt, dass er frei geblieben war. Es war Rosa gewesen, die die Sitzordnung als Gastgeberin festgelegt hatte. Sie neben Kalle, Charlotte und Fabio ihnen gegenüber, Paulina am Kopf des Tisches. Charlotte war ihrer Mutter äußerst dankbar. Kalles Heldengeschichten, diese alten Kamellen, die er, von röhrendem Gelächter untermalt, zum Besten gab – wen interessierte das eigentlich? Nach dem zweiten Glas Wein wurde aber auch sie lockerer und lachte über die eine oder andere Anekdote. Solange Fabio nur neben ihr saß, war die Welt in Ordnung. Der Wein war ihr längst in den Kopf gestiegen, sie wollte immer mehr von dieser Leichtigkeit, von diesem Gefühl, nur hier und jetzt und ganz exklusiv an Fabios Seite zu sitzen. Dabei nutzte sie jede Gelegenheit, ihm beiläufig über den Arm zu streichen oder sich für einen Sekundenbruchteil an ihn zu lehnen. Und bisweilen hatte sie das Gefühl, er erwidere den Druck auf ihren Arm.

Doch dann passierte es. Schuld war Kalle. Wieder einmal Kalle. Schon seit geraumer Zeit starrte er Charlotte an. Und als die Kellnerin den Hauptgang – einen gegrillten Fisch – auf dem Beistelltischchen filetierte, beugte er sich zu ihr hinüber und sagte mit alkoholschwerer Zunge: »Indiskrete Frage, Charlotte, aber wie alt bist du eigentlich?«

»Bitte?«

»Na, wie alt du bist?« Er lachte gurgelnd. »Jährchen, die man auf dem Buckel hat, *capisci*?«

»Ich wüsste nicht, was dich das angeht.«

Kalle grinste breit. Petersilie zwischen den makellosen Schneidezähnen. »Wo ist das Problem? Man wird doch wohl mal fragen dürfen.«

Charlotte schnaubte leise. Aus dem Augenwinkel registrierte sie, dass Rosa sie mahnend ansah, doch zu spät. Es musste raus – und zwar jetzt sofort. Zu viel hatte sich in den letzten Tagen aufgestaut. »Man fragt das nicht einfach nur so, Kalle«, sagte sie in schneidendem Ton. »Man hat dabei immer einen Hintergedanken. Und ich wüsste gerne, welcher das bei dir ist.«

Schweigen.

Rosa knibbelte an ihren rot lackierten Fingernägeln. Paulina kicherte unterdrückt.

»Checkst du mich ab und guckst, ob ich für dich noch infrage komme? Oder bin ich dir schon zu alt? Kein Problem, es gibt durchaus jüngere Frauen als mich in der Runde. Paulina wird begeistert sein.«

Kalle hob überrascht die Augenbrauen. Dann grinste er, halb verlegen, halb spöttisch, machte jedoch keine Anstalten, sich zu verteidigen.

»Jetzt sag halt was!«

»Was soll ich denn sagen? Ich bin ganz bestimmt nicht …« Er schüttelte den Kopf, strich sich über den Zauselbart. »Also, wenn du glaubst, dass ich hier auf Brautschau bin oder so …«

Charlotte schob ihren Stuhl zurück. »Verzeihung, ich brauch mal frische Luft.« Und dann tat sie das einzig Sinnvolle: Sie ging raus. Wäre sie noch eine Sekunde länger sitzen geblieben, wäre es zum Eklat gekommen. Und das wollte sie nicht. Nicht vor Fabio.

Eine Weile stand sie vor dem Lokal, aufgewühlt, vom Wein leicht schwankend. Menschen glitten vorbei, das Wasser klatschte leise gegen die Kaimauer, und ein lauer Wind strich ihr um die Beine. Es war dringend nötig gewesen, Kalle die Meinung zu sagen, nur wäre es besser gewesen – das wurde ihr in dieser Sekunde klar –, sie hätte einen anderen Zeitpunkt gewählt. Rosa hatte sich so auf den Abend gefreut. Jetzt hatte sie nicht nur ihrer Mutter, sondern auch sich selbst den Spaß verdorben. Dabei lief es gerade so vielversprechend mit Fabio. Sie waren vertraut miteinander, beinahe wie Freunde, dazu spürte sie, wie es unter der Oberfläche ihres Geplänkels knisterte. Und sie hoffte inständig, dass auch er etwas mehr als bloß die gute Bekannte in ihr sah.

Ein Liebespaar schlenderte Arm in Arm vorüber, blieb an einem Fischerboot stehen und küsste sich. Und noch während Charlotte darüber nachgrübelte, wann sie selbst zuletzt so rumgeknutscht hatte und ob sie womöglich vollkommen aus der Übung war, stürmte Paulina aus dem Lokal und rannte an ihr vorbei.

»Wo willst du denn jetzt hin?«, rief Charlotte ihr nach.

Paulina drehte sich um, und ihre langen Haare flatterten. »Weg! *Ciao!* Schönen Abend noch. Und ärgere dich nicht über Kalle. Der ist manchmal nur ein bisschen plump.« Sie reckte den Daumen in die Luft, wohl ein Zeichen, das der hübsche Italiener, den Rosa Alain Delon nannte, wieder auf der Bildfläche erschienen war – weg war sie.

»Charlotte?«

Fabio tauchte so plötzlich neben ihr auf, dass ihr Herz für ein paar Takte aussetzte.

»Weißt du, wo Paulina hinwollte?«, fragte sie und versuchte, ihrer Stimme einen beiläufigen Klang zu geben.

Fabios Schultern hoben und senkten sich. »Irgendein Date, glaub ich.«

»Aha.« Charlottes Kehle war plötzlich so staubtrocken, dass sie kaum sprechen konnte. »Sollen wir wieder reingehen?«

Fabio rieb sich die unrasierten Wangen, dann schüttelte er den Kopf.

»Ist Kalle sauer auf mich?«

»Dazu sollte er keinen Grund haben, oder?«

Schweigend schaute Charlotte aufs Meer, das in der heraufziehenden Dämmerung wie mit einer glänzenden Folie überzogen aussah.

»Deine Mutter und er haben was zu besprechen«, erklärte er. »Besser, wir stören nicht.«

Charlotte jubilierte im Stillen. Etwas Besseres konnte ihr gerade kaum passieren.

»Wollen wir ein Stück gehen?«, fragte sie.

»Sehr gerne. Und eine rauchen. Ich hol mir Zigaretten.«

»*Du* rauchst?«

»Schon lange nicht mehr. Aber jetzt hab ich einfach Lust.«

Charlotte musste lachen. »Aber wenn du jetzt eine rauchst, könntest du an Lungenkrebs sterben«, sagte sie.

»He, nicht so frech!« Fabio schnalzte leise mit der Zunge, und aus einer Laune heraus hakte sie sich bei ihm ein. »Das Risiko nehme ich in Kauf.«

Und dann zogen sie auf der Suche nach einem *sali e tabacchi*, der noch geöffnet hatte, los.

* * *

Da lag dieser köstliche Fisch vor Rosa auf dem Teller, zartweißes Fleisch mit einem Portiönchen Datteltomatenmousse, dazu gab es einen Klacks Risotto mit Scampi-Creme, aber sie brachte keinen Bissen runter. Ja, sie hatte einiges an Wein intus, gleichzeitig war sie so stocknüchtern wie nie zuvor.

»Das ist nicht fair!«, schimpfte sie. »Warum musst du diesen schönen Abend kaputt machen? Menschenskinder … ausgerechnet … Sag doch mal, Kalle … ach, herrje!« Bloß nicht weinen, das fehlte noch, sie war doch keine sechzehn mehr.

Kalle legte die Gabel am Tellerrand ab. »Soweit ich mich erinnere, hat Charlotte den Abend kaputt gemacht, nicht ich.«

»Ja, und sie hat auch allen Grund dazu.«

»So, wirklich?«

Er lächelte spöttisch. Bloß einen Mundwinkel hochgezogen, schläfriger Blick. So hatte er damals schon dreingeschaut. Und dann dämmerte Rosa, dass dieses Lächeln mit ein Auslöser dafür gewesen war, dass sie … Ach, Schwamm drüber. An Dinge, die sich mit Kalle unterhalb der Gürtellinie abgespielt hatten, wollte sie nicht mehr denken.

Sie griff nach der Weinkaraffe, doch sie war leer. »*Ancora un mezzo litro!*«, rief sie dem Kellner zu.

»Rosa, du solltest aufhören zu trinken.«

»Und du solltest aufhören, dich in mein Leben einzumischen, *capisci*?« Ihre Hände zitterten, als sie die Karaffe wieder abstellte.

Eine beklemmende Stille trat ein. Kalle griff nach ihrer Hand, aber sie entzog sie ihm.

»Was willst du eigentlich?«, fragte sie, nachdem der Kellner den Wein gebracht und sie sich ein Glas eingeschenkt hatte. Allerdings trank sie nicht, sondern hielt sich bloß mit gekrampften Fingern daran fest.

»Reinen Tisch machen.«

In ihrem Brustkorb fühlte es sich plötzlich eng an, und Schauer jagten über ihren Rücken. »Wie meinst du das?«

»Rosa, als ich renoviert habe, musste ich kurz in dein Zimmer.«

»Aha? Wozu?«

»Eine marode Stelle an der Hauswand ausbessern. Das ging nur von deinem Fenster aus.«

»Und weiter?« Sie nahm einen großen Schluck.

»Na ja, ich hab's gemacht. Alles wieder paletti. Hast du nicht bemerkt, hm?«

Sie verneinte.

Kalle kratzte sich den Bart. Im nächsten Moment zog er ein schmerzliches Gesicht. »Na ja«, sagte er, »da lag er dann plötzlich.«

»Wer?«

»Du kannst mir jetzt einen Vorwurf machen, dass ich draufgeguckt habe, aber – sorry – es ist irgendwie ganz automatisch passiert.«

»Meine Güte, wovon redest du?«

»Charlottes Ausweis. Sie ist am 23. März 1974 geboren.«

Rosa kippte das halbe Glas auf ex weg. »Ja, richtig. Es war ein schöner sonniger Tag. Fast schon Frühling. Zwanzig Stunden Wehen.«

»Wer war denn bei dir?«

»Niemand. Wieso? Ist das wichtig? Frauen haben das Jahrtausende lang allein geschafft. Dass die Kerle jetzt im Kreißsaal stehen und reihenweise umkippen …« Sie schnaubte. »Total überflüssig, wenn du mich fragst.«

»Und dass einem jemand die Hand hält, ist auch überflüssig?«

Sie nickte.

»Ich hätte es trotzdem tun können.« Abermals griff er nach ihrer Hand.

»Mach dich nicht lächerlich, Kalle.« Sie schnaubte. »Du konntest früher nicht mal hinsehen, wenn sich jemand in den Finger geschnitten hat. So, wollen wir einen Nachtisch bestellen? Was Süßes flutscht doch immer.«

»Ach, doch noch Hunger?« Er blickte sie durchdringend an, und unangenehm berührt, entzog Rosa ihm wieder ihre Hand.

»Hallo, Kellner!«, rief sie. »Ein Tiramisu, bitte. Du auch, Kalle?«

Er schüttelte den Kopf und orderte einen Espresso.

Das Tiramisu kam *subito,* und Rosa genoss den ersten Löffel. Der zweite war ihr fast schon zu viel, und beim dritten sagte Kalle: »Sie ist mir gleich auf der Fähre aufgefallen.«

»Wer?«, fragte sie überflüssigerweise.

»Charlotte.«

»Ja, sie ist hübsch, ich weiß.«

»Sie hat deine Himmelfahrtsnase und deine schmalen Hände geerbt.«

»Ganz genau. Und meinen Mund.«

»Vielleicht.« Schatten lagen plötzlich unter Kalles Augen, als er fortfuhr: »Vielleicht aber auch nicht.«

»Ist doch auch schnuppe. Lotte ist gut geraten und gesund, das ist ja wohl das Allerwichtigste.«

Schon seit einer Weile kramte Kalle in seiner Hosentasche, jetzt zog er ein zerknittertes Foto hervor und legte es wortlos auf den Tisch. Es war eine alte Aufnahme, schwarzweiß, bereits ein wenig verblichen. Aber die junge Frau darauf war gut zu erkennen. Schulterlange, in Wellen gelegte Haare, akkurat geschminkte Lippen, Pelz-Bolero-Jäckchen. In ihrem Arm ein Baby im Matrosenanzug.

»Hübsch«, sagte Rosa und gab ihm das Foto zurück. Doch er legte es wieder auf den Tisch, gleich neben ihren Dessertteller.

»Der Kleine da, der bin ich.«

»Hübsch. Sagte ich doch.«

»Und die Frau ist meine Mutter.«

Rosa nickte. Und weil ihr nicht einfiel, was sie sonst tun konnte, stocherte sie mit dem Löffel in ihrem Dessert herum.

»Findest du nicht auch, dass sie wie Charlotte aussieht?«

»Wenn du meinst …« Rosas Stimme wackelte, während sie einen zweiten flüchtigen Blick aufs Foto warf. Kalle hatte recht. Die Frau sah Charlotte tatsächlich ziemlich ähnlich. Mehr noch: Sie war ihr wie aus dem Gesicht geschnitten.

»Lustig, oder?«, sagte Kalle und hackte seinen Löffel in das kleine bisschen Tiramisu, das noch nicht Rosas Übersprungshandlung zum Opfer gefallen war.

Die Jahre, in denen sie unter Hitzewallungen gelitten hatte, waren längst vorbei, dennoch überkam es sie wie damals. Erst prickelte ihr Gesicht, dann brannte es wie Feuer, und der Schweiß brach ihr aus. Mit zittrigen Fingern nestelte sie ein Taschentuch aus ihrer Kelly Bag und tupfte sich die Stirn ab.

»Brauchst du noch mehr Beweise?«, fuhr Kalle gelassen fort. »Die roten Haare kann man auf dem Foto ja leider nicht sehen. Auch nicht die angewachsenen Ohrläppchen. Hat Charlotte ja auch, wenn mich nicht alles täuscht. Und ihre Mimik und Gestik …« Er lachte leise. »Als wäre meine Mutter wiederauferstanden.«

»Kalle, das ist doch Unfug!«, schnappte Rosa. »Das muss ich mir wirklich nicht länger anhören. Also, ich verstehe dich nicht … Du überfällst mich hier, bringst alles durcheinander …«

Ein Kloß stieg ihr in die Kehle, und bevor sie noch vor Kalle losheulte, sprang sie auf und hastete aus dem Lokal. Bloß weg von hier. Von diesem Mann. Von ihrer Vergangenheit. Und auch von ihrem verkorksten Leben. Nur: Konnte man das eigentlich – vor sich selbst weglaufen?

* * *

»*Sei securo?*«, wisperte Mario ihr ins Ohr.

»Was?«

»Bist du dir sicher?«

Er schob seinen Daumen unter den Bund ihres Slips, und Paulina nickte.

Ja, sie war sich sicher. So sicher, wie man sich einer Sache nur sicher sein kann. Er war endlich wieder aufgekreuzt, und sie wollte, dass sie es taten. Hier, in ihrer Bucht, die langsam von der Nacht verschluckt wurde. Bevor er womöglich wieder abhaute, um sich irgendwo auf dem Festland einen Job zu suchen. Sein Akku war hinüber gewesen, das Ladegerät hatte er auf der Insel vergessen, und während er in Neapel ein Restaurant nach dem anderen abgeklappert hatte, war eben keine Zeit geblieben, um ein neues zu besorgen. Vielleicht stimmte die Geschichte ja auch gar nicht, aber wenn schon. Hätte sie ihm etwa eine Szene machen sollen? Sie waren ja nicht mal richtig zusammen. Hauptsache, er lag jetzt neben ihr im Sand und küsste sie. Und während er sie langsam auszog, dachte sie, dass der Moment perfekt war. Ihr Herz klopfte in freudiger Erwartung, jede Faser in ihr kribbelte, und sie fühlte sich so lebendig wie selten zuvor. Und dann musste sie sich eingestehen, dass das wohl diese Sache war, die man Verliebtsein nannte und die am Ende meistens alles so schrecklich kompliziert machte. Weil man so vieles gleichzeitig wollte: Exklusivität, Liebesschwüre, einen Vertrag auf Lebenszeit. Aber es würde keine Zukunft mit Mario geben, weder hier auf der Insel noch in Berlin, das war ihr klar, als sie ihn küsste, ihm mit dem Kondom half, weil er sich ein bisschen ungeschickt anstellte und ihn schließlich zu sich heranzog. Die Wellen rauschten, die Zeit verschwamm. Vielleicht dauerte es eine kleine Ewigkeit, vielleicht bloß einen Augenblick, sie hätte es im Nachhinein nicht zu sagen gewusst.

»*Grazie*«, murmelte sie, kaum dass sie wieder zu Atem gekommen waren.

Er hob den Kopf, grinste. »Hey! Ich bin aber kein Callboy!«

Paulina lachte schallend auf. Nein, das war er nicht. Aber wäre er einer, hätte er seinen Job ziemlich gut gemacht.

Und es ging weiter. Nach der Pflicht kam die Kür, mit jedem Mal wurde es schöner, noch eine Spur intensiver, und als sich Mario sehr viel später erschöpft in ihrer Armbeuge zusammenrollte, standen Tränen in seinen Augen.

Paulina erschrak. Hatte sie etwas falsch gemacht? Oder wollte er das Ganze womöglich beenden, bevor es richtig angefangen hatte?

»Mario? *Che cosa?*«

»*Niente.*« Er setzte sich auf, rieb sich den Sand von den Schultern und blickte sie ernst an. »Du bist einfach … *così bella*. Und ich meine nicht nur deine Augen …, deinen Mund …, deine Haare.«

Es war das wohl wunderbarste Kompliment, das sie jemals bekommen hatte, aber was wusste er schon von ihr? Er kannte sie doch kaum, hatte keine Ahnung von ihrem bisher nicht besonders ruhmreichen Leben. Und auch für sie war Mario immer noch ein Unbekannter.

Ihr wurde kalt, sie kramte ihr Shirt aus der Basttasche und zog es über.

»Geh nicht.« Mario griff blitzschnell nach ihrer Hand. »Wir können doch hier schlafen.«

»Aber dafür ist es viel zu kalt.«

»*No!* Ich wärme dich.« Er breitete seine Arme aus und lächelte.

»Rosa und die anderen werden sich Sorgen machen.«

»*Macché!*«

Mit dem Zeigefinger fuhr er die Linien ihrer Schlüsselbeine entlang, und als er sie zart auf den Hals küsste, entschied sie sich zu bleiben.

19.

Es war weit nach Mitternacht, Charlotte saß mit Fabio und Kalle am Küchentisch, und die Zeit schien stillzustehen. Rosa war wie vom Erdboden verschluckt. Weder hatte sie angerufen, noch ging sie an ihr Handy. Paulina ließ sich ebenfalls nicht blicken, aber bei ihr musste man sich keine Sorgen machen. Wie es schien, erlebte sie gerade ihre erste große Liebe, da hatte sie wirklich Besseres zu tun, als früh nach Hause zu kommen.

»Noch Wasser da?«, erkundigte sich Kalle mit schmalen, blutleeren Lippen.

Charlotte stand auf, nahm eine Flasche aus dem Kühlschrank und stellte sie ihm, ironisch lächelnd, hin. »Bitte sehr, der Herr.«

»Danke sehr, meine Liebe.«

Ich bin nicht deine Liebe, dachte sie, verkniff sich jedoch die Bemerkung. Ihr Verhältnis zu diesem Mann war im Moment nebensächlich.

»Versteh mich nicht falsch, Kalle, aber meine Mutter haut nicht einfach grundlos ab«, nahm sie einen erneuten Anlauf. »Weswegen habt ihr euch gestritten?«

Kalle hob die Hände, als wollte er prüfen, ob Wasser durch die Decke tropfte. »Alter Kram. Das interessiert doch jetzt nicht.«

»Mich schon. War es meinetwegen?«

»Ach, Charlotte.« Kalle machte eine beschwichtigende Geste. »Bestimmt ist deine Mutter nur ein bisschen spazieren gegangen. Den Kopf auslüften. Und dann hat sie jemanden getroffen und sich verquatscht.«

»Na klar!« Charlotte lachte gurgelnd auf. »Ausgerechnet an dem Abend, an dem sie uns zum Essen einlädt, geht sie den Kopf auslüften, trifft jemanden und verquatscht sich. Absolut überzeugend.«

»Ich mach mal einen Espresso«, sagte Fabio. »Wollt ihr auch einen?«

Während Kalle geistesabwesend nickte, griff Charlotte nach ihrem Handy und versuchte, ihre Mutter ein weiteres Mal anzurufen. Doch wieder schaltete sich nur die Mailbox ein. Es war zum Verzweifeln! Immer größer wurde ihre Sorge, Rosa könne etwas zugestoßen sein.

Das Alukännchen auf dem Herd begann zu zischen, und just in diesem Augenblick waren durch das gekippte Fenster energische Schritte zu hören, schon drehte sich ein Schlüssel im Schloss.

»Oh Gott, endlich!«

Charlotte wollte ihrer Mutter entgegenlaufen, aber dann stand nur Paulina, die Haare zerzaust, das T-Shirt derangiert, in der Tür.

»Was guckt ihr denn so?«, fragte sie. »Ja klar, es ist spät, aber … ey, Leute … ich bin volljährig. Ich kann machen, was ich will.« Sie schwenkte eine cognacfarbene Handtasche. »Die gehört doch Rosa, oder? Ich war eben noch mit Mario was trinken und …«

»*Merda!*« Fabio riss Paulina die Kelly Bag aus der Hand, klickte sie auf und wühlte darin herum.

»Was machst du denn da?«, fragte Charlotte irritiert.

»Kann mir bitte mal jemand erklären, was hier eigentlich los ist?«, fragte Paulina dazwischen.

»Rosa ist verschwunden«, sagte Kalle. »Sie geht nicht ans Handy und …« Er zuckte mit den Achseln, atmete schwer.

Unterdessen fischte Fabio ein blaues Etui aus der Handtasche, und sein starrer Blick ging zu Charlotte. »Sag mal, hat sie noch so eins? Das sie immer bei sich trägt? Wo alle Utensilien drin sind?«

»Wie bitte? Ich versteh nicht.«

»Ihr Blutzuckermessgerät, Insulin, Lanzetten … den ganzen Kram, den sie eben so braucht.«

Ein gellender Schmerz durchzuckte Charlottes Schädel. »Was redest du da? Meine Mutter ist nicht krank.«

Im Licht der Flurbeleuchtung sah Fabio kalkweiß aus. »Du weißt es nicht? Ich dachte …« Er brach ab.

»Was? Fabio, WAS?«

»Rosa hat Diabetes. Sie spritzt schon seit einigen Jahren, ist aber so weit gut eingestellt. Also kein Grund zur Sorge.«

Seine Stimme war immer leiser geworden, und Charlotte suchte am Türrahmen Halt. Im Sekundenbruchteil war ihre Welt in sich zusammengefallen. Warum um Himmels willen hatte Rosa ihr nie etwas davon gesagt? Sie war doch ihre Tochter!

»Wusstest du das, Kalle?«, fragte sie, und ihre Stimme bebte.

»Ich? Nee. Hab meine Schöne doch Jahrzehnte nicht gesehen.«

Dann, an Paulina gewandt: »Du?«

Doch das Mädchen antwortete nicht, schaute bloß glasig durch sie hindurch.

»Los, gehen wir sie suchen.« Kalle war bereits an der Tür und zog sich die Schuhe an. »Na, hopp! Steht nicht rum wie die Ölgötzen. Fabio und Charlotte, ihr schaut euch an der Promenade und in Corricella um. Paulina ...« Er schnippte sie mit den Fingern herbei. »Wir laufen rüber zum Hafen.«

Erst als Charlotte hinter den anderen aus der Tür gestürmt war, begriff sie allmählich, in welcher Gefahr ihre Mutter schwebte.

* * *

Die Nacht war so dunkel, so rabenschwarz, so ohne jede Hoffnung. Und wäre da nicht Fabio gewesen, der wie selbstverständlich ihre Hand nahm, hätte Charlotte sich womöglich auf die Stufen vor dem Haus gesetzt und geweint.

Dabei war es ein so wundervoller Abend gewesen, einer der schönsten seit Langem. Von einem lauen Lüftchen gestreichelt, waren Fabio und sie kreuz und quer durch die verwinkelten Gassen Corricellas geschlendert, sie hatten den Duft von Oleander geschnuppert, und manchmal waren sie auch stehen geblieben, weil ihnen irgendein interessantes Detail aufgefallen war: ein rosa getünchter Mülleimer, ein Zitronenbaum, üppig mit Früchten behangen, eine Kuhschnauze als Dekoration beim Metzger. Später hatten sie in einer Bar an der Promenade einen Absacker getrunken. Nein, zwei, und dazu eine Zigarette gepafft. Schulter an Schulter hatten sie dagesessen, dem Plätschern des Meeres gelauscht und über alles und nichts geredet: Kuchen und Blumensorten, Reisen und Schultraumata, Politik, Kunst und Fabios Hypochondrie, die ihn seit vielen Jahren mehr oder weniger heftig quälte. Einige Themen hatten sie bloß angeschnitten, andere vertieft, sie hatten einander angelächelt, und einzig ein Kuss hätte Charlotte zum perfekten Glück gefehlt. Doch dazu war es nicht gekommen. Weil sie nicht den Mumm gehabt hatte, sich Fabio zu schnappen und es einfach zu tun. Und jetzt ärgerte sie sich umso mehr darüber, weil gerade Dinge geschahen, die im schlimmsten Fall ihr ganzes Leben aus den Angeln heben würden.

Im Eilschritt ging es über die Hafenpromenade. Fabio sprach einen Betrunkenen an, der ihnen entgegengetorkelt kam, doch er wankte lallend weiter.

»Ich hab Angst«, sagte Charlotte.

»Das musst du nicht«, erwiderte Fabio und drückte ihre Hand. »Rosa kennt die Symptome einer Unterzuckerung. Im Notfall weiß sie sich schon zu helfen.«

»Wieso hat sie mir bloß nichts gesagt?«

Fabio wandte ihr den Kopf zu. Tiefschwarze Augen. In die hatte sie sich zuerst verliebt. »Ich weiß es nicht. Vielleicht wollte sie dich nicht beunruhigen.«

»Weißt du, was wirklich beunruhigend ist? Wenn einem die eigene Mutter etwas so Wichtiges verschweigt. Das zeigt doch, dass sie überhaupt kein Vertrauen zu einem hat.«

»Das glaube ich nicht. Es zeigt, dass sie dich liebt. Sehr sogar. Sie verschont dich bloß mit ihren Sorgen und Nöten.«

Sie eilten weiter, und mit jedem Meter wurde Charlottes Furcht größer. Wie eine Schlinge schnürte sie ihren Hals immer mehr zu. Bilder der Vergangenheit stiegen vor ihr auf, Erinnerungen, die sie lange in unzugänglichen Schubfächern ihres Hirns verschlossen gehalten hatte. Es war der Herbst ihrer Einschulung. Rosa hatte ihr zu dem Anlass ein neues rotes Fahrrad, einen Hüpfball sowie ein kitschiges Barbiehaus geschenkt. Und es gab Süßigkeiten in Hülle und Fülle. Lollis, Schokolade, Gummibärchen und Lakritze. Das war die eine Seite ihrer Mutterliebe, die andere, dass sie fast jeden Abend fort war. Was sie genau tat, wusste Charlotte nicht. Nur, dass immer andere Männer kamen, um ihre bis zum Gehtnichtmehr aufgetakelte Mama abzuholen. Mal quartierte Rosa sie bei einer Freundin ein, mal bei der furchterregenden Nachbarin mit dem Damenbart. Lippenstiftküsschen auf die Wange, weg war sie. Die Nächte in den fremden Betten waren voller gruseliger Monster und Geister. Angstgrummeln im Magen. Was, wenn ihre Mama mit einem der Männer fortging und nicht mehr zurückkam? Was, wenn ihr etwas zustieß und sie starb?

Tot. Es war das erste Wort, das Charlotte nach ihrem eigenen Namen und *Mama* schreiben lernte. Drei Buchstaben, die Zittern und Übelkeit bei ihr auslösten, manchmal in so heftigen Schüben, dass sie nicht in die Schule gehen konnte. Sie hatte ja nicht mal einen Papa, der sich im schlimmsten Fall um sie kümmern könnte. Und keine Großeltern. Womöglich musste sie ins Heim! Der Gedanke war so furchterregend, dass sie stundenlang zu Gott betete, er möge ihr nicht die Mama wegnehmen.

Charlotte wurde älter, und ihre Angst, Waise zu werden, wich einer maßlosen Wut auf ihre Mutter. Weil sie stets Männer zur Selbstbestätigung brauchte und ihr damit das Gefühl gab, als Tochter nicht zu genügen. Egal, was für Noten sie nach Hause brachte, egal, wie sehr sie sich anstrengte, ihr Zimmer in Ordnung zu halten und im Haushalt mitzuhelfen.

Fabio lief mit langen Schritten voraus, er spähte in jeden Hauseingang, hinter jede Mülltonne, während Charlotte aus Leibeskräften nach ihrer Mutter rief. Einmal ging ein Fenster auf, und ein Mann brüllte: »*Silenzio!*«, woraufhin Fabio mit einer Kaskade italienischer Schimpfwörter antwortete. Er telefonierte kurz mit Kalle, doch auch der wusste nichts Erfreuliches zu berichten. Rosa war unauffindbar. Sie suchten weiter, kehrten erst ein paar verzweifelte Stunden später müde und erschöpft ins rosa Haus zurück. Hinsetzen, durchatmen und überlegen, was sie jetzt noch tun konnten. Die Polizei informieren? Bis zum Morgen abwarten? Noch einmal losziehen und den Radius vergrößern?

Paulina rollte sich auf dem Sofa zur Schnecke zusammen, und bloß einen Wimpernschlag darauf schien sie bereits zu schlafen. Charlotte zog den Kühlschrank auf – sie brauchte jetzt dringend einen Schluck Wasser –, da stand auf einmal Kalle neben ihr und legte ihr den Arm um die Schulter. Sie ließ ihn gewähren. Weil er sie bloß trösten und nicht anmachen wollte, das verriet sein mitfühlender Blick.

»Rosa ist stark, die beißt sich schon durch.« Er klang wie die Ruhe selbst. »So war das früher, und heute ist es ganz sicher nicht anders.«

»Damals war sie aber noch nicht zuckerkrank.« Charlotte nahm eine Wasserflasche raus und stieß die Kühlschranktür zu.

»Trotzdem. Glaub mir. Ich weiß, dass ihr nichts passiert ist.« Er lächelte, und die vielen Fältchen rund um seine Augen hatten etwas so Zugewandtes und Ehrliches, dass sie gar nicht anders konnte, als ihm in diesem Moment zu glauben.

»Na komm, hau dich aufs Ohr«, fuhr er fort. »Wenn Rosa morgen früh immer noch nicht da ist, gehen wir zur Polizei.«

»Aber ich kann doch jetzt nicht einfach schlafen!«

»Und ob du das kannst. Du hilfst deiner Mutter ganz

bestimmt nicht, indem du hier herumhockst und dir den Kopf zerbrichst. Fabio und ich halten schon die Stellung.«

Und weil sich Charlotte wirklich kaum noch auf den Beinen halten konnte, streifte sie die Schuhe ab und wankte mit der Wasserflasche unterm Arm wie betrunken nach oben. Kein Zähneputzen, kein Abschminken, sie legte sich in voller Montur aufs Bett und schloss die Augen.

* * *

Stimmen. Mal waren sie nah, mal fern. Irgendwo flackerte ein Licht, dann drang das Brummen eines Motors an Rosas Ohr. Oder war es ein Hubschrauber, der nur wenige Meter über sie hinwegdonnerte? Angst hatte sie keine, ihr war bloß entsetzlich kalt, und ihre Zunge lag wie ein pelziges Tier im Mund. *Verzeih mir, Lotte, ich wollte dich niemals kränken und schon gar nicht hintergehen. Das alles … das war nur … Die Jahre sind eben ins Land gegangen, verstehst du? Die Minuten, Stunden und Tage sind – frag mich nicht, wieso – viel zu schnell verstrichen, und irgendwann war es zu spät, um es dir zu sagen. Ich hab den richtigen Zeitpunkt verpasst, hörst du? Wie hätte ich denn auch ahnen können, dass er … So viele Jahre hat er sich nicht gemeldet, ich war ja nicht mal existent für ihn und er nicht für mich, so war das eben, war das …* Das Echo ihrer Stimme waberte heran und entfernte sich gleich wieder, als würde es vom Wind davongetragen werden. Und dann stand er plötzlich vor ihr, ihr guter alter Porzellandalmatiner, und blickte sie mit herzzerreißendem Augenaufschlag an. *He, wo kommst du denn her, mein Freund? Ja, ich mag dich auch, sehr sogar, obwohl du schon ein ziemliches Dackelgesicht hast … Und Charlotte. Hach, wie lieb ich meine Lotte habe! Und die kleine Paulina. Aber das nützt jetzt alles nichts mehr, ich sage Tschüss, Adieu, liebe Welt, bin dann mal weg, und dass ich nicht mehr wiederkomme, ist bloß die gerechte Strafe. Ja, ich war feige, so viele Jahre meines Lebens. Aber … herrje, ein letztes Mal auf dem Balkon in dem schönen rosa Haus sitzen und aufs Meer schauen. Ein letztes Mal Charlotte an mich drücken.* Ein letztes Mal dies, ein letztes Mal das, die Liste in Rosas Kopf wurde immer länger, und dann fing der Porzellanhund an zu bellen.

Nein, das war unmöglich! Porzellanhunde können nicht bellen. Oder befand sie sich vielleicht schon auf der anderen Seite, und dort galten die Gesetze des Diesseits nicht mehr? Noch während sie darüber nachgrübelte, fühlte sie eine warme Hand auf ihrer Schulter, dann tätschelte ihr jemand die Wange.

»*Madam? Hello, Madam? Mi sente?*«

Die Hand rüttelte jetzt an ihrem Arm, und Rosa schlug die Augen auf. Über ihr eine haarige Männerbrust. Sie quoll aus einem weißen Unterhemd, und herber Schweißgeruch stieg ihr in die Nase.

»He! Was machen Sie denn da? Und wo bin ich?« War sie womöglich gar nicht im Paradies, sondern noch auf der Erde und einem Lüstling in die Fänge geraten?

Ein italienischer Wortschwall prasselte auf sie nieder, der Hund bellte wieder – nein, es war nicht ihr Dalmatiner, sondern ein Mops –, dann schellte es, der Mann drückte ihr eine Cola in die Hand und schlurfte, von seinem Hund begleitet, davon. Cola, Cola war gut. Halb liegend, nahm Rosa ein paar Schlucke. Sie versuchte sich aufzurichten, doch der Schwindel zwang sie gleich wieder in die Horizontale. Immer war sie wegen des Diabetes auf der Hut, sie überprüfte regelmäßig ihren Blutzucker, und wenn sie aus dem Haus ging, warf sie stets einen Kontrollblick in ihre Kelly Bag, ob sie auch ihr kleines Etui eingesteckt hatte. Und jetzt war es doch passiert. Der viele Alkohol, sie hatte kaum etwas gegessen und ihre Krankheit im Chaos der Gefühle schlicht ausgeblendet. Aber Kalles Gequatsche war eben nur mit Wein, sehr viel Wein, zu ertragen gewesen. Überstürzter Aufbruch, Tasche liegen gelassen, dumm gelaufen. Hätte sie bloß einen kühlen Kopf bewahrt, läge sie jetzt nicht hier. In diesem fremden Zimmer. Kein besonders schönes noch dazu. Mit einem Wäscheständer, über dem ein uringelber Lappen zum Trocknen hing. In der Ecke stand ein Hundenapf. Vielleicht war der Mann ja gar kein Lüstling, schoss es ihr durch den Kopf, sondern hatte sie im Gegenteil gerettet. Mit seinen starken Armen und einer Flasche Cola.

Sie nahm noch ein paar Schlucke – Zucker, sie brauchte noch mehr Zucker –, da war der Mann auch schon wieder zurück, eine drahtige, sonnengebräunte Frau im Schlepptau, die einen schwarzen Koffer neben dem Sofa abstellte.

»*Parla italiano*?«, erkundigte sie sich.

Rosa schüttelte den Kopf.

»*English*?«, fuhr sie fort.

»*Not good English*«, sagte Rosa. »*Little English.*«

»*Good. I also little inglese.*« Sie lachte, stellte sich als *dottoressa* Monteleone vor. »*You ill, signora*?«, fragte sie dann.

»*No, not ill. Diabetes.*«

»*Ah! Diabete! Than you are ill, signora. Make now qualche esami, d'accordo?*«

»*How I pay? Have not my bag and my card.*« Rosa, dein Englisch ist grauenhaft, schoss es ihr durch den Kopf. Wenn du das hier überlebst, machst du einen Englischkurs. Und einen Italienischkurs gleich mit dazu.

»*Don't worry, signora.*«

Dann legte die Ärztin los. Sie maß Rosas Blutdruck, prüfte ihren Blutzuckerspiegel, horchte sie ab, guckte in ihren Rachen und tastete ihren wabbeligen Bauch ab, während der Mann unbeweglich im Türrahmen stand und interessiert zusah. Rosa hätte ihn am liebsten hinausgeworfen, aber er war, das ließ sich unschwer leugnen, so etwas wie ihr Lebensretter. Zudem befand sie sich in seiner Wohnung, da durfte er ja wohl so viel gaffen, wie er wollte.

»*Tutto okay, signora*«, sagte die *dottoressa* einige Augenblicke darauf. Sie packte ihre Untersuchungsgeräte wieder ein und verkündete, Rosa könne nach Hause gehen.

»*But eat something! And in future lei deve fare attenzione.*«

Und in ihrem eigenwilligen Englisch-Italienisch-Kauderwelsch fügte sie hinzu, sie solle in den kommenden Tagen in der Praxis vorbeischauen, um ihre Chipkarte vorbeizubringen. Sie gab ihr ihre Visitenkarte – *Dott.ssa Anna Monteleone* stand dort nebst der Adresse –, dann zog sie, *Felicità* summend, von dannen. Ohne sich den Namen ihrer Patientin zu notieren oder sonstige Sicherheiten zu verlangen. Und erst als Rosa sich überschwänglich bei ihrem verschwitzten Schutzengel bedankt, den Mops gestreichelt und sich auf den Weg gemacht hatte, wurde ihr so richtig klar, dass es noch ehrenwerte Menschen gab. Man musste nur das Glück haben, ihnen zu begegnen.

20.

Was für ein prächtiger Morgen! Der Himmel war blau, mit wattigen Wolken betupft, das Meer kräuselte sich zart, und ein angenehm frisches Lüftchen ging. Und auch wenn Rosa ein schwieriger Tag bevorstand, vielleicht der schwierigste in ihrem Leben, jauchzte sie innerlich. Sie war noch am Leben, fast schon wieder im Vollbesitz ihrer Kräfte. Ihr Wunsch, noch einmal auf dem Balkon zu sitzen und den Blick übers Meer schweifen zu lassen, würde in Erfüllung gehen. Sie würde auch ihr Kind wieder in die Arme schließen können, sofern Charlotte das nach allem, was sie ihr zu sagen hatte, überhaupt noch wollte … Und sie würde all die kleinen Dinge tun dürfen, die im Alltagstrott vielleicht unwichtig erschienen, im Angesicht des Todes jedoch eine vollkommen neue Bedeutung bekamen. Ein Marmeladenbrot essen. Eine Butterblume betrachten. Bienen bei der Arbeit zusehen. Den Geruch von frischem Schnee riechen. Einen Menschen lachen hören. Schlafen und wieder aufwachen. Sich etwas Hübsches anziehen und sich schön wie mit zwanzig fühlen. Eine Hand streicheln. Einer geliebten Person etwas schenken. Dem Rauschen der Bäume lauschen. Von der Wärme eines Sommertags gestreichelt werden. Nach Hause zurückkehren, Kaffeeduft schnuppern und sich aufgehoben fühlen.

Doch dann kam alles anders. Rosa war bloß noch wenige Meter vom Haus entfernt, als Paulina aus der Tür trat und mit flatternden Händen auf sie zulief. Knapp dahinter Kalle und Fabio. Paulina verzog das Gesicht wie bei einem Krampfanfall, da fiel sie ihr schon um den Hals und fing heftig an zu schluchzen.

»Alles gut, mein Kind«, sagte Rosa und streichelte ihr seidiges Haar. »Du musst nicht weinen.«

»Rosa, wo warst du?« Kalle klang reichlich ungehalten.

»Wir waren die ganze Nacht auf, haben dich überall gesucht und…« Paulina wischte sich den Rotz mit dem Handrücken ab. »Ich dachte schon, du bist…« Abermals wurde sie von einem Weinkrampf geschüttelt.

»Ach, Kinder, es tut mir ja so leid!« Rosa blickte flüchtig zu Kalle, der an seinem Bart zupfte. »Ja, ich weiß auch, wie dumm das von mir war… Einfach wegzulaufen… und auch noch meine Tasche liegen zu lassen. Aber ich hatte Glück im Unglück. Mich hat so ein alter Mann aufgegabelt. Ich sag euch, der hatte vielleicht einen süßen Mops…« Sie brach ab. »Ach, ich erzähle euch alles später in Ruhe. Wo steckt Charlotte?«

»Liegt noch im Bett«, sagte Fabio. »Es geht ihr nicht gut. Sie hat Migräne.«

Ihr armer Schatz! Wenn es sie erwischte, dann heftig. Hoffentlich hatte sie rechtzeitig ihre Medikamente eingenommen.

»Und wo wolltet ihr jetzt hin? Brötchen holen?«

»Brötchen!« Kalle schnaubte. »Wir wollten zur Polizei und dich als vermisst melden.«

»Das ist ja nun zum Glück nicht mehr nötig. Habt ihr was zum Frühstücken da? Ich brauche dringend was in den Magen.«

Und während sich Fabio anbot, rasch zum Bäcker zu laufen, hakten Kalle und Paulina Rosa links und rechts unter und brachten sie endlich nach Hause.

* * *

In Charlottes Kopf hämmerte es, und ihr war speiübel, doch das Gefühl, ihre Mutter unversehrt zurückzuhaben, war so überwältigend, dass sie die Schmerzen für einen Moment vergaß und beinahe leichtfüßig die Treppe hinablief, um sie an sich zu drücken. Hauptsache, Rosa war wieder da! Ein ernstes Wörtchen würde sie später mit ihr reden.

»Mama, was machst du bloß für Sachen?«

»Komm, leg du dich mal aufs Sofa. Fabio hat gemeint, du hast Migräne?«

»Ja, aber ...«

»Keine Widerrede. Du musst mich jetzt nicht betüddeln. Ich brauch einfach nur was in den Magen.«

Während Kalle den Frühstückstisch deckte und Reden über das Leben im Allgemeinen und über die pappigen italienischen Brötchen und Hans' Vorliebe für Geschirr mit Lavendelmuster im Besonderen schwang, legte sich Charlotte aufs Sofa. Der Schmerz bohrte, sägte und schraubte unverändert in ihrem Kopf, aber die Übelkeit verflog zum Glück, nachdem Fabio ihr Kaffee eingeflößt und sie mit ein paar Happen Weißbrot mit Zitronenkonfitüre gefüttert hatte.

»Jetzt geh endlich frühstücken«, sagte sie und zog die Wolldecke bis zum Kinn.

»Kann ich dich denn allein lassen?«

Sie lächelte müde. »Wie viele Meter sind es von hier bis zum Tisch? Vier? Du wärst sofort da, um mich zu retten.«

»Ja, das wäre ich.«

Ein verschmitztes Grinsen spielte um seinen Mund, als er sich, ihr immer wieder Blicke zuwerfend, zu den anderen setzte. Und während er bedächtig ein *panino* aufschnitt, dachte Charlotte, dass seit der letzten Nacht etwas Wesentliches passiert war: Sie hatte sich zum zweiten Mal in ihn verliebt. Nicht bloß in seine Augen und seine schönen Hände, sondern in alles, was ihn ausmachte: sein Mitgefühl, seine Fürsorglichkeit sowie seine Stärke, die überraschenderweise in Extremsituationen zum Vorschein kam.

Eine Weile hatte Charlotte das Gespräch am Tisch bloß mit halbem Ohr verfolgt, jetzt drang die laute Stimme ihrer Mutter in ihr Bewusstsein: »Also, ihr übertreibt maßlos, Kinder. Das war überhaupt nicht gefährlich.«

»Oh doch, Rosa«, widersprach Kalle. »Und das weißt du ganz genau. Dein Arzt wird dich ja wohl aufgeklärt haben.«

»Also gut, dann war es eben gefährlich.« Rosa lehnte sich seufzend zurück. »Aber so gesehen ist ja das ganze Leben gefährlich, nicht wahr? Da darfst du gar nicht mehr vor die Tür treten. Es könnte zum Beispiel ein Flugzeug vom Himmel stürzen oder …« Sie hielt inne und wandte Charlotte den Kopf zu. »Fühlst du dich schon besser, mein Kind?«

»Bisschen.«

»Sollen wir leiser reden?«

Charlotte schüttelte den Kopf. »Alles gut.«

Paulina kam mit nassen Haaren die Treppe heruntergetapst, und noch bevor sie sich setzte, wollte sie alles ganz genau wissen. Wer der Mann gewesen sei, der Rosa gerettet habe. Wo er sie überhaupt aufgegabelt habe. Und was danach passiert sei.

»Ich weiß es nicht, Schätzchen.«

»Du weißt es nicht? Wieso das denn nicht?«

Fabio erklärte, das sei nichts Ungewöhnliches bei einer akuten Hypoglykämie. Sprachstörungen, Koordinationsstörungen, Bewusstseinsstörungen – er habe das in seiner Zeit als Rettungssanitäter mehr als einmal erlebt.

»Aber du musst dich doch an irgendwas erinnern«, beharrte Paulina. »Streng mal ein bisschen deinen Grips an!«

Rosa schaute gequält an die Decke. »Vielleicht bin ich über die Fischernetze gestolpert, was weiß denn ich.« Ihr Blick fiel auf ihren Ellbogen, der leicht aufgeschürft war. »Als ich wieder zu mir gekommen bin, lag ich ja schon bei dem Mann in der Wohnung. Er hat mich mit einer Cola aufgepäppelt und eine Ärztin gerufen. Schlaues Bürschchen, so gesehen.«

»Dann bist du jetzt wieder okay?«, erkundigte sich Kalle.

»Aber hallo! Ich bin wie das blühende Leben, sieht man das denn nicht? Die alte Schachtel Rosa beißt nicht so schnell ins Gras. Ihr müsst mich alle noch ein Weilchen ertragen.«

Charlotte bemerkte, wie Kalle ihrer Mutter beiläufig über die Hand strich, gleich darauf ging sein Blick zu Charlotte.

»Alles klar bei dir?«, fragte er, und nur, weil er so freundlich lächelte, nickte sie.

Ihre Migräne ließ erst nach, als Kalle einige Zeit später den Frühstückstisch abräumte. Paulina hatte sich bereits zur Arbeit verabschiedet, Fabio war ebenfalls aufgebrochen, um Besorgungen zu machen, nur Rosa saß noch mit der leeren Kaffeetasse in der Hand da, die Beine auf einem Stuhl abgelegt, und blickte ins Leere.

»Ich bin dann mal im Bad, Mama.« Charlotte setzte sich auf und faltete die Decke zusammen.

»Geht's denn, mein Kind? Soll ich dir helfen?«

»Alles okay. Ich brauche nur eine Dusche.«

»Oh ja, ich auch! Sag mal, Lotte … Könntest du das Duschen vielleicht ein paar Minuten verschieben?«

»Okay. Wieso?«

Rosa huschte flink wie ein Wiesel zu ihr rüber und quetschte sich neben sie aufs Sofa.

»Willst du dich bei mir entschuldigen, weil du mir nichts von deinem Diabetes gesagt hast?«, fragte Charlotte.

»Auch.« Verlegenes Grinsen. Kaffeeatem wehte sie an.

»Mama, das war ziemlich daneben von dir, weißt du das?«

»Ach, mein Herzchen.« Rosa griff nach ihrer Hand, doch Charlotte entzog sie ihr gleich wieder.

»Ich hätte dir niemals helfen können, wäre dir so etwas wie gestern schon früher zugestoßen. Weil ich gar nicht gewusst hätte, was mit dir los ist! Findest du das vielleicht fair?«

»Du hast ja recht. Ich war bloß noch nie so schlimm unterzuckert. Deswegen dachte ich auch … na ja, das wird der alten Rosa schon nicht passieren.«

»Jetzt ist es aber passiert.«

»Mea culpa.« Ihre Mutter hob beide Hände, als wollte sie sich ergeben. »Komm doch mal her, Kalle, und setz dich kurz zu uns.«

»Aha?«, sagte dieser. »Showtime?«

»Showtime? Mama, was meint er mit Showtime?«

Und während Kalle einen Stuhl heranschob, so dicht, dass sein Knie Rosas berührte, dämmerte ihr etwas.

»Seid ihr zusammen?«

»Nein, mein Herz.«

»Aber wir waren mal ein Paar«, sagte Kalle.

Aha? Jetzt wurde es aber spannend.

»Ihr könnt es ja wieder aufleben lassen«, schlug sie nicht ganz uneigennützig vor. Dann würde Kalle vielleicht endlich damit aufhören, sie ständig anzustarren.

»Warum nicht?«, entgegnete Kalle, heiser auflachend. »Ich hätte ganz bestimmt nichts dagegen. Allerdings fürchte ich, dass deine Mutter …«

»Momentchen mal, Kalle, was redest du da? Das gehört nun wirklich nicht hierher.«

»Worum geht's denn jetzt eigentlich?« Charlotte spürte ein beklemmendes Gefühl in sich aufsteigen.

»Also«, fing ihre Mutter an und rutschte unruhig auf ihrem Hinterteil hin und her.

»WAS, Mama?«

»Wie soll ich das jetzt bloß sagen, mein Kind?«

»Am besten so, wie es ist?«

Rosa sah sie an, gleich darauf wieder weg, dann hob sie erneut den Kopf und erklärte, während sie ihr fest in die Augen blickte: »Kalle ist dein Vater.«

Es war, als wäre eine Bombe detoniert, eine Millisekunde darauf war es beklemmend still. Eine Flut von Bildern raste im Zeitraffer durch Charlottes Kopf. Der Mann, der sie auf dem Boot angegafft hatte und ihr später gefolgt war … Der Mann, der sie in Rosas Haus abermals mit Blicken durchbohrt hatte … Der Mann, der sie flüchtig berührt und sich nach ihrem Alter erkundigt hatte … Und jetzt sollte sie plötzlich seine Gene in sich tragen? Das war absurd! Sie sah ihm ja nicht mal ähnlich.

»Nein«, sagte sie bestimmt.

Ihre Mutter schaute ernst. So wie damals, als ihr Opa gestorben war.

»Mama, das ist nicht wahr.«

»Doch, mein Herz.«

»Aber … das kann nicht sein!« Sie fuhr elektrisiert vom Sofa hoch, stampfte mit dem Fuß auf, verlor vollkommen die Beherrschung. »Du hast immer gesagt, du wüsstest nicht, wer mein Vater ist! Und jetzt weißt du es plötzlich? Was ist das? Amnesie? Weil du zu oft unterzuckert warst? Und jetzt sag bitte nicht wie in den Filmen, Charlotte, ich kann dir das erklären!«

So, wie ihre Mutter dasaß, in sich zusammengesunken und mit faltiger Stirn, sah sie plötzlich aus wie eine Greisin. Ihre sonst so fesche Mama wirkte mit einem Mal alt. »Nein, Lotte.« Sie schüttelte langsam den Kopf und fuhr sich durch den unfrisierten Bob. »Ich kann's dir nicht erklären. Weil …« Sie brach ab, schüttelte wieder bloß den Kopf.

»Weil was?«

Rosa verdeckte ihr Gesicht mit den Händen, und Charlotte wandte sich Kalle zu: »Und du? Hast du es gewusst?«

»Nein, Charlotte.« Er rieb sich die Knie, als wollte er hartnäckigen Dreck entfernen. »Sonst hätte ich doch …« Er lachte heiser auf. »Na, hör mal! Glaubst du tatsächlich, ich besuche mein Kind so viele Jahrzehnte lang nicht? Und tauche dann hier vierzig Jahre später auf, um mal Guten Tag zu sagen? Hallo? Wer bin ich denn?!«

Charlotte wusste nicht mehr, wem sie was glauben konnte. Ihrer Mutter offensichtlich nicht allzu viel. Und bevor womöglich noch weitere Lügen ans Tageslicht kamen, schlüpfte sie auf dem Weg zur Tür in ihre Flipflops, schnappte sich ihren Rucksack, der an der Garderobe hing, und riss die Tür auf. Bloß raus hier. Nicht eine Nacht würde sie länger im rosa

Haus verbringen. Im Bett neben ihrer Mutter. Die ihr den Vater gestohlen hatte. Ganze vierzig Jahre lang.

* * *

Kaffeeduft hing im Raum, als Rosa nach einer ausgiebigen Dusche mit noch leicht feuchten Haaren die Treppe hinunterkam. Kalle kochte Kaffee. Ganz wie früher. Gab es Konflikte, trank er Kaffee. Und drehte sich einen Joint dazu.

»Ist das Kind schon zurück?«, fragte sie und bedauerte es, jemals mit dem Grasrauchen aufgehört zu haben. Nicht mal Mandelkekse hatte sie im Haus.

Kalle schürzte verächtlich die Lippen. »Was hast du erwartet? Dass sie dir vor lauter Dankbarkeit um den Hals fällt?«

»Das verstehst du nicht, Kalle. Ich will nur nicht, dass sie … Hach, Menschenskinder noch mal …«

»Was?« Seine Augenbrauen rückten enger zusammen.

»Würdest du mitkommen und sie suchen?«

»Never ever. Du setzt dich jetzt hin, Rosa. Ich hab die ganze Nacht jemanden gesucht. Und zwar dich.« Er stellte die Lavendeltasse und einen Becher mit einem Smiley auf den Tisch. »Lass ihr Zeit. So eine Ansage verdaut man doch nicht wie die Wettervorhersage.«

Rosa trat an den Kühlschrank und zog ihn auf. Sekt! Der würde ihren Kreislauf in Schwung bringen.

»Jetzt wird nicht schon wieder gebechert, jetzt wird geredet, klar?« Kalle nahm ihr die Flasche aus der Hand und stellte sie zurück. Kühlschrank zu. Und Rosa war zu schwach, sich zu wehren. Vielleicht hatte er recht. Besser, sie behielt einen klaren Kopf.

»Also, dann schieß mal los«, sagte er und bugsierte sie

auf einen Stuhl am Küchentisch. Viel lieber wäre sie auf den Balkon gegangen. Das großspurig glitzernde Meer, der knallblaue Himmel, die kreischenden Möwen – all das war doch so viel schöner, als hier zu hocken und den Seelenmüll vergangener Jahre auszugraben.

»Was willst du wissen?«

»Alles.«

Sie nickte knapp. Wo fing *alles* an? Wo hörte *alles* auf?

»Na hopp, mein Schatz! Nicht so schüchtern!«

»Du weißt ja, dass Herbert und ich …«, begann sie zögerlich.

»Ja, ihr wart zusammen. Ist mir nicht entgangen.«

»Nein, Kalle, wir waren nicht einfach nur *zusammen.*«

»Schon klar. War natürlich die ganz große Liebe. Alle Frauen haben ihn geliebt. Herbert, den Womanizer.« Ein höhnischer Lacher kam aus Kalles Kehle. »Ehrlich gesagt habe ich nie begriffen, warum ihr Frauen ausgerechnet auf Typen wie ihn abfahrt. Die wilden Hengste, die in jedem Hafen eine andere flachlegen.«

»Bitte nicht so vulgär, ja?«

»Aber es ist die Wahrheit. Herbert hat auch dich nur … tut mir leid, wenn ich das so deutlich sage … flachgelegt.«

»Hör auf!«

»Aber es ist doch so! Er hat dich nicht geliebt, Rosa. Er hat niemanden geliebt. Nur sich selbst, und das ziemlich ausgiebig.«

Eine Pause trat ein, und Rosa musste sich darauf konzentrieren, nicht die Beherrschung zu verlieren. Bloß nicht weinen. Nicht vor Kalle. Er hatte doch gar keine Ahnung! Zweifellos war das zwischen Herbert und ihr Liebe gewesen. Eine sehr große sogar. Das hatte sie doch mit jeder

Faser gespürt. Auch wenn daraus keine Beziehung für die Ewigkeit geworden war.

»Wie auch immer«, fuhr Kalle fort. »Ich will mir da nichts anmaßen. Aber dass er nicht der Typ Familienvater war, das muss selbst dir mit deinem hormonvernebelten Hirn klar gewesen sein.«

»Keiner von uns wollte damals auf Familie machen. Auch du nicht, Kalle, schon vergessen?« Sie drehte die Tasse mit dem erkalteten Kaffee in ihren Händen, schnell und immer schneller. »Du warst im Übrigen auch kein Heiliger.«

»Kann schon sein. Aber dir wäre ich treu geblieben.«

Rosa lachte bissig. »Verstehe, und im Himmel backen die Engel Schrippen.«

Wieder schwiegen sie, und Rosa wünschte sich an einen anderen Ort. Zum Beispiel in das Haus ihres Lebensretters. Der quälte sie wenigstens nicht mit unangenehmen Fragen.

»Als du damals einfach über Nacht abgehauen bist…«, nahm Kalle den Faden wieder auf. »Weißt du eigentlich, wie ich mich da gefühlt habe?«

Rosa zuckte gleichgültig mit den Achseln. Was sollte das? Jeder hatte in seiner Jugend Liebeskummer erlebt. Und ihr Liebesschmerz wegen Herbert war für sie kaum zu ertragen gewesen.

Irgendwo schrillte ein Handy, doch sie ließen es klingeln.

»Du bist mir übrigens immer noch eine Erklärung schuldig.« Kalle blickte sie herausfordernd an.

»Wie meinst du das?«

»Warum ich? Warum so kurz nach der Sache mit Herbert?«

»Ich weiß es nicht«, erwiderte Rosa leise.

»Du lügst doch!«

»Ich weiß es wirklich nicht mehr. Es ist ja schon ewig her. Vermutlich habe ich gedacht …«

»Was?« Kalle blickte sie regungslos an.

»Dass ich schneller über Herbert hinwegkomme. Oder so.«

»Willst du damit sagen, du hast dich mit mir getröstet?«

»Nenn es, wie du willst. Was spielt das denn jetzt noch für eine Rolle? Menschenskinder, Kalle, wir waren jung!«

»Okay, und dann?«

»Das weißt du doch. Ich bin schwanger geworden.«

Kalle wiegte den Kopf sanft hin und her. »Irgendwie seltsam. Ich hab damals nur mit Frauen geschlafen, die die Pille genommen haben.«

»Was denkst denn du? Natürlich hab ich die Pille genommen, aber … man kann sie auch mal vergessen oder … ach, was weiß ich.« Rosa blickte auf ihre Hände. Herbert hatte sie immer so bewundert. Ihre filigranen, von der Sonne gebräunten Finger. Heute waren die Handrücken voller brauner Flecken, und die Adern traten wulstig hervor, doch auf ihre Art waren sie immer noch schön.

»Und dann bist du abgehauen, bevor es jemand merkt?«

»Ja. Ich wollte das Kind auf jeden Fall behalten, nur …« Sie stockte, ihre Blicke irrten umher.

»Du wolltest nicht den dazugehörigen Erzeuger, stimmt's?«

Rosa deutete ein Nicken an. War das etwa ein Verbrechen? Einen Mann nicht zu wollen, für den die Gefühle nicht ausreichten? Kein anderer hätte ihr in dieser Phase ihres Lebens genügt. Jede Zelle, jedes Atom ihres Körpers war von Herbert besetzt gewesen. Immer nur Herbert.

Kalles Stirn lag in tiefen Furchen, als er den restlichen Kaffee wegkippte und mit Wasser nachspülte. »Ich versteh bloß nicht… Warum hast du es mir nicht einfach gesagt? Ich hätte die Abfuhr schon irgendwie verkraftet. Liebesschlappen müssen wir letztlich alle einstecken.«

»Nun lass doch, Kalle! Ich war ein junges, wildes Ding und überfordert, und dazu noch ziemlich feige.«

»Oh ja, das warst du allerdings.« Er rammte die Faust in seine Hand. »Dass du mir Charlotte vorenthalten hast – jahrzehntelang – das ist nicht fair! Du hast mich damit um einen wesentlichen Teil meines Lebens gebracht, ist dir das eigentlich klar? Wie gerne hätte ich mitgekriegt, wie Charlotte ihren ersten Zahn bekommt. Wie sie sprechen und laufen lernt. Ich hätte zu ihrer Einschulung und zur Abifeier kommen können. Und weißt du, was richtig dufte gewesen wäre? Mal ein Wochenende mit ihr aufs Land zu fahren. Oder in den Sommerferien zu verreisen. Ich wäre mit ihr segeln gegangen und hätte ihr den höchsten Berg der Welt gezeigt. Ich hätte ihr beigebracht, wie man auf einer Mundharmonika spielt und in der Wildnis Feuer macht. Okay, vielleicht hätte ich ihr auch einfach nur bei den Hausaufgaben geholfen, ihr aufgeschlagenes Knie verarztet und…«, sein wild flackernder Blick ging zu Rosa, »dich entlastet, verstehst du? Entlastet!«

»Hör auf, Kalle. Bitte.«

»Wieso? Weil dir gerade klar wird, wie viel entspannter dein Leben hätte verlaufen können, wenn da jemand gewesen wäre, der mal auf die kleine Charlotte aufgepasst oder wenigstens Alimente gezahlt hätte?«

Rosa hielt es nicht länger auf ihrem Stuhl; sie sprang auf. »Ja, herrje, du hast ja recht! Es tut mir von Herzen leid! Aber es ist zu spät! Ich kann es nicht mehr rückgängig machen!«

»Würdest du denn gerne?« Er klang plötzlich furchteinflößend ruhig.

»Keine Ahnung. Ja, vielleicht. Aber die Rosa von damals konnte es eben nicht. Für die gab es immer nur Herbert. Heute ist mir auch klar, wie naiv das war, aber zu der Zeit …« Sie lief wie ein aufgescheuchtes Huhn um den Tisch herum, dann setzte sie sich wieder hin. »Ja, ich habe ihn auf ein Podest gehoben und verklärt … so wie Hans das vielleicht mit mir getan hat. Da hätte kein anderer Mann eine Chance gehabt. Egal, wer da auch gekommen wäre.«

Kalle blickte sie unverwandt an, und zum ersten Mal fiel Rosa auf, dass Charlotte und er die gleichen bernsteinfarbenen Augen hatten.

»Nur noch eine Frage, Rosa. Warum hast du ihr erzählt, sie sei bei einem One-Night-Stand entstanden?«

Staub tanzte im hereinfallenden Licht. Winzige Partikel, die durcheinanderwirbelten und nie zur Ruhe kamen. Genauso wirbelten die Gedanken und Gefühle in Rosa durcheinander, und sie wünschte sich sehnlichst ein Staubtuch, um alles gründlich durchzuwischen. Und dann, bloß einen Pulsschlag darauf, wusste sie die Antwort. Sie straffte sich und erklärte: »Weil es für mich die einzig erträgliche Wahrheit war. Ein Kind hätte ich mir nur mit Herbert vorstellen können.«

»Ach«, brummte Kalle und griff zur *caffettiera*. Doch es war kein Kaffee mehr drin. »Tut mir leid, Rosa, aber das erklärt trotzdem nicht, warum du lieber einen namenlosen Fuzzi als Erzeuger für dein Kind erfunden hast. Bin ich denn so ein Ekel?«

»Nein, Kalle, das bist du nicht.«

»Hattest du Angst, ich könnte dir auf die Pelle rücken? Einen auf happy family mit euch machen wollen?«

Rosa machte eine abwinkende Geste. »Wahrscheinlich hab ich einfach gar nichts gedacht. Außer dass ich niemanden wollte, der nicht Herbert ist. Was den Rest betrifft, musst du einen Psychologen befragen.«

Sicher war das keine befriedigende Antwort für Kalle, nur wusste Rosa nicht, wie sie es anders hätte formulieren sollen. Es gab keine andere Erklärung.

Kalle klopfte wie in der Kneipe mit den Fingerknöcheln auf den Tisch und stand auf. »Okay, Rosa, dann lass uns jetzt versuchen, irgendwie weiterzumachen.« Seine Schritte waren schleppend, als er zur Tür ging.

»Wo willst du denn jetzt hin?«

»Irgendwo da draußen ist doch das Meer, oder?«

Rosa nickte.

»Das trifft sich gut. Muss mich nämlich abreagieren. Ich bringe Fisch und Gemüse fürs Mittagessen mit.«

»Danke, Kalle. Ich könnte dich aber auch ins Restaurant einladen.«

Er drehte sich um. Trotz des Barts sah er in dieser Sekunde ein wenig wie damals aus, als er nach einer ihrer Liebesnächte aufgebrochen war, um Croissants und Baguette beim Dorfbäcker zu besorgen. »Das macht es aber auch nicht wieder gut.«

»Ich weiß.«

Einen Augenblick sahen sie sich schweigend an. Draußen knatterte eine Vespa vorbei.

»Wenn ich das Kind treffe, schicke ich es zu dir nach Hause, okay?«

Er zwinkerte ihr kurz zu, und kaum fiel die Tür hinter

ihm ins Schloss, schossen Rosa die Tränen in die Augen. Es hatte wohl witzig sein sollen, doch eigentlich war es bloß tragisch. Denn wie mit einem Donnerschlag war ihr zu Bewusstsein gekommen, dass sie nicht nur Kalle und Charlotte belogen und ihnen viele gemeinsame Lebensstunden geraubt hatte, sondern auch sich selbst einen Teil ihres Lebens.

* * *

In einer kleinen Pension, etwas abseits vom Ortskern, war noch ein Zimmer frei gewesen, dort saß Charlotte im abgedunkelten Raum auf dem Bett, strich über die gestärkte weiße Tagesdecke und weinte hemmungslos. Fünfundsiebzig Euro fürs Tränenvergießen – ein stolzer Preis. Aber wo sonst hätte sie ihren Gefühlen freien Lauf lassen sollen? In einer der Buchten, wo die Urlauber bei dem schönen Wetter auf ihren Handtüchern lagen? Ganz sicher nicht. An der Hafenpromenade, dem Territorium der Fischer, Touristen und spielenden Kinder? Auch keine gute Idee. Auf der Bank bei der Kirche? Niemals! Ihr Kummer war allein ihre Sache.

Rosa hatte ihr wirklich übel mitgespielt.

Nein, mein Herzchen, ich weiß nicht, wer dein Vater ist. Wie viele Male hatte Charlotte diesen Satz gehört? Ganz sicher oft genug, um ihn zu glauben. Wie einen Computerchip hatte ihre Mutter ihr die vermeintliche Wahrheit ins Hirn gepflanzt. War sie sich nicht selbst dabei lächerlich vorgekommen? Wenn sie dabei wenigstens rote Ohren gekriegt hätte! Aber nein. Rosa hatte stets gelächelt, sie an sich gedrückt und ihr mit Nachdruck versichert, sie habe sich ihr Leben auch anders vorgestellt. Mama, Papa, Kind. Doch oft kam es eben anders, als man wollte.

Auf den ersten Tränenausbruch folgte ein zweiter, erst später, Charlottes Augen brannten schon vom Weinen, sah sie sich in ihrer Unterkunft um. Ihr gefiel das kleine Zimmer mit dem blau-weiß gemusterten Fliesenboden, dem weißen Schrank und dem großzügigen Doppelbett, dem *matrimoniale*, das beinahe den ganzen Raum einnahm und lediglich Platz für ein Nachtschränkchen ließ. Und als sie endlich in der Lage war, aufzustehen, die Rollläden aufzuklappen und das Fenster zu öffnen, erhaschte sie einen Zipfel vom türkisblau glitzernden Meer. Hier ließ es sich aushalten. Ein, vielleicht zwei Tage lang, um den ersten Schmerz zu verdauen, danach würde sie weitersehen. Allein der Gedanke an Fabio hatte sie dazu bewogen, sich im Ort ein Zimmer zu nehmen, anstatt sofort abzureisen.

So urplötzlich einen Vater zu haben war mehr, als sie im Moment verkraften konnte. Und dann ausgerechnet Kalle. Der Mann mit dem Zauselbart und dem Peace-Anhänger. Er war so ganz anders als der verwegene Pirat, der sonnengebräunte Matrose oder der heldenhafte Kapitän, den sie sich in ihrer Kindheit ausgemalt hatte. Kalle war einfach nur Kalle. Ein älterer Mann mit einem verlebten Gesicht, in dem bisweilen etwas Lausbübisches aufblitzte. Ein Altachtundsechziger, der sich gern reden hörte und für den sie, das musste sie sich eingestehen, so gar keine Gefühle empfand. In der Region ihres Hirns, das für die Emotionen zuständig war, klaffte seit ein paar Stunden ein gähnendes Loch. Aber war das auch ein Wunder? Was wusste sie denn schon von dem Mann? Wie hatte er gelebt und gearbeitet? Was waren seine Leidenschaften? Hatte er womöglich weitere Kinder, und sie damit Geschwister? Und wollte sie das alles überhaupt wissen?

Immer noch gelähmt vor Unbehagen, stand Charlotte am Fenster, als es an die Tür pochte. Zunächst zaghaft, dann energischer. Sie zuckte zusammen. Rosa? Hatte ihre Mutter etwa sämtliche Hotels Corricellas abgeklappert und sie aufgespürt? Oder noch schlimmer – Kalle? Den wollte sie jetzt am allerwenigsten sehen. Als Kind hatte sie sich so oft ausgemalt, ihr Piraten-Papa werde eines Tages vor der Tür stehen, sie werde ihm jauchzend in die Arme fallen, *Papa!* rufen und ihn, randvoll mit Glück, an sich drücken. Die Realität fühlte sich hingegen ernüchternd an. Da war ihr Erzeuger endlich aufgetaucht, nur die Überdosis Glück wollte sich nicht einstellen. Und vielleicht würde Kalle auch für immer der fremde Mann bleiben, der sie auf der Fähre so unverschämt gemustert hatte.

»Charlotte? Ich bin's! Fabio.«

Seine Stimme traf sie wie ein Stromstoß. Herzklopfen, trockener Mund, ein Tohuwabohu im Kopf, das für ein halbes Leben reichte.

»Bist du da drin? Ich will ja nicht stören, aber …«

Charlotte wischte die Tränen weg, warf die Taschentücher weg und riss die Tür auf. Und dann tat sie es einfach: Sie machte einen Schritt auf Fabio zu und küsste ihn.

* * *

Fabio lag quer auf dem Bett und zog Charlotte zu sich hoch. Ihre Haare fluteten über sein Gesicht, als sie ihn küsste, zärtlich und drängend zugleich. Alles an ihr war erregend. Ihre weiße, fast durchscheinende Haut, ihre üppigen Brüste, die weichen Schenkel, der rundliche Bauch. Sie war eine Frau, eine *echte* Frau. Und er fragte sich, was bloß in ihn gefahren war, wie er Paulina jemals so hatte bewundern können, denn im Vergleich zu Charlotte fand er sie plötzlich zu mager, zu mädchenhaft, zu jung, zu … eigentlich überhaupt nicht sexy.

»Und ich dachte immer, du seist schüchtern.« Er lachte leise.

»Hab ich auch von dir gedacht«, gab sie zurück, und ihre Hand wanderte unter die Bettdecke. Schon wieder regte sich etwas bei ihm. Wenn sie so weitermachte, würden sie das Hotelzimmer heute nicht mehr verlassen. Aber vielleicht war das nur gut so. Weil es ihn von einer üblen Kopfschmerzattacke und Charlotte von dieser haarsträubenden Familiengeschichte ablenkte. Fabio wollte sich nicht einmischen, doch Rosa hatte ihm sofort die neuesten Entwicklungen anvertraut, als er mit den Einkäufen nach Hause gekommen war. Vielleicht war er ja so eine Art Ersatzpriester für sie, und sie erhoffte sich Absolution, nur konnte er ihr damit leider nicht dienen. Dass sie Charlotte den Vater vorenthalten hatte, war tragisch, und er brachte es so gar nicht mit seiner Rosa, der großherzigsten Person unter der Sonne, zusammen.

Sie machten weiter, Charlotte schien – auch wenn ihre Welt tief erschüttert war – unersättlich zu sein. Doch kurz vor dem großen Finale begann sie unvermittelt zu schluchzen, dann sackte sie über ihm zusammen.

»Pscht, alles wird gut.« Er nahm sie in den Arm, drückte sie fest an sich. Sonst war sie immer die Starke, die ihm gut zuredete, jetzt hatten sich die Verhältnisse umgekehrt.

»Tut mir leid, Fabio«, flüsterte sie, kaum dass ihr Schluchzen abebbte. »Aber die Sache mit Kalle … es ist alles noch so frisch.«

»Du musst dich nicht bei mir entschuldigen. Ist doch klar. Jeder wäre da erst mal neben der Spur.«

Er löste sich behutsam aus der Umarmung, stand auf und durchsuchte das Zimmer nach einer Minibar. Aber es gab keine, nicht mal einen Kühlschrank für Getränke.

»Durst?«, fragte sie.

Er nickte. Die Kopfschmerzen waren verschwunden, aber er brauchte dringend einen Schluck Wasser.

»Wir könnten in eine Bar gehen. Hast du auch Hunger? Also, ich schon.«

Fabio kam auf allen vieren aufs Bett gerobbt und umkreiste ihren Bauchnabel mit dem Zeigefinger. »Kann man hier vielleicht was bestellen?«

Charlotte verneinte.

»Vorschlag«, sagte er. »Du bleibst liegen, und ich hole uns was. Worauf hast du Lust? Pizza?«

»Pizza ist gut. Aber ich kann auch mitkommen.«

Doch Fabio schlüpfte bereits in seine Hose und sagte: »Ich will dich aber nackt. Und ich fürchte, wir bekommen Ärger, wenn ich dich so mitnehme.«

Charlottes glockenhelles Lachen hallte in seinen Ohren nach, als er in die Mittagshitze hinaustrat. Noch vor zwei Stunden war sein Leben ein vollkommen anderes gewesen. Ein gedämpftes, einsames, manchmal auch trauriges. Jetzt war die Urgewalt Charlotte über ihn hereingebrochen, und er spürte den Rausch der Endorphine.

Als er geraume Zeit später mit dem Essen und zwei Flaschen Wasser zurückkam, lag Charlotte tatsächlich immer noch nackt auf dem Bett, und ihre Haare leuchteten im Licht der hereinfallenden Sonne tizianrot.

»Hey«, sagte er und blieb in der Tür stehen. Er wollte sie eine Weile betrachten, einfach so.

»Ist was passiert?« Sie richtete sich erschrocken auf.

»Ja, ich denk schon.« Fabio stellte die Pizzakartons und die Tüte mit den Getränken auf dem Nachttisch ab, dann setzte er sich zu ihr und streichelte die zarte Haut ihrer Armbeuge. »Ich muss dir etwas sagen.«

»Hoffentlich nichts Schlimmes?« Sie zog das Laken schützend über ihre Brüste.

»Ich weiß nicht … Kommt drauf an.«

»Jetzt raus damit!« Lichtpunkte tanzten in ihren karamellfarbenen Augen.

»Also, hoffentlich findest du das jetzt nicht seltsam, aber …« Er küsste sie flüchtig zwischen die Augenbrauen. »Ich glaube, ich hab mich in dich verliebt.«

»Idiot!«, zischte sie und knuffte ihn. »Ich war schon damals in Berlin in dich verliebt.«

»Ehrlich?«

»Ja! Als ich dich das erste Mal im Krankenhaus gesehen habe.«

»Tut mir leid, dass ich …« Er hielt inne. »Ich muss blind gewesen sein.«

»Macht doch nichts. Dafür haben wir uns jetzt. Alles gut.«

Und abermals ging es von vorne los. Obwohl sie hungrig und durstig waren. Fabio hatte in den letzten Jahren einige Affären gehabt. Aber nie war es so gewesen. Nie hatte er den Wunsch verspürt, neben der Frau aufzuwachen.

Als sie später Schulter an Schulter auf dem Bett saßen und die kalte Pizza aßen, sagte er: »Willst du darüber reden, Charlotte?«

»Worüber? Über uns?« Sie lachte. Während sie miteinander geschlafen hatten, hatte sie ihm gestanden, dass sie schon seit Jahren solo sei. Kein Mann habe sie auch nur annähernd gereizt. Und wie froh sie sei, ihm begegnet zu sein. Weil sie schon geglaubt habe, sich überhaupt nicht mehr verlieben zu können. Als wären alle Bereiche in ihr, die dafür zuständig seien, auf ewig erstarrt. Er hatte sie geküsst und beteuert, wie glücklich ihn das mache. Paulina war ein Luftschloss geblieben, und das war gut so.

»Nein, über deine Mutter«, antwortete er. »Und über Kalle.«

Charlottes Blick ging an die Decke. Es sah aus, als würde sie sie nach Insekten absuchen, dann blickte sie ihn mit gespielter Gleichgültigkeit an und sagte: »Ich hab jetzt einen Vater, na und?«

»Charlotte.« Fabio streichelte ihre Wange mit dem blonden Flaum, der nur im hereinfallenden Sonnenlicht zu sehen war. »Du musst mit Rosa reden.«

»Wozu? Sie hat vierzig Jahre lang nicht mit mir geredet.«

»Gib ihr wenigstens die Chance, sich zu erklären. Sie ist immerhin … deine Mutter.«

Charlotte verschränkte die Arme. »Danke für den Hinweis. Das war mir glatt entfallen.«

»Was hast du denn jetzt vor?«

»Ich weiß es nicht.«

Ich weiß es nicht klang nicht schlecht. Zumindest bedeutete es, dass noch eine Chance auf Aussöhnung bestand.

»Ruf sie an.«

»Das kann ich nicht, und ich will es auch nicht.«

»Dann tu ich's.« Fabio hievte ihren Rucksack aufs Bett, doch Charlotte nahm ihn ihm geistesgegenwärtig aus der Hand.

»Untersteh dich.«

Just in dieser Sekunde begann das Handy in der Seitentasche des Rucksacks zu klingeln, und sie ließ ihn fallen, als würde er brennen.

»Sei nicht albern«, sagte Fabio. »Geh bitte ran.«

Er hob den Rucksack vom Boden auf und fischte das Handy aus der Seitentasche, was Charlotte willenlos geschehen ließ.

»Deine Mutter«, sagte er und reichte ihr wortlos den Apparat.

* * *

Charlotte hatte sich breitschlagen lassen. Reden, ja. Aber nur auf neutralem Boden und ohne dass Kalle oder sonst wer zugegen war und ihnen reinredete.

Jetzt saßen sie in der Locanda del Postino unter einem Dach aus Sonnenschirmen, und Rosa hatte bei Paulina, die sie immer wieder neugierig beäugte, eine Flasche Wasser und zwei Gläser Prosecco bestellt. Charlotte nippte jedoch nur am Wasser. Trotz der Sache mit Fabio und allem, was gerade richtig gut in ihrem Leben lief, war ihr nicht nach Trinken zumute. Womöglich würde sie sich im benebelten Zustand eher von ihrer Mutter einlullen lassen, und das wollte sie nicht. Denn die Wahrheit, mit der Rosa nun nach und nach rausrückte, war mehr als erschütternd. Angeblich hatte sie die Lüge im Laufe der Jahre so sehr verinnerlicht, dass sie für sie selbst zu einer unumstößlichen Wahrheit geworden war. Und immer wieder musste Charlotte dem Impuls widerstehen, einfach aufzustehen und zu gehen. Aber sie hatte es Fabio versprochen. Zuzuhören, nicht voreilig etwas zu tun, das sie später womöglich bereuen würde.

»Ich versteh dich einfach nicht«, sagte Charlotte, nachdem ihre Mutter mehrfach beteuert hatte, wie leid ihr das alles tue.

»Herrje, Lotte, was soll ich denn tun?« Rosa verzog schmerzlich das Gesicht. »Vor dir auf die Knie gehen?« Sie lachte kehlig.

»Das ist nicht witzig, Mama.«

»Charlotte«, sagte Rosa, während ihre Hand mit den klirrenden Armreifen angekrabbelt kam. »Du warst und bist für mich der wichtigste Mensch im Leben, das musst du mir glauben. Ich wollte immer nur, dass es dir gut geht. Dass du unbeschwert aufwachsen kannst. Dabei habe ich eins leider nicht bedacht.« Sie heftete ihren Blick auf die Promenade, wo eine Familie mit zwei semmelblonden Kindern vorbeischlenderte. Bilderbuchglück vom Feinsten.

»Ah ja? Da bin ich aber mal gespannt.«

»Dass ein Vater nun mal dazugehört.«

»So ein Unfug!«, entfuhr es Charlotte. »Ein Vater gehört überhaupt nicht dazu! Komm mir jetzt bitte nicht mit so einem reaktionären Unsinn, an den du selbst nicht glaubst.«

Bloß eine Armlänge von ihnen entfernt räumte Paulina einen Tisch ab, jetzt sah sie bestürzt zu ihnen rüber.

»Ehrlichkeit gehört dazu, das ist das Allerwichtigste in einer Eltern-Kind-Beziehung«, fuhr Charlotte fort. »Und was Kalle angeht…« Sie ruderte mit den Händen. »Keine Ahnung, ob ich ihn überhaupt gewollt hätte.«

»Doch, das hättest du«, widersprach Rosa mit leiser Stimme. »Weil du keinen anderen Vater gekannt hättest. Vielleicht wäre er ja auch gar nicht so übel gewesen. Aber ich habe ihn dir vorenthalten.«

»Prima, dass es wenigstens in diesem Punkt bei dir klick gemacht hat. Bravo!«

Charlotte deutete Applaus an, dann kramte sie in ihrem Rucksack nach dem Portemonnaie.

»Du gehst schon?«

»Bin mit Fabio verabredet.« Das entsprach nicht ganz der Wahrheit. Sie hatten lediglich ausgemacht, dass sich Charlotte später irgendwann bei ihm melden solle. Aber sie hatte genug. Schlichtweg die Nase voll.

Der Anflug eines Lächelns huschte über Rosas Gesicht. »Sag mal, Kind, seid ihr jetzt …? Ich will ja nicht neugierig sein, aber Fabio ist so ein fabelhafter junger Mann, ich würde mich riesig freuen, wenn ihr …«

»Paulina, kann ich zahlen?«, rief Charlotte.

Das Mädchen nickte, ging rein und kam kurz darauf mit der Rechnung zurück. Doch statt abzukassieren, steckte sie sich ein Kaugummi in den Mund und setzte sich schmatzend zu ihnen.

»Schätzchen, musst du nicht weiterarbeiten?«, erkundigte sich Rosa.

»Nee, hab fünf Minuten Pause.«

»Okay, ich geh dann mal.« Charlotte legte einen Zehner auf den Tisch.

»Nein, du bleibst jetzt hier!«, rief Paulina mit leiser Verzweiflung in der Stimme. »Bitte, Charlotte!«

»Warum denn?«

Eine Kummerfalte stand zwischen Paulinas blonden Augenbrauen. »Weil … Ich will, dass ihr euch … Verdammt noch mal, ihr sollt euch wieder vertragen!«

»Ach, mein Herz.« Rosa streichelte Paulinas Wange. »Das Leben ist nicht immer nur ein Ponyhof.«

»Als ob ich das nicht wüsste!«, bellte Paulina. »Ich streite mich auch ständig mit meinen Eltern. Sie gehen mir sogar tierisch auf den Senkel, aber ich würde nie wollen, dass ...« Sie atmete pfeifend aus. »Dass so etwas Krasses zwischen uns steht.«

»Niemand will das«, entgegnete Rosa. »Dummerweise habe ich vor vielen Jahren einen Fehler begangen. Einen, wie ihr heutzutage sagt, *krassen* Fehler. Ich hatte genauso viele Jahre Zeit, um den krassen Fehler zuzugeben, nur war ich einfach zu feige ... hab mir selbst was vorgemacht, was weiß ich. Und hätte mir Hans nicht das Haus vermacht ...«

»Lass gut sein«, sagte Charlotte und wollte aufstehen, doch Paulina griff nach ihrem Arm und sah sie flehend an.

»Bitte, Charlotte. Sag es ihr.«

»Was?«

»Dass du ihr verzeihst.«

Das Mädchen war in seinem Eifer rührend, keine Frage, doch jetzt war genau das eingetroffen, was Charlotte hatte vermeiden wollen: dass sich jemand in ihre Angelegenheiten einmischte.

»Ich weiß aber nicht, ob ich das kann«, antwortete sie ehrlich. »Es ist alles noch so frisch und ... Ich brauche einfach Zeit, verstehst du das?«

Paulina nickte, wischte sich die Hände an der Schürze ab, dann erhob sie sich und trottete mit hängendem Kopf zurück ins Lokal.

Rosa blickte ins Nirgendwo, ihre Hände zitterten unmerklich.

»Mama, ich kann doch nicht nur wegen Paulina ...«

»Das musst du auch nicht, mein Schatz.« Ihre Mutter sagte das in ihrer tapferen Rosa-Art, aber Charlotte spürte die Trauer hinter ihrer Fassade. »Bleibst du in der Pension wohnen?«

»Vorerst ja.«

»Meinetwegen?«

Charlotte deutete ein Nicken an, dann murmelte sie: »Auch.«

»Verstehe. Du und Fabio, ihr wollt ja jetzt sicher gerne mal unter euch sein.« Rosa schob das leere Glas auf dem Tisch hin und her. »Aber du reist nicht einfach so ab, ohne mir was zu sagen, ja? Bitte versprich mir das.«

»Natürlich nicht.«

»Gut, mein Herzchen.« Rosa nickte traurig. Und nur, weil sie das leidende Gesicht ihrer Mutter nicht ertrug, beugte sie sich zu ihr rüber und gab ihr einen flüchtigen Kuss auf die weiche Wange, bevor sie ging.

21.

Von jetzt auf gleich war das Leben im rosafarbenen Haus ein anderes. Paulina saß oftmals gedankenverloren auf dem Balkon und tauschte Nachrichten mit ihrem Alain Delon aus, der kurzfristig einen Job in einem Gemüseladen ergattert hatte, Kalle kümmerte sich um den Haushalt, da Rosa angesichts der Turbulenzen um sich herum dazu momentan nicht in der Lage war, Fabio und Charlotte genossen ihren Honeymoon im Hotel. Einmal schneite das Turtelpärchen herein, um Wäsche zu waschen, wobei Charlotte und Kalle sich wie Raubtiere umkreisten und beschnupperten. Sie wechselten auch ein paar Worte miteinander, doch bei allem, was sie sagten und taten, waren sie weit davon entfernt, Vater und Tochter zu sein. Rosa beobachtete die beiden aus sicherer Distanz, unfähig, irgendetwas zu tun, um die Stimmung aufzulockern. Wie denn auch? Charlotte und Kalle waren erwachsen, und Rosa war die letzte Person unter der Sonne, die ihnen vorschreiben konnte, sich aus dem Stand wie Blutsverwandte zu benehmen. Genauso wenig, wie es Rosa gelang, in dem alten Zausel Charlottes Vater zu sehen.

Aber es war nun mal, wie es war, und da schon ihr Kind nicht zurückkommen wollte, gab Rosa sich alle erdenkliche Mühe, bei Kalle wiedergutzumachen, was eigentlich nicht wiedergutzumachen war. Sie half ihm beim Kochen, leistete ihm in seiner Lieblingseisdiele Gesellschaft, und abends, wenn sie auf dem Balkon saßen und ein Glas Wein tranken, hörte sie sich die Geschichten von den Schlagersternchen an, die er angeblich groß rausgebracht hatte. Mal debattierten sie auch über Politik oder stritten über ihre Weltanschauungen im Allgemeinen, und irgendwann während dieser schier endlosen Diskussionen sagte Kalle wie aus heiterem Himmel, dass es nun langsam mal gut sei und er einen Haken unter die Sache setzen wolle. Weil es Unfug sei, sich die restliche Lebenszeit mit den Fehlern von damals zu vermiesen. Rosa freute sich wie eine Schneekönigin und schenkte Wein nach, und ziemlich beschwipst wankten sie gegen Morgengrauen jeder in sein Bett. Da lag sie dann, alles drehte sich in ihrem Kopf, aber das machte nichts, weil sie wusste, dass Kalle es ehrlich gemeint hatte. Und das doch ziemlich viel wert war.

Am nächsten Morgen schliefen sie aus, frühstückten erst spät, und als Kalle zum zweiten Mal Kaffee aufsetzte, verkündete er: »Heute entführe ich dich, Rosa.«

Nach einem kräftigen Schauer war die Sonne herausgekommen; es versprach ein herrlicher Tag zu werden.

Eigentlich hatte Rosa vorgehabt, es nach der durchzechten Nacht ruhig angehen zu lassen. Lesen, ein paar Sonnengrüße turnen, Kaffee trinken und sich auf den langen Sommertag einstimmen, der vor ihr lag. Am Vortag noch war sie über die Insel getobt, hatte bei der Ärztin ihre Chipkarte einlesen lassen und ihrem Lebensretter eine große Schachtel *Baci* vorbeigebracht. Vielleicht mochte er nicht mal Süßigkeiten und schon gar keine nussigen Schokoküsschen, aber sie hatte sich einfach irgendwie bedanken wollen.

Bevor Rosa etwas entgegnen konnte, fuhr Kalle, geschäftig hin und her laufend, fort: »Du brauchst Badesachen, bequeme Schuhe, ein Strandkleid, Sonnencreme und einen Hut. Für den Rest ist gesorgt.«

»Stell dir vor, ich war in meinem Leben schon mal baden!«, rief sie ihm zu. »Ich weiß, wie das geht.«

»Na, dann ist ja gut«, erwiderte er, lausbübisch grinsend.

Und nur, weil sie ihn nach seinem Friedensangebot nicht gleich wieder vor den Kopf stoßen wollte, stiefelte sie nach oben, um ihre Strandtasche zu packen.

Baden mit Kalle – wollte sie das? Nein, eigentlich stand das auf ihrer Prioritätenliste nicht ganz oben. Ein fauler Vormittag zu Hause wäre viel mehr nach ihrem Geschmack gewesen. Vielleicht hätte sie später in der *Postino*-Bar einen Espresso getrunken, die Zeit tröpfeln lassen, mittags einen Zitronensalat oder eine Portion *parmigiana* gegessen und ein paar Sätze mit Paulina gewechselt, der heute eine Doppelschicht bevorstand.

Rosa zerrte ihren Badeanzug aus den Tiefen des Schranks hervor. Er war türkisblau und mit grünen Sternen übersät, unfassbar hässlich, und sie konnte sich auch nicht erinnern, wie er jemals den Weg in ihren Koffer gefunden hatte. Für einen Strandausflug mit Kalle war er allerdings genau richtig. So fühlte sie sich nicht ganz so nackt wie im Bikini.

»Beeil dich, Rosa!«, rief Kalle munter von unten. »Für mich musst du dich nicht erst in Schale schmeißen.«

»Komme ja schon«, brummte sie, warf sich das Hippiekleid über, das sie sich in der ersten Woche auf der Insel gekauft hatte, klemmte sich die Strandtasche unter und eilte die Stufen hinab. Ein bisschen zu stürmisch, denn beinahe segelte sie Kalle in die Arme.

»Wow, du siehst umwerfend aus!«

Er trat einen Schritt zurück, um sie zu taxieren, und auch Rosa ließ ihre Blicke über sein Strandoutfit gleiten. Leider kam sie zu dem Ergebnis, dass er alles andere als umwerfend aussah. Shorts mit ausgebeulten Taschen, dazu trug er Sandalen mit Socken. Und auch das kanarienvogelgelbe Shirt, das das Logo einer Metal-Band zierte, vermochte nichts rauszureißen.

»Dann mal los.« Er schulterte seinen proppenvollen Rucksack.

»Was schleppst du denn da alles mit? Übernachten werde ich ganz sicher nicht am Strand.«

»Nein? Nicht so wie früher?«

Er lächelte sein verschmitztes Jungenlächeln, doch Rosa sagte nichts. Die Erinnerung an damals war wie ein Blitz in sie gefahren. Ihr letzter gemeinsamer Abend … An dem Tag hatte sie einen Schwangerschaftstest gemacht und bereits in dem Moment, als sie das Ergebnis in den Händen hielt, beschlossen, Kalle zu verlassen. Gesagt hatte sie es ihm nicht. In ihrer Verzweiflung war sie mit ihm sogar noch an den Strand von Cap d'Agde gefahren und hatte, weil es nun auch nicht mehr darauf ankam, mit ihm geschlafen. Er hatte Käse, Baguette und Wein sowie einen geräumigen Schlafsack im Gepäck gehabt, und sie war sich so schäbig vorgekommen, so feige und verlogen.

Nun, da Kalle, den Rucksack geschultert, vorausstapfte, hatte sie den gleichen schalen Geschmack wie damals im Mund. Selbst die Schwangerschaftsübelkeit überrollte sie für einen Moment, was natürlich völlig unmöglich und reine Einbildung war.

In dem dringenden Bedürfnis, ihre Erinnerungen zu verscheuchen, erkundigte sie sich, während sie nebeneinander die Promenade entlangspazierten, nach Hans.

»Was willst du wissen?«

»Am besten alles.«

Kalles Blick ging in den azurblauen Himmel, der von hauchzarten Schleierwolken durchzogen war. »Also gut. Er hat sein Hemd immer bis obenhin zugeknöpft getragen. Kleine Karos, Button-down-Kragen. Hose: Popeline im Sommer, leichte Wolle im Winter. Schuhe: Budapester.«

»So genau wollte ich es nun auch nicht wissen.« Rosa stieß ihm ihren Ellbogen in die Seite. »Menschenskinder, du weißt genau, was ich meine! Wie war er so? Wie hat er gelebt?«

Kalle ließ ein paar lange Sekunden verstreichen, bevor er antwortete: »Bescheiden. Sieht man ja am Haus. Er wollte alles selbst machen, ohne Handwerker und so. Und am Ende hat er das Zimmer im ersten Stock nicht mal mehr zu Ende renovieren können.«

Rosa schwieg betroffen. Dann fragte sie: »Und sonst? Was war er von Beruf?«

»Anlageberater bei einer Bank.« Kalle beschleunigte den Schritt, und Rosa musste sich beeilen hinterherzukommen.

»Und er war immer alleine? Keine Frau? Kein Liebesleben? Kein nix?«

»Na, schon, aber ...« Kalle zuckte mit den Schultern. »Du weißt doch, Männer reden über andere Dinge.«

»Oldtimer, Whiskeysorten und Fußball?«

Er lachte. »Du hast es erkannt.«

Rosa beließ es dabei. Als sie kurz darauf die schnuckelige Bucht erreichten, fühlte sie sich ein wenig wackelig auf den Beinen, und Kalle reichte ihr galant die Hand, als sie die

Stufen zur hufeisenförmigen Badestelle hinabstiegen. Vom lässigen Altrocker über den Gentleman bis zum geschwätzig-extrovertierten Alleinunterhalter hatte er die ganze Bandbreite menschlicher Verhaltensweisen drauf, und Rosa war sich noch nicht im Klaren darüber, welche Gesamtnote sie ihm auf einer Skala von eins bis zehn geben sollte. Der Altrocker war mal nervig, mal amüsant, der Gentleman durchweg sympathisch, der Schwätzer brachte sie hingegen ziemlich leicht auf die Palme. Eine Sieben? Vielleicht sogar eine Acht mit leichter Tendenz nach oben?

Sie suchten sich ein Plätzchen am anderen Ende der Bucht, dort, wo der steil abfallende Felsen einen schmalen Schattenstreifen spendete. Noch herrschte kaum Betrieb. Zwei Frauen mittleren Alters grillten sich bäuchlings in der Sonne und hatten zu dem Zweck mutig ihre Bikinioberteile gelöst. Ein paar Meter weiter cremte eine Mutter ihr Kleinkind ein, das laut plärrte, weil es viel lieber mit Eimerchen und Schaufel spielen wollte, als diese Tortur über sich ergehen zu lassen.

»Erst baden?«, fragte Kalle.

»Ich bade nicht. Kommt gar nicht in die Tüte.«

»Warum denn nicht?« Er schaute entgeistert, als müsste man sich sofort in die Fluten stürzen, bloß weil das Meer mit seinem protzigen Farbenspektakel, seinen Schaumkrönchen und seinem unermüdlichen Rauschen lockte.

»Weil Meerwasser die Eigenschaft hat, meistens ziemlich kalt zu sein.«

Was sollte sie auch sonst sagen? Dass sie keine Lust hatte? Nicht in Form war? Und schon gar keine Erinnerungen an früher aufleben lassen wollte? Damals in Südfrankreich hatten sie sich ständig im Meer getummelt. Nackt, wie die Natur sie erschaffen hatte, ohne jede Scham.

»Böse, wenn ich allein gehe, *mon amour*?«

»Fühl dich frei, zu tun, was du möchtest.« Sie fügte ein süffisantes »*Darling*« hinzu, und während er sich das Heavy-Metal-T-Shirt über den Kopf zog und aus den Shorts stieg, musterte sie ihn verstohlen. Gute Figur, immer noch, das musste man ihm lassen.

»Bis gleich!«

Schon spurtete er über den schwarzen Vulkansand, als wäre er keinen Tag älter als fünfundzwanzig. Rein ins Wasser. Er war nicht zimperlich, warf sich heldenhaft in die Brandung und schwamm zügig los.

Rosa blieb kaum Zeit zum Verschnaufen. Sie hatte sich nur rasch aus dem Hippiefummel gepellt, den Pareo um die Hüften geschlungen und es sich auf ihrem Handtuch bequem gemacht, da war Kalle bereits wieder zurück.

»Das Wasser ist herrlich«, sagte er, sich den Rücken trocken rubbelnd. »Du verpasst was, Rosa.«

Ja, vielleicht verpasste sie etwas, aber das war ihr im Moment herzlich egal. Sie schloss die Augen, ließ die psychedelischen Sonnenmuster hinter ihren Lidern tanzen, und ihre Gedanken drifteten ab. Hach, einfach abschalten, alles ausblenden, was derzeit so schwer auf ihr lastete. Doch nur ein paar verdöste Sekunden darauf hörte sie es rumpeln, rascheln und scheppern. Kalle konnte nicht mal eine Minute stillsitzen. Ganz wie früher.

»Rosa?«

»Ja?«, sagte sie gedehnt, rührte sich jedoch nicht vom Fleck.

»Jetzt guck doch mal. Überraschung!«

Rosa öffnete die Augen und staunte. Wie seinerzeit in Frankreich hatte Kalle ein Picknick auf einem Geschirrhandtuch ausgebreitet. Baguette, Käse und Rotwein sowie herrlich duftende Pfirsiche und Mandelgebäck.

»Ist ja 'ne Wucht!«, rief sie aus und verspürte Kohldampf.

»Nicht wahr?« Kalle grinste verschmitzt. »Ich wusste, es würde dir gefallen. Lang zu, mein Herz! Ist nicht nur zum Angucken da.« Er entkorkte den Wein und goss zwei Plastikbecher voll.

»Darf ich dich mal was fragen?« Rosa kostete den Wein – es war ein ziemlich edler Tropfen –, parkte den Becher im Sand und griff nach einem Mandelkeks.

»Aber sicher.«

»Warum ...« Sie zögerte, biss krachend in den Keks. Krümel fielen ihr ins dralle Dekolleté.

»Na los. Nur keine Hemmungen.«

»Warum ist deine Ehe gescheitert?«

Kalle schnupperte am Gorgonzola, dann tunkte er ein Stückchen Weißbrot in den weichen Käse und verschlang es gierig. »Tja, Rosa, warum scheitern Ehen?«

»Sag du's mir. Ich war nie verheiratet.«

Eine Weile kaute er genüsslich, bevor er erklärte: »Vermutlich, weil ich ein ganz großer Kindskopf war.«

»Ach so?«

»Ja! Ich wollte lieber mit meinen Kumpels Musik machen, als Verantwortung zu übernehmen.«

»Wie meinst du das?«

Seine Stirn krauste sich, als er sich das kanarienvogelgelbe T-Shirt als Schutz vor der Sonne um die Schultern legte. »Sie wollte Kinder, ich nicht. *That's it.*«

Das leidige Thema. Rosa hatte oft genug davon gehört. Bloß ihre eigene Tochter war nie damit konfrontiert worden.

Weil sie nach dem Desaster mit ihrem Ex ihre Gefühle immer hübsch unter Verschluss gehalten hatte. Bloß nichts wagen. Bloß nicht wieder verletzt werden. Außerdem – das hatte sie Rosa in einer stillen Minute anvertraut – hatte sie niemals als Alleinerziehende enden wollen.

»Und dann?«

»Haben wir kein Kind bekommen. Ende Gelände.« Kalle zuckte mit den Schultern, und das T-Shirt fiel in den Sand.

»So, so«, brummte Rosa, die Krümel aus ihrer Busenfalte klaubend. »Aber für Charlotte … für die hättest du gerne Verantwortung übernommen?«

Schweigend malte Kalle mit den Zehen Muster in den Sand. Erst nach einer Weile blickte er wieder auf und sah Rosa aus seinen bernsteinfarbenen Charlotte-Augen an. »Ehrlich? Ich weiß es nicht. Deswegen kann ich dich nicht mal verteufeln. Okay, im ersten Moment war ich richtig stinkig. Man kriegt ja schließlich nicht jeden Tag eine Tochter frei Haus geliefert.« Er lachte leise. »Und dann noch eine so wohlgeratene.«

»Tu mir einen Gefallen, und dräng dich nicht auf. Da ist sie empfindlich. Das kann sie gar nicht leiden.«

»Keine Sorge. Hatte auch nicht vor, sie gleich mit meiner ganzen Daddy-Liebe zu überrumpeln.« Er riss ein Stückchen vom Brot ab und betrachtete es von allen Seiten. »Es wäre nur schön, wenn sie und ich … also, wenn sich da nach und nach irgendwas zwischen uns entwickeln würde. Ich will gar nicht von einer Vater-Tochter-Beziehung reden, aber vielleicht …« Seine buschigen Augenbrauen wanderten unter die Stirnhaare. »Bekanntschaft, Freundschaft … einfach irgendeine Art von Verbundenheit.«

»Keine Sorge, das wird schon«, erwiderte Rosa, ohne

wirklich davon überzeugt zu sein. Charlotte war eigenwillig, schon immer gewesen, und Rosa hatte nicht den Eindruck, dass sie besonders erpicht darauf war, ihren Erzeuger in ihr Leben zu lassen. Und bloß, weil Kalles Mundwinkel so traurig herabhingen, strich sie ihm über die Hand. Er reagierte blitzschnell, indem er sich ihre Finger schnappte und Rosa mit Hundeblick ansah. So hatte er früher schon immer dreingeschaut, sie erinnerte sich nur allzu deutlich, und für ein paar Sekunden fühlte sie sich wieder blutjung.

»Rosa, ich weiß, es ist viel passiert, aber ich glaube …« Kalle blies die Luft schnaubend durch die Nase. »Ich könnte mir durchaus vorstellen, dass du und ich … Sicher, wir sind reifer geworden, und ich verlange auch weiß Gott nicht, dass du mich liebst, wie du Herbert geliebt hast …« Er hielt inne, und Rosa entzog ihm langsam die Hand.

Was bitte schön sollte das denn werden? Eine Anmache? Ein Antrag? Oder wie sagte man in ihrem Alter überhaupt dazu?

»Verstehe, du willst nicht.« Seine Schultern sackten in sich zusammen, und sein eigentlich schlanker Bauch wölbte sich vor. »Ist okay. Hab ich mir sowieso schon gedacht.«

»Kalle!«

»Aber vielleicht …« Er nahm Haltung an, lächelte keck. »Vielleicht könnte ich dich wenigstens noch mal küssen? So wie damals, weißt du? Also, ohne dass du dich zu irgendwas verpflichtet fühlen musst.«

»Herrje, Kalle, ich bin doch eine alte Schachtel!«, entgegnete Rosa und versuchte, das Ziepen im Unterleib, dieses vertraute Gefühl aus alten Tagen, zu ignorieren.

»Du willst nicht.«

»Ich weiß es nicht.«

»Okay, kein Problem. Komm ich mit klar.« Er sprach plötzlich sehr schnell, beinahe nuschelnd. »Musste schon herbere Abfuhren in meinem Leben verkraften. Ist mir öfter passiert. Von daher …«

»Momentchen mal, das ist keine Abfuhr«, entgegnete Rosa und wunderte sich, dass der Satz so klar über ihre Lippen gekommen war. »Ich bin nur … sagen wir … nicht darauf eingestellt.«

»Nicht darauf eingestellt? Was soll das denn heißen?« Er nippte am Becher. »Hast du dich früher etwa mental vorbereitet, bevor du einen Kerl geküsst hast?«

»Kalle, ich bin meinetwegen auf die Insel gekommen. Weil ich nach der Katastrophe mit meinem Geschäft endlich wieder ein Lichtlein am Horizont gesehen habe. Gut, und auch, um mich ein bisschen um die Kleene zu kümmern.«

»Paulina ist erwachsen.« Kalle heftete seinen Blick aufs Meer. »Das Haus ist jetzt gut in Schuss, und dein Problem-Fabio und deine Problem-Charlotte haben sich ineinander verliebt. So gesehen ist doch alles paletti.«

Sein Zeh kam im Sand wie ein dicker Wurm angekrabbelt und berührte ihren. Kichernd zog Rosa ihren Fuß zurück. Bis auf das Drama mit Charlotte, das längst nicht ausgestanden war, war alles paletti, aber so schnell ging das nicht mit ihren Empfindungen, diesem ganzen Gefühlsgedöns, über das man sich in jungen Jahren kaum Gedanken machte. Sie war eben nicht mehr die wilde Rosa, die sich, ohne mit der Wimper zu zucken, ins erstbeste Abenteuer stürzte. In ihrem Alter wogen die Konsequenzen schwerer. Sie würde zwar nicht mehr schwanger werden – was bloß gut war –, doch es bestand die Gefahr, dass sie Kalle abermals wehtat.

Und das hatte er nun wirklich nicht verdient. Denn wenn man von seiner Althippieerscheinung absah, war er eigentlich ein prima Kerl.

22.

Bis zum Abend sollte die in die Jahre gekommene Locanda del Postino in neuem Glanz erstrahlen, und Paulina tat ihr Bestes, um die Location herauszuputzen. Halfen bei Rosa ein bisschen Schminke und Puder, musste man beim Restaurant so richtig die Ärmel hochkrempeln und anpacken. Seit nunmehr zwei Stunden schrubbte, wischte und polierte sie die langen Tische und Bänke vor dem Lokal, die Giuseppe und sein Neffe Enzo aus den privaten Schuppen und Kellern der Fischer herangeschleppt hatten. Alles fürs Inselfest, den Höhepunkt des Sommers. Feierte man in Italien für gewöhnlich religiöse Feste und trug in einer andächtigen Prozession die heilige Maria oder den Gekreuzigten durch die Gassen, wurde heute lediglich ein Film gezeigt. *Il Postino,* dieser augenscheinlich so bedeutende Streifen – Rosa hatte ihn seinerzeit im Kino gesehen –, mit dem sich die Inselbewohner seit mehr als zwanzig Jahren schmückten. Sie verehrten ihn bald selbst wie einen Heiligen, obwohl bloß wenige Szenen hier gedreht worden waren. Und doch erinnerten sich die älteren Bewohner nur allzu gut an die Dreharbeiten – Schauplatz war unter anderem das Restaurant gewesen – und wurden nicht müde, jedem, der es hören wollte oder auch nicht, davon zu erzählen. Wie das Filmteam die Hafentrattoria in Beschlag genommen habe. Wie aufregend es gewesen sei, den großen Philippe Noiret, der den chilenischen Dichter Pablo Neruda gespielt hatte, in natura zu sehen. Wie überirdisch schön Maria Grazia Cucinotta, die Beatrice im Film, gewesen sei. Und wie tragisch, dass der Hauptdarsteller Massimo Troisi bloß einen Tag nach Beendigung der Dreharbeiten an Herzversagen gestorben sei.

Paulina fand das ebenfalls ziemlich traurig, und doch war sie glücklich wie schon seit Tagen nicht mehr. Wegen des Films – sie freute sich wie verrückt darauf, ihn endlich zu sehen –, aber auch wegen Mario, der sich im Gemüseladen ein paar Stunden freigenommen hatte, um ihr bei den Vorbereitungen zur Hand zu gehen. Immer wieder schleppte er frisches Wasser heran und nahm auch mal selbst den Lappen in die Hand, als sie um die Mittagszeit kellnern musste.

Gegen siebzehn Uhr war alles fertig. Ein Freund von Giuseppe hatte eine Leinwand aufgebaut, ein anderer eine Musikanlage für die Party danach. Paulina wurde nach Hause geschickt, um sich auszuruhen, bevor der Trubel am Abend losgehen würde. Und sie war froh drum. Sie sehnte sich nach einer Dusche, nach frischen Klamotten, und Hunger hatte sie auch.

»Ihr kommt doch später den Film gucken?«, fragte sie Rosa und Kalle, die einträchtig nebeneinander auf dem Sofa hockten und sich auf Kalles Smartphone Fotos ansahen.

»Aber sicher doch, Schätzchen«, sagte Rosa. »Kalle ist ein Kulturbanause. Er kennt den Film gar nicht. Und ein bisschen Bildung hat ja wohl noch niemandem geschadet.«

»Na, hör mal!«, echauffierte sich Kalle. »Dafür hast du keine Ahnung, wie man einen Song produziert.«

»Erzähl mal, welcher war denn dein letzter? Ein schmalziger Schlager? Na komm, gib's schon zu!«

Gekicher und Gegacker.

»Und Charlotte und Fabio?«, fragte Paulina, während ein Teil ihres Hirns versuchte, eine Erklärung für das Geplänkel zwischen Kalle und Rosa zu finden. War das ein Flirt? Oh mein Gott!

»Keine Ahnung«, sagte Rosa, während Paulina bereits die Treppe hinauflief. »Das Herzchen ist ja mit ihrem Liebsten auf Tauchstation gegangen.«

Paulina duschte abwechselnd warm und kalt, zog ein schwarzes Trägerkleid an, dann schlüpfte sie in die Sneakers – in Römersandalen würde sie den Abend ganz sicher nicht durchstehen –, aß in der Küche einen Happen und war schon wieder auf dem Sprung.

»Kindchen, du überarbeitest dich noch«, sagte Rosa.

»Das Kindchen ist heilfroh, endlich mal etwas Sinnvolles zu tun zu haben«, entgegnete Paulina. »Auch wenn meine Eltern da garantiert anderer Meinung wären.«

»Eltern sind grundsätzlich überbewertet«, mischte sich Kalle ein, woraufhin er einen Knuff von Rosa abbekam.

Vielleicht flirteten die beiden tatsächlich miteinander, denn als Paulina fragte, ob sie ihnen zwei Plätze nebeneinander frei halten solle, nickten sie hocherfreut.

Sie war kaum anderthalb Stunden weggewesen, doch in der Zwischenzeit hatte eine Gruppe junger Leute die für die Inselbewohner reservierten Plätze in Beschlag genommen.

Giuseppe kam ihr schwitzend entgegengelaufen. »Paulina! *Dai! Quei tedeschi!*« Er gestikulierte wild, und sie begriff, dass sie die undankbare Aufgabe hatte, die jungen Leute zu verscheuchen.

Sie atmete einmal tief durch, dann trat sie zu ihnen an den Tisch. »Sorry, sprecht ihr Deutsch?«

»Wenn Bayerisch für dich dazuzählt, ja«, scherzte eine hübsche Frau mit raspelkurzen platinblonden Haaren und knallrot geschminkten Lippen.

»Tut mir leid, hier ist alles reserviert. Ihr müsst die Plätze leider wieder frei machen.«

»Aber wieso? Steht doch nirgends ein Schild.«

Paulina erklärte, später werde vor dem Lokal ein Film gezeigt, der auf Procida gedreht worden sei.

»Genau deswegen sind wir ja da«, schaltete sich ein Hipster-Typ mit Nerd-Brille ein.

»Jetzt macht schon. Bitte!« Paulina hatte wirklich keine Lust, mit den Leuten zu diskutieren.

Eine langbeinige Brünette stand am anderen Ende des Tisches auf und erklärte, sie seien im Rahmen ihres Filmstudiums auf Studienexkursion und hätten über Facebook mitbekommen, dass heute Abend ein Public Viewing stattfinden werde. Morgen wollten sie sich weitere Drehorte anschauen und dann zur Insel Salina fahren, die ja ebenfalls Schauplatz des Films sei.

Spätestens jetzt fiel Paulina kein Text mehr ein. Wie verrückt war das denn! Die Filmstudenten waren extra aus Deutschland angereist, um sich mit den Inselbewohnern den Film im Original anzusehen und die Drehorte zu besichtigen?

»Wartet mal, ich frag den Chef«, sagte sie und eilte ins Lokal.

Trotz Verständigungsschwierigkeiten begriff Giuseppe, was Paulina von ihm wollte, doch er schüttelte bedauernd den Kopf. Und er hatte ja auch recht. Sollte er etwa den *sin-*

daco ausladen? Die inzwischen uralten Leute, die damals im Film als Statisten mitgewirkt hatten? Deren Kinder und Enkel?

Die Studenten zogen bitter enttäuscht los, kamen jedoch später zurück – der Außenbereich des Restaurants war bis auf den letzten Platz besetzt – und hockten sich, mit Weinflaschen und Pizzastücken eingedeckt, auf die Steinplatten. Giuseppe ließ das unkommentiert und tat auch nichts, um sie abermals zu verscheuchen. Vielleicht war er ja sogar ein bisschen stolz, dass die jungen Deutschen ein so lebhaftes Interesse an dem Film zeigten.

Rosa, Charlotte, Kalle und Fabio saßen an einem langen Tisch mit den Inselbewohnern – Rosa zwischen Kalle und ihrem beleibten Lebensretter, der sie immer wieder von der Seite anplierte. Für einen Obolus von fünf Euro gab es Antipasti und Spaghetti *marinara* sowie einen roten und weißen Landwein. Und nachdem Paulina und eine Aushilfe, die Giuseppe extra für den Abend angeheuert hatte, die Teller abgeräumt und die Weinkaraffen nachgefüllt hatten, war es einundzwanzig Uhr, und es ging los. Mario schaffte es auf den allerletzten Drücker, quetschte sich zu ihr auf die Bank, nahm ihre Hand und ließ sie die folgenden hundert Minuten auch nicht mehr los.

Paulina liebte den Film vom ersten Augenblick an. Sie vergaß, dass die Schauplätze bloß Drehorte waren, die Menschen Darsteller. Vielmehr fühlte sie sich, als wäre sie per Zeitmaschine in das Italien der Fünfzigerjahre gereist und würde alles hautnah miterleben: die warmherzig erzählte Freundschaft zwischen dem vertrottelten Postboten Mario – er hatte eine frappierende Ähnlichkeit mit Fabio –, der dem Dichter Pablo Neruda jeden Tag die Post vorbeibrachte. Die

Liebesgeschichte zwischen der anfangs abweisenden Beatrice, die sich aber dank der Magie der Poesie in den Postboten verliebte. Und letztlich die Hochzeit, bei der der Dichter Trauzeuge des Paars war, sowie Nerudas Abreise in die Heimat. Hatte Paulina in den ersten Filmminuten noch den Stich des Neids auf die grandiosen Schauspieler verspürt, wich das ungute Gefühl nach und nach der Freude darüber, überhaupt auf den Film gestoßen zu sein und ihn sich hier ansehen zu dürfen. Bei den Szenen, die im Restaurant gedreht worden waren, gab es Applaus, die Studenten johlten, und Paulina drückte glücklich Marios Hand.

In den Abspann hinein gab es Beifallsstürme, dann erhob sich ein alter zahnloser Mann, um mit zittriger Stimme und unter opernhaften Gesten eine Ansprache zu halten. Mario soufflierte in gebrochenem Englisch, der Alte habe damals als Statist mitgewirkt und bei der Hochzeit des Brautpaars einen der Gäste gespielt.

Paulina begriff im ersten Moment selbst nicht, was mit ihr los war, als ihr ohne Vorwarnung die Tränen in die Augen schossen.

»Was ist los?« Mario sah sie bestürzt an.

»Nichts.« Es war tatsächlich nichts los. Außer dass sie ganz schrecklich gerührt war. Wegen des schönen und auch traurigen Films, wegen des alten Mannes, aber auch, weil ihr Leben gar nicht mehr so trostlos war, wie es sich noch vor einigen Wochen angefühlt hatte.

Ein paar Fischer zogen los, um ihre Boote klarzumachen. Raus aufs Meer, über dem der Mond wie ein sattgelber runder Ball stand. Eine angenehm kühle Brise wehte vom Wasser her, Paulina lächelte Rosa an, die wie erleuchtet zurücklächelte, dann löste sie sich aus Marios Arm, um Giuseppe zur Hand zu gehen. Während sie für Weinnachschub sorgte, assistierte Mario seinem Kumpel, der als DJ engagiert war, bei der Auswahl der Musikstücke, und schon kurz darauf trug der Wind Alessandra Amorosos raue Stimme aufs Meer hinaus.

Es dauerte keine fünf Minuten, und Jung und Alt tanzte ausgelassen. Kalle schob Rosa in einem wilden Freestyle über die Promenade, Fabio und Charlotte zierten sich erst noch, mischten sich aber kurz darauf ebenfalls unter die Schwofenden.

»Willst du tanzen?«, fragte Mario Paulina bei einem langsamen Schmachtfetzen.

Und dann tat sie etwas, das sie zuletzt zu Schulzeiten getan hatte. Eng tanzen. Mit küssen. Und es fühlte sich so cool, so genau richtig an, dass sie sich wunderte, es jemals peinlich gefunden zu haben.

»Was wird aus uns, wenn du zurück nach Berlin gehst?«, flüsterte ihr Mario ins Ohr.

»Ich weiß es nicht.«

Sie wollte nicht daran denken. Was sollte das auch bringen? Trotz der überschäumenden Gefühle, in denen sie seit Tagen schwelgte, war die Sache zwischen ihnen nichts weiter als eine Affäre. Nur musste sie das ja nicht unbedingt aussprechen. Weil es wehtun würde, ihr genauso wie ihm.

Später ging Paulina zu Rosa rüber, die mit erhitzten Wangen dasaß und im Schutz eines flatterigen Blumenschals ihren Blutzucker kontrollierte. Kalle hatte sich bloß eine Armlänge von Charlotte niedergelassen, doch beide schauten stur geradeaus und redeten nicht miteinander.

»Alles okay, Rosa?«

»Alles paletti, Kleene.«

Paulina nahm ihre Hand, die mit Altersflecken übersät war. »Ich wollte mich noch mal bedanken.«

»Wofür denn?«

»Na, für das hier!« Paulina breitete ihre Arme aus. »Es ist so cool, dass ich das alles noch erleben durfte.«

»Jetzt mach aber mal einen Punkt«, empörte sich Rosa. »Du tust ja geradezu so, als würdest du auf die neunzig zusteuern und bald den Abgang machen. Was soll ich denn da sagen?«

Rosa hatte ja recht. Wie so oft hatte sie recht.

»Und du und Kalle?«

»Wie – ich und Kalle?«

»Geht da was?« Paulina unterdrückte ein Kichern.

»Nein, da geht nichts.«

»Aber es könnte was gehen?«

»Paulina!«

»Man darf doch wohl mal fragen.«

Rosa seufzte. »Ich weiß es nicht, Schätzchen. Im Moment ganz bestimmt nicht.«

»Aber später mal?«

Ein gequälter Laut kam aus Rosas Kehle. »Nun nerv mich nicht! Ich weiß es wirklich nicht. Aber wenn, bist du die Erste, die es erfährt. Na ja, nach Charlotte vielleicht.«

»Jedenfalls wäre es total schön! Dann hätte dein Leben ein echtes Happy End.«

Rosa schüttelte bedächtig den Kopf. »Dass ich dich kennengelernt habe«, ihre Augen hatten plötzlich einen eigentümlichen Glanz, »das ist doch schon Happy End genug.«

Glücksbäche rieselten durch Paulina hindurch, von den Haarwurzeln bis in die Zehenspitzen, und dann fiel sie Rosa um den Hals. Und während sie ihren so vertrauten pudrig-blumigen Geruch erschnupperte, trudelte auch bei ihr endlich die Erkenntnis ein, dass sie Freundinnen waren – Altersunterschied hin, Altersunterschied her.

»Weißt du, was ich anfangs gedacht habe?«, sagte sie.

Rosa schüttelte den Kopf.

»Dass du mich aus Angst vor Langeweile mitgenommen hast.«

»Also ehrlich, du hast ja eine hohe Meinung von mir!«

»Und jetzt, wo deine Tochter da ist und Kalle ... und ihr eine richtige Familie seid ...« Paulina stockte.

»Was?« Rosa wedelte mit den Händen, und die Armreifen klirrten.

»Da ist es vielleicht besser, wenn ich langsam mal den Rückflug buche. Ich bin doch eigentlich nur ein Klotz am Bein und blockiere auch noch das schönste Zimmer.«

»Untersteh dich, Schätzchen. Eher schmeiße ich die anderen raus. Das ist immer noch *mein* Haus. Und du bist *mein* Gast. Und solange du hier sein möchtest, darfst du auch bei mir wohnen.«

Sehr viel später – Rosa, Kalle und auch Charlotte und Fabio waren schon gegangen – kam die platinblonde Studentin zu Paulina rüber.

»So ein cooler Film!«, sagte sie und zündete sich eine Zigarette an. »Hat sich echt gelohnt herzukommen.« Sie zog ein paarmal daran, bis sie brannte. »Und du? Was tust du hier? Urlaub? Arbeiten?«

»Beides. Und gucken, was ich mit meinem Leben anfange.«

»Klingt kompliziert.« Das Mädchen blies den Rauch in Kringeln in die Luft. »Ich weiß zum Glück ganz genau, was ich will. Regie führen.« Eine Weile qualmte sie schweigend, dann fragte sie: »Was hast du in Deutschland gemacht? Studiert?«

Paulina schüttelte den Kopf. »Ich war an der Schauspielschule.«

»Oh, wow!« Die Studentin sah sie bewundernd an, als wäre sie Emma Watson persönlich. Dabei war sie nur Paulina, die ewige Versagerin. »Kennt man dich aus irgendwelchen Filmen? Oder spielst du Theater?«

»Krieg ich auch eine Zigarette?«, sagte sie statt einer Antwort.

Das Mädchen hielt ihr die Schachtel hin, und obwohl Paulina Rauchen eklig fand, zündete sie sich eine an. Gerade war ihr nämlich wieder einmal bewusst geworden, dass zu ihrer Biografie auch ihr altes Leben gehörte und dieses bisher nicht besonders ruhmreich verlaufen war.

»Also kennt man dich nicht.«

»Nee. Schlimm?«

»Quatsch. Macht doch nichts.«

»Ich hab mich so angestrengt«, erklärte Paulina leise. »Bin zu tausend Castings hin. Aber es klappt einfach nicht.«

Das Mädchen musterte sie von Kopf bis Fuß. »Verstehe ich nicht. Du siehst echt … also, richtig wow aus. Wie ein Model.«

»Danke, aber anscheinend reicht das nicht. Manchmal ist es sogar eher hinderlich. Weil die Regisseure keine Beautys, sondern Leute mit Ecken und Kanten wollen.«

Eine Weile rauchten sie schweigend. Die Zigarette schmeckte grässlich, doch Paulina zog tapfer am Glimmstängel, als könnte sie ihre wieder aufgeflammte Unzufriedenheit mit dem Rauch davonpusten.

»He, ist doch kein Drama. Dann machst du eben was anderes.«

»Ich weiß aber nicht, was.«

»Hm … Vielleicht irgendwas hinter der Kamera? So wie ich? Muss ja nicht unbedingt Regie sein. Es gibt so viele Abteilungen beim Film. Produktion, Kamera, Schnitt, Besetzung, Drehbuch.«

Irgendwas hinter der Kamera … Die Worte hallten in Paulinas Kopf nach. Warum hatte sie eigentlich immer so sehr darauf gedrungen, vor die Kamera zu wollen? Weil sie tatsächlich dafür brannte, in andere Rollen zu schlüpfen? Oder war auch eine Spur Eitelkeit dabei gewesen?

»Hab ich was Falsches gesagt?« Die Blonde warf die Zigarette aufs Pflaster und trat sie mit der Fußspitze aus.

»Nein, gar nicht. Das klingt echt spannend. Ich kann nur nicht … Also, Filmhochschule scheidet für mich aus. Ich hab kein Abitur.«

Die Studentin starrte sie entgeistert an. Paulina fürchtete, sie könne gleich losprusten und sagen: *Was? Kein Abi? Was bist du denn für eine Null?*

Doch im nächsten Moment lächelte sie bloß und sagte: »Na und? Das Abi kann man doch nachholen.«

Ja, das konnte man. Und in dem beruhigenden Gefühl, dass das Leben wie eine Wundertüte war und sie eigentlich nur zuzugreifen brauchte, nahm sie Mario im Morgengrauen mit in ihr Bett.

23.

Es war spät geworden. Nach diesem wunderbaren Film hatte Charlotte ausgelassen gefeiert. Lachen, tanzen, ein Schlückchen trinken. Im Morgengrauen hatten Fabio und sie sich geliebt, erst gegen sieben war sie in einen tiefen Schlaf gefallen. Als der Wecker klingelte, den Fabio gestellt hatte, weil er zeitig joggen gehen wollte, war sie nur kurz hochgeschreckt, um sich gleich darauf wieder auf die andere Seite zu drehen und bis elf Uhr weiterzuschlafen.

Jetzt saß sie auf der von Bougainvillea und wildem Wein umrankten Terrasse der Pension und frühstückte. Die anderen Gäste waren längst am Strand, manche vielleicht schon beim Mittagessen, aber ihre Wirtin, *signora* Andriani, war so liebenswürdig gewesen, ihr selbst um diese späte Uhrzeit *cornetti* mit Konfitüre und selbst gebackenen Kuchen zu servieren. Und Kaffee. Er war stark und vertrieb das letzte bisschen Müdigkeit, während sie die Tageszeitung *Il Mattino* durchblätterte und sich über die Gebäckstücke hermachte. Sie aß abwechselnd vom Schokokuchen mit Pinienkernen und den mit Ricottacreme gefüllten *cannoli* und konnte sich kaum entscheiden, was ihr besser schmeckte.

Noch einen Bissen vom Hörnchen, da hörte sie schnelle Schritte hinter sich, drehte sich aber erst um, als sie ein Räuspern vernahm. Da stand er. Der Mann mit dem Zauselbart, dessen Augen sie – das ließ sich nicht leugnen – von ihm geerbt hatte.

»Äh … hallo«, sagte sie überrascht.

Kalle blieb abwartend stehen.

»Willst du zu mir?«

Er nickte.

Charlotte wies auf den freien Stuhl ihr gegenüber, und er setzte sich.

»Meinst du, ich bekomme auch einen Kaffee?«, fragte er.

»Ich weiß nicht?«

Die *signora* war nirgends zu sehen.

»Wenn du magst …« Sie schob ihm ihre Tasse hin.

Freundliche Fältchen fächerten sich rund um seine Augenwinkel auf, als er den Kopf schüttelte.

»So dringend ist es nun auch wieder nicht.« Er hüstelte leise. »War schön gestern, oder? Der Film … also, dass ich den damals verpasst habe! Du warst ja wahrscheinlich zu jung, oder?«

»Eigentlich nicht, einundzwanzig. Aber zu der Zeit habe ich andere Filme geguckt. *Pulp Fiction*, *Natural Born Killers* …«

Kalle lachte. »Oh, keine Angst vor brutalen Szenen?«

Charlotte warf ihm bloß ein knappes Lächeln hin und fragte, warum er gekommen sei. Er sei doch sicher nicht hier, um mit ihr Small Talk zu machen.

»Ich wollte dir nur Bescheid geben. Ich reise morgen früh ab.«

Eine beklemmende Pause entstand. Charlotte fiel nichts ein, was sie erwidern könnte, und nippte am nur noch lauwarmen Kaffee.

»Ein Haufen Sachen sind bei mir zu Hause liegen geblieben«, fuhr er fort. »Hab da vielleicht eine neue Sängerin an der Angel. Schlager. Ist ja immer wieder gefragt. Mal gucken, was ich aus der rausholen kann. Und mein kleiner Garten … sicher alles vertrocknet. Dabei haben sich die Tomaten in diesem Jahr so prächtig entwickelt.«

Wieder Schweigen. Kalles Pupillen flitzten unruhig umher. Es tat Charlotte beinahe leid, aber sie war unfähig, etwas zum Gespräch beizutragen. Seit sie mit Fabio auf Wolke achteinhalb schwebte, hatte sie alles um sich herum ausgeblendet. Und irgendwie war der Mann, der ihr Vater sein sollte, dabei auf der Strecke geblieben. Es war ja gar nicht mal so, dass sie ihn ablehnte, grundsätzlich und überhaupt, sie war sich bloß noch nicht im Klaren darüber, was sein urplötzliches Auftauchen für sie bedeutete.

»Na ja, und ich dachte«, fuhr er fort, »wir sollten vielleicht noch mal miteinander reden.«

»Wie du meinst«, murmelte sie und pickte mit der Fingerkuppe Krümel auf. Was wollte er? Ihre Kindheit und Jugend im Schnelldurchlauf aufarbeiten? Sollte sie ihm von ihren Stärken und Schwächen, von ihren Marotten und Lebensträumen erzählen? Das ging nicht einfach so auf Knopfdruck.

Kalle schnappte sich ein Zuckertütchen und strich es mit mechanischen Bewegungen glatt. »Wir müssen uns ja nicht gleich lieben, Charlotte, das erwarte ich gar nicht.« Er schloss für einen Moment die Augen, atmete schwer. »Aber wir könnten uns nach und nach kennenlernen. Und uns vielleicht ein bisschen … gern haben?«

Er sah sie mit so treuherzigem Hundeblick an, dass sie grinsen musste.

»Ist das so komisch?«

Sie schüttelte den Kopf. »Gar nicht, aber … Hier, trink mal.«

Sie schob ihm abermals ihre Tasse rüber. Kalle war so ein Kaffeejunkie. Und dass er hier auf dem Trockenen saß, tat ihr in der Seele weh.

»Danke«, erwiderte er, rührte den Kaffee jedoch nicht an. »Ganz ehrlich, Charlotte … Ich mag dich jetzt schon. Das heißt, ich mochte dich vom ersten Moment an. Damals auf der Fähre …« Gedämpftes Lachen. »Du hast sicher gedacht, ich will dich anmachen, richtig?«

»Und? War es so?«

Er schüttelte den Kopf. »Nicht eine Sekunde. Ehrlich. Dreißig Jahre Altersunterschied – das ist mir nun wirklich zu viel. Ich war bloß verblüfft. Wegen deiner Ähnlichkeit mit meiner Mutter. Deswegen habe ich dich immerzu angesehen.«

Das klang überzeugend.

»Vorschlag, Charlotte: Falls du mal Lust hast, zu mir nach Norddeutschland zu kommen, dann bist du herzlich eingeladen. Ich hab ein kleines Gästezimmer mit eigenem Bad. Du könntest auch Fabio mitbringen. Hamburg ist nur eine halbe Stunde entfernt, die Elbe gleich um die Ecke. Wir machen eine Hafenrundfahrt, alles, was du willst.«

»Danke, das ist sehr nett von dir.«

»Ich sehe schon, Begeisterung klingt anders.«

»Nein, Kalle, ich …«

»Vorschlag Nummer zwei«, fiel er ihr ins Wort. »Ich besuche dich in Berlin. Hab dort einen Kumpel in Köpenick, Musiker, bei dem kann ich übernachten. Und dann lade ich dich zu einer Spreefahrt ein. Na, wie findest du das? So richtig mit Berliner Weiße, Currywurst und allem Pipapo.«

Kalle war in seinen Annährungsversuchen so unbeholfen und rührend zugleich, dass Charlotte in schallendes Gelächter ausbrach.

»Du magst keine Berliner Weiße?« Er schaute irritiert.

»Doch, ich mag Berliner Weiße. Aber nur die grüne. Und wenn du willst, können wir auch gerne mal eine zusammen trinken.«

Ein erst noch argwöhnisches Lächeln umspielte seinen Mund, doch nach und nach entspannten sich seine Gesichtszüge.

»Dann ist das gebongt? Unser Date in trockenen Tüchern?«

»Gebongt«, echote Charlotte, und da sie die *signora* vorbeihuschen sah, nutzte sie den Moment und bestellte für Kalle Kaffee.

Er blieb noch eine ganze Weile. *Signora* Andriani servierte ihm einen doppelten Espresso sowie ein Stück von dem köstlichen Schokokuchen, und nach und nach entspann sich eine lockere Unterhaltung. Sie schnitten keine weltbewegenden Themen an. Es ging um Kekssorten, um das türkisblaue Meer, das einen fantastischen Kontrast zu den bunten Häusern Procidas bildete, um den Film *Il Postino* (Kalle fand, Fabio sei dem Schauspieler wie aus dem Gesicht geschnitten, was Charlotte vehement bestritt), um das rosa Haus, das bestimmt ein glückliches Haus war, weil sich in ihm schon so viele wunderbare Menschen begegnet waren, und den Rest, den hoben sie sich für später auf. Denn irgendwann würde Herbst sein, und wenn sie gemeinsam über die Spree schipperten, konnten sie immer noch überlegen, wie es sich anfühlte, Vater und Tochter zu sein.

* * *

Fabio hatte die Wahl: Entweder fuhr er mit Charlotte zurück nach Berlin oder, wie ursprünglich geplant, weiter nach Ischia oder Capri, um sich einen Job zu suchen. Doch eigentlich stand seine Entscheidung bereits fest, bevor er darüber nachzugrübeln begann. Charlotte. Er begehrte sie, himmelte sie an, konnte kaum genug von ihr kriegen. Seit sie zusammen waren, hatte er nicht ein Mal den Drang verspürt, in die Notaufnahme zu fahren, er dachte kaum an seinen Körper, und wenn, dann war alles in ihm Erregung und Lust. Charlotte war seine Chance, das Ruder herumzuwerfen, sein Leben endlich in den Griff zu bekommen – auch künftig, wenn der erste Rausch der Endorphine verflogen sein würde. Dank Charlotte, die nicht müde wurde, ihm die absurdesten Alternativberufe wie Croupier, Fahrradkurier oder Restauranttester vorzuschlagen, blitzten nach und nach Ideen in ihm auf. Die Verwaltungen der Krankenhäuser brauchten Personal. Die vielen Flüchtlingsunterkünfte sowieso. Als letzter Notnagel blieb ein italienisches Restaurant. Schon früher hatte er gekellnert, das war wie Fahrradfahren, das vergaß man nicht, und in Berlin hatte er einige Kontakte zu seinen Landsleuten.

»Bist du bereit?« Seine Schöne kam in einem dunkelgrünen Kleid, das ihre Haare erst recht zum Leuchten brachte, aus dem Badezimmer und stieg in die bereitstehenden Pumps. Rosa hatte sie ins rosa Haus zum Essen eingeladen. Es war Kalles letzter Abend, den wollte sie im Kreis ihrer Lieben verbringen. Selbst Paulinas Freund war mit von der Partie.

»Und du?«, entgegnete Fabio.

»Sieht man das nicht? Oder was meinst du?«

Wohl wissend, dass sich Charlotte und Rosa seit dem

Filmabend nicht mehr unter vier Augen gesprochen hatten, zuckte er die Achseln.

»Ich bin nicht mehr mit meiner Mutter zerstritten, falls du das denkst.«

Charlotte stellte sich vor den Spiegel neben der Tür und malte sich die Lippen in einem dunklen Rotton nach.

»Bitte? Du nimmst es ihr gar nicht mehr übel?«

»Doch, natürlich.« Eine kleine Falte tauchte zwischen ihren Brauen auf. »Aber soll ich ihr jetzt bis zum Ende meiner Tage böse sein? Damit wäre doch niemandem geholfen.«

Fabio zog sie zu sich heran und küsste sie ungestüm, und es war ihm herzlich egal, dass er mit ihrer Schminke auf den Lippen wie ein Clown aussehen würde. Ihr großes Herz, das hatte sie von ihrer Mutter. Denn auch Rosa war nicht automatisch ein schlechter Mensch, nur weil sie in jungen Jahren einen fatalen Fehler begangen hatte.

Unterwegs kauften sie eine Flasche Rotwein, und als sie bloß noch wenige Schritte vom rosa Haus entfernt waren, trat Paulina, ihr grünes Glitzerhandy am Ohr, aus der Tür. Sie hüpfte übermütig, schmatzte einen Kuss ins Smartphone, dann drückte sie das Gespräch weg.

»Ich hab's ihnen gesagt!«, rief sie ihnen entgegen.

»Was? Wem?«, fragte Fabio.

»Meinen Eltern! Ich mach mein Abi nach. Und danach will ich an die Filmhochschule.«

»Momentchen mal«, sagte Charlotte. »Hab ich irgendwas verpasst?«

In knappen Worten berichtete Paulina von einer deutschen Studentin, die sie beim Filmabend kennengelernt und sie auf die Idee gebracht habe. »Nur… Filmhochschule heißt eben auch, dass ich in den sauren Apfel beißen und das Abi nachholen muss.«

»Wie toll! Klingt großartig.« Charlotte umarmte Paulina. »Und sind deine Eltern jetzt endlich zufrieden?«

»Teils, teils. Abi finden sie gut, war ja klar. Aber Filmhochschule ... « Sie rollte mit den Augen. »Passt nicht in ihr Denkschema. Filme sind ihnen irgendwie suspekt – so ticken sie halt. War ja nicht anders zu erwarten.«

»Und trotzdem strahlst du so?«, sagte Fabio.

Paulina fuhr sich lächelnd durchs weizenblonde Haar, und für einen Sekundenbruchteil erinnerte er sich an die Gefühle, die er noch vor Kurzem für sie gehabt hatte. Sie war immer noch schön, keine Frage, doch nun, da er mit Charlotte zusammen war, konnte er kaum noch nachvollziehen, was er in dem Mädchen gesehen hatte.

»Stellt euch bloß vor ...« Sie lachte glockenhell auf. »Ich hab eine Rolle, endlich! In einem Kinofilm! Es sind zwar nur drei Drehtage, aber egal.«

Bevor sie Paulina dazu beglückwünschen konnten – das war wirklich eine fantastische Nachricht –, riss Rosa die Tür auf. »Da seid ihr ja, ihr Herzchen! Alles klar, Paulina?«

Sie nickte, und kaum hatten Fabio und Charlotte einen Fuß ins Haus gesetzt, umarmte Rosa ihre Tochter so stürmisch, als wollte sie sie erdrücken. Fabio registrierte sehr wohl, dass sich Charlotte in Rosas Armen versteifte, dann entzog sie sich und verschwand im Badezimmer. Die Sache stand also doch noch zwischen ihnen; so rasch konnte niemand, und schon gar nicht Charlotte, zur Tagesordnung übergehen.

»Paulina hat gekocht«, sagte Rosa, bemüht, sich ihre Enttäuschung nicht anmerken zu lassen. »Kalle und ich sind ihr nur ein bisschen beim Schnibbeln zur Hand gegangen. Ansonsten hat das Kind alles allein gemacht. Ach, und Mario ...«, sie deutete auf Paulinas Freund, der Weingläser polierte, »hat selbst gebackene *cantuccini* von seiner Mama mitgebracht.«

Kurz darauf saßen sie, gequetscht wie Ölsardinen in der Dose, um den Tisch. Wohl zur Feier des Tages hatte Kalle seinen Bart gestutzt und roch eine Spur zu intensiv nach einem schwülen Patschuli-Duft. Rosa hatte eine Flasche Champagner besorgt, und dann stießen sie an. Auf Paulinas Erfolg. Auf den letzten Abend in dieser Runde. Auf Procida. Auf das rosa Haus und auf den verstorbenen Hans, ohne den sie hier alle nicht zusammensitzen würden.

»Dann mal guten Appetit«, sagte Paulina. »Hoffentlich schmeckt's euch.«

Fabio bemerkte, wie Paulina beim Essen die Anwesenden immer wieder nervös musterte, doch ihre Sorge war vollkommen unbegründet. Die Tintenfischstücke im Meeresfrüchtesalat zergingen auf der Zunge, die Ravioli mit Ricottafüllung in Tomatencreme schmeckten köstlicher als bei Tante Gabriela, und der auf den Punkt gebratene Fisch hatte eine herrliche Zitronen-Oregano-Note.

»Wo hast du so gut kochen gelernt?«, wollte Fabio wissen.

Paulina lächelte bescheiden. Teils habe sie, so erzählte sie, in das Kochbuch geschaut, das der unbekannte Hans im rosa Haus zurückgelassen habe, teils sich ein paar Kniffe und Tricks beim Koch in der Locanda del Postino abgeschaut. »Und der Rest ...« Sie wischte mit dem Finger über den Tellerrand und leckte ihn ab. »Keine Ahnung, es macht mir einfach Spaß, was Leckeres zusammenzubrutzeln.«

»Und warum machst du keine Ausbildung zur Köchin?«, hakte er nach.

»Weil ich zum Film will. Ganz einfach.«

»Ja gut, dann könntest du aber auch Köchin beim Film werden«, warf Rosa todernst ein, worauf Paulina zu gackern anfing und erklärte, sie würden sich noch alle wundern, wenn ihr erster selbst produzierter Film auf einem der großen Filmfestivals laufen werde.

Es wurde ein fröhlicher, lustiger, bisweilen ausgelassener Abend. Nach dem zweiten Glas Wein warf Charlotte ihre Zurückhaltung über Bord und erzählte unanständige Witze, über die sich Paulina vor Lachen ausschütten wollte, Kalle imitierte täuschend echt Politiker, Mario führte Zaubertricks vor, die größtenteils misslangen, und auch Rosa hatte endlich wieder ein Lächeln auf den Lippen.

Es war schon fast Mitternacht, als Kalle Espresso servierte, in den sie die *cantuccini* von Marios Mama tunkten. Statt ebenfalls zuzulangen – Rosa konnte Mandelkeksen doch sonst nicht widerstehen –, straffte sie sich und sagte: »Ihr Lieben, ich will den Moment nutzen und mich bei euch bedanken.«

»Aha?«, machte Charlotte. »Und wofür genau?«

»Paulina für das köstliche Mahl und dafür, dass sie mit ihrer Jugendlichkeit Frische in mein Leben gebracht hat.«

Alle applaudierten, bloß Paulina blickte verlegen auf ihre Hände.

»Mario möchte ich Danke sagen, weil er Paulina gerade so glücklich macht«, fuhr sie fort, was Fabio sogleich ins Italienische übersetzte.

Die beiden jungen Leute kicherten und gaben sich einen flüchtigen Kuss.

»Fabio.« Rosa wandte sich ihm zu. »An dich geht ein aufrichtiges Dankeschön, weil du mir von Anfang an so viel geholfen hast.«

»Du mir doch auch.«

»Nein, nein! Ohne dich hätte ich das alles nicht geschafft. Die Renovierung … die Behördengänge …« Sie schluckte ein paarmal und griff nun doch nach einem Keks. »Und dass du und Charlotte … dass ihr jetzt zusammen seid, macht mich fast genauso glücklich wie euch selbst.«

»Ist gut, Mama«, murmelte Charlotte beschämt.

»Tut mir leid, ich bin vielleicht eine rührselige alte Schachtel, aber das musste ich mal loswerden. So, weiter im Text.« Rosa biss krachend in den Keks. »Ich möchte auch Kalle meinen Dank aussprechen«, fuhr sie kauend fort. »Weil … ohne ihn gäbe es Charlotte nämlich nicht. Meine wunderbare Tochter … Und ohne Charlotte«, ihre Augen hatten einen eigentümlichen Glanz, »ohne sie wäre mein Leben ganz schrecklich leer.«

»Mama, jetzt wirst du kitschig«, entgegnete sie mit brüchiger Stimme.

»Na und? Ich habe keine Angst vor Kitsch. Ich habe vor gar nichts mehr Angst. Weil ja nun alle Karten auf dem Tisch liegen und ich beruhigt … na ja, noch nicht jetzt sofort, aber irgendwann … in die Kiste springen kann.«

»Sag doch so was nicht!«, rief Paulina, die Augen voller Entsetzen aufgerissen.

»Doch, Schätzchen. Damit müssen wir uns abfinden. Früher oder später werden wir alle wieder zu Staub. Auch wenn wir es im Alltag so oft verdrängen und nicht wahrhaben wollen.«

Stille. Niemand sagte einen Ton. Nur Kalle klapperte mit der Espressotasse.

»Und noch ein Letztes, bevor ich auch wirklich aufhöre: Ich möchte vor allem Charlotte und Kalle Danke sagen, weil ihr beide nicht sofort eure Koffer gepackt habt und abgereist seid.« Sie erhob ihr Glas. »Auf euch. Auf uns alle.«

»Auf uns alle«, echote Charlotte, und dann ließ sie für einen Moment Fabios Hand los, um ihre Mutter an sich zu drücken.

24.

Vierundzwanzig Stunden Abschiednehmen. Rosa schwankte im Sekundentakt zwischen dem Kummer darüber, dass nun alles vorbei sein sollte, was sich gerade so richtig, so heimelig angefühlt hatte, der Wehmut über die verpassten Momente in ihrem Leben und der Vorfreude auf die kommende Zeit. Kalle war bereits abgereist, bald würden nur noch sie und Paulina übrig sein. Wie zu Beginn ihrer Reise. Sonne, Strand und Meer. In irgendeiner Bar einen Espresso trinken. Reden und lachen. Und vielleicht würde dann auch die Tatsache, dass sie etwas eigentlich Unverzeihliches getan hatte, nicht mehr ganz so bleischwer wiegen.

Eine ganze Woche würde Paulina noch bleiben – sie hatte ihre Eltern nicht mal gefragt –, danach würde auch sie nach Deutschland zurückfliegen und Rosa stünde vor der Entscheidung: zurück ins unwirtliche Berlin oder die Tage alleine auf der Insel verbringen. Sie könnte ihre Nachbarin Adele kommen lassen. Adele war im Ruhestand und noch so fit, dass sie jedes Jahr den Berliner Halbmarathon lief. Oder Kalle. Der würde sich sicher nicht lange bitten lassen, hatte er ihr doch noch beim Abschied am Fähranleger ein Küsschen abgerungen. Zärtlich und fordernd zugleich, doch Rosa hatte zu verhindern gewusst, dass mehr daraus geworden war. Das Leben war kurz, und sie wollte nichts verpassen, aber sie musste auch nicht mehr alles mitnehmen: Dramen, Liebesschwüre, Tränen – die ganze Gefühlsklaviatur, die man in der Jugend erlebte.

Am Vorabend von Charlottes und Fabios Abreise gingen sie alle ein letztes Mal gemeinsam essen, danach verschwand Paulina zu Mario, und Rosa setzte sich mit ihrer Tochter auf einen Absacker auf den Balkon. Aus praktischen Erwägungen waren Charlotte und Fabio für die Nacht vor ihrer Abreise ins rosa Haus gezogen. Allerdings schlief Lotte nicht bei ihr, sondern unten bei Fabio auf dem Sofa.

Ein Weilchen saßen sie schweigend da und blickten aufs schwarze Meer, durch das das Mondlicht eine glitzernde Trasse pflügte. Man konnte es hören und riechen, sogar das Salz auf den Lippen schmecken. Die Fischer, die in der Dunkelheit hinaustuckerten, wurden nach und nach vom unendlichen Nichts verschluckt.

Charlotte seufzte immer wieder leise, dann drückte sie Rosas Arm. »Ich finde, das hat dieser Hans richtig gut entschieden. Netter Kerl.«

»Du kannst jederzeit herkommen, das weißt du ja, oder? Fabio und deine Freundinnen sind hier ebenfalls willkommen.«

Charlotte nickte. »Wann fliegst du zurück nach Berlin?«

»Ich weiß es nicht, mein Herz. Mir gefällt's gerade so gut. Und was soll ich auch zu Hause?«

»Wenn ich nicht arbeiten müsste, würde ich auch hierbleiben. Und an deiner Stelle sowieso. Denk nur an die übellaunigen Busfahrer in Berlin.«

Rosa lachte. »Gut, dass du mich daran erinnerst. Die hatte ich schon ganz vergessen.« Ebenso wie Luigi, der längst keine Rolle mehr in ihrem Leben spielte.

Sie spürte, wie ihre Tochter sie von der Seite musterte. »Kalle könnte dir ja wieder Gesellschaft leisten.«

In Rosas Kopf herrschte noch ein großer Wirrwarr, umkreist von vielen Fragezeichen, also nickte sie bloß vage. Wer wusste schon, was die Zukunft bringen würde. Und war es nicht sowieso besser, die Dinge einfach auf sich zukommen zu lassen?

Ein halbes Weinglas darauf fing Charlotte an zu gähnen und sagte: »Packen wir's? Ich muss morgen früh raus.«

»Ich auch, mein Kind. Ich bringe euch zur Fähre.«

»Nicht nötig, Mama.«

»Ich möchte es aber.«

Charlotte war bereits aufgestanden, doch Rosa zog sie auf den Stuhl zurück. Ihr lag noch etwas auf der Seele, das musste sie loswerden. Und zwar, bevor ihr Kind abreiste.

»Was denn, Mama?«

»Neulich hast du ja gemeint ...« Rosa stockte. Es war so schwer, die richtigen Worte zu finden. Besonders, wenn es um so gewichtige Dinge ging.

»Was?«

»Du hast gesagt, du wüsstest nicht, ob du mir verzeihen kannst.«

»Ach, jetzt lass doch«, wehrte sie ab.

»Ich muss es aber wissen.«

Seufzend schlang Charlotte ihre Haare im Nacken zu einem Knoten zusammen. »Also gut.« Sie blickte Rosa, der auf einmal mächtig die Pumpe ging, herausfordernd an. »Ich habe wirklich keine Ahnung, was ich in meinen Vorleben verbrochen habe, dass ich mit einer Mutter wie dir gestraft bin.«

»Oh.«

»Ja, oh! Das kannst du wohl laut sagen.« Charlotte löste ihre Haare wieder, und sie fielen in weichen Wellen über ihre Schultern. »Aber ich liebe dich so, wie du bist. Und ja, ich verzeihe dir. Weil… ach, verdammt, was soll ich sonst auch tun? Ich hab doch nur diese eine Mutter!« Und eine Oktave tiefer fügte sie hinzu: »Okay, und jetzt noch diesen Vater mit Fusselbart.«

Alles in Rosa war plötzlich Glück. Pures Glück. Sie wollte nicht weinen, sie war doch keine Heulsuse, bekam dann aber doch feuchte Augen.

»Na, komm schon her, Mama.«

Sie breitete ihre Arme aus, und Rosa ließ sich hineinfallen, als wäre sie das Kind und Lotte die Mutter. Es tat so gut, ihren warmen, weichen Körper zu spüren. Es war das Puzzleteilchen, das gefehlt hatte und nun ihre Versöhnung perfekt machte.

»Wirst du dich mit Kalle treffen?«, fragte Charlotte, nachdem sie sich wieder voneinander gelöst hatten.

»Mal sehen.«

»Also ja oder nein?«

»Vielleicht. Und du?«

»Auch vielleicht.« Sie rutschte unruhig auf dem Stuhl hin und her. »Er ist ja ganz nett.« Sie gluckste leise. »Wer hätte geahnt, dass mein Vater so ein Althippie ist.«

»Vielleicht kann ich ihm das ja austreiben.«

»Würde dir das gefallen?«

Rosa spürte Charlottes forschenden Blick und sagte: »Na ja, es gibt Friseure und tolle Herrenausstatter und …«

»Ach, Mama!« Charlotte grinste breit. »Menschen lassen sich nicht so einfach umkrempeln. Und wenn er dir mit Bart gefällt, ist es doch auch in Ordnung.«

»Das werden wir dann sehen, Herzchen. Aber heiraten und so, das kannst du dir gleich abschminken. Du bist und bleibst ein uneheliches Kind.«

»Ganz ehrlich? Ich fühle mich auch als uneheliches Kind ziemlich gut.«

»Noch einen Schluck Wein?«

Und ihre Tochter, die sonst immer so vernünftig war und sicher nicht einen einzigen Tag in ihrem Leben ohne Zähneputzen ins Bett gegangen war, hielt ihr das Glas hin.

Sie redeten die halbe Nacht – über Rosas Jugend, über Charlottes Kindheit, über Rosas Jahre im Porzellanladen –, und allein der Gedanke daran, dass um halb sieben der Wecker klingeln würde, brachte sie dazu, gegen drei Uhr die Zelte abzubrechen.

Rosa machte sich nur schnell im Bad fertig, dann sank sie ziemlich angetüdelt, aber auch mordsglücklich ins Bett. Es war alles gesagt. Und wenn jetzt der Vesuv ausbrach, das Meer über sie hinwegschwappte oder ihnen der Himmel auf den Kopf fiel, stand wenigstens nichts mehr zwischen ihnen.

25.

In der Nacht entlud sich ein heftiges Gewitter über der Insel. Sturmböen rüttelten an den Rollläden, als wollten sie sie in Stücke reißen, Hagelkörner prasselten aufs Dach, und Blitze erleuchteten im Sekundentakt den Himmel.

Erst lag Rosa noch ganz ruhig da, doch nach und nach beschlich sie ein mulmiges Gefühl. Und überhaupt, das Haus war seit Charlottes und Fabios Abreise so leer. Aber sie wollte nicht albern sein und bei Paulina klopfen, die sicher tief und fest schlief und von alldem nichts mitbekam.

Die Lider fest zusammengepresst, dachte sie nach. Waren auch wirklich alle Fenster geschlossen? Hatte sie die Läden zugeklappt? Sie konnte sich nicht mehr erinnern. Am Abend waren Paulina und sie essen gegangen. Zu zweit, ganz wie in alten Zeiten. Auch ohne die anderen hatten sie ihren Spaß gehabt. Und ohne den obligatorischen Prosecco. Denn Rosa hatte sich vorgenommen, eine alkoholfreie Woche einzulegen, was im Land der guten Weine zwar eine der größten Herausforderungen war, aber sie wusste, es würde ihr nur guttun.

Es klopfte, und sie fuhr zusammen. Gleich darauf öffnete sich die Tür, und Paulina, bloß mit einem knappen weißen Hemdchen bekleidet, lugte herein.

»Rosa?«

»Ja, Schätzchen?«

»Kann ich bei dir schlafen?«

»Aber sicher. Bring nur deine Decke mit.«

Kurz darauf lagen sie Schulter an Schulter da, und das Gewitter fühlte sich nun auch für Rosa, die der Kleinen nichts von ihrer Angst gesagt hatte, halb so wild an. Zusammen war alles so viel weniger schlimm.

»Du?«, sagte Paulina und legte die Hand auf Rosas Arm.

»Ja?«

»Ich muss Mario verlassen.«

»Wie bitte?«

»Also, nicht jetzt sofort. Aber bevor ich abreise.«

»Häh?«, machte Rosa, doch es wurde von einem tosenden Donner verschluckt. Kaum war er verhallt, hakte sie nach: »Wieso denn? Ich verstehe das nicht. Ihr seid doch so glücklich miteinander.«

»Eben deswegen.«

»Tut mir leid, aber das verstehe ich erst recht nicht.«

»Ich kann nicht mit einem Typen eine Beziehung haben, der hier auf der Insel lebt. Jedenfalls nicht auf Dauer.«

»Na, hör mal, Schätzchen. Du musst ihn ja nicht gleich heiraten. Und solange ihr euren Spaß miteinander habt... Habt ihr doch, oder?«

»Ja, schon«, druckste Paulina.

»Na, siehst du.«

»Aber sonst... Wir können uns kaum verständigen... Er erzählt zwar immer, dass er nach Neapel will, um keine Ahnung was zu machen, aber ich glaube, auf der Insel jobben und auf seinem Smartphone daddeln reicht ihm und...« Sie brach ab.

»Was und?«

»Wenn ich weg bin, schnappt er sich sowieso gleich die nächste Touristin.«

»Woher willst du das wissen? Vertraust du ihm so wenig?«

Statt einer Antwort strampelte die Kleine die Decke weg.

»Außerdem könntest du dir ja zu Hause auch einen schnappen. Und wenn du mich wieder besuchst, triffst du dich mit deinem hübschen Alain Delon.«

Paulina lachte heiser. »Rosa, echt mal... Mit dir kann man nicht ernsthaft über so was reden. Du bist durch und durch verdorben.«

»Menschenskinder, ich hab eben viel erlebt. Man muss nicht alles immer so bierernst nehmen. Lass es laufen. Und dann guck einfach, was passiert.«

Die Kleine erwiderte nichts. Ihre Augen waren geschlossen, und sie atmete gleichmäßig.

»Übrigens«, fuhr Rosa fort. »Man kann auch einen lieben, der nur jobbt und den ganzen Tag aufs Handy glotzt. Das geht sogar ziemlich gut. Meine große Liebe Herbert zum Beispiel... He, Paulina, schläfst du schon?«

»Mhm«, kam es schläfrig aus den Kissen, und weil es bloß noch leise in der Ferne grummelte, schloss auch Rosa die Augen.

* * *

Das Gewitter, vielleicht auch Rosas Worte, schienen Paulinas Kopf kräftig durchgerüttelt zu haben, denn am nächsten Morgen beim Frühstück verkündete sie: »Ich hab's mir überlegt. Ich mach nicht Schluss mit ihm.«

»Sehr weise Entscheidung.«

»Darf er denn auch mal wieder hier übernachten?«

»Na klar.« Rosa stand auf, um den Tisch abzuräumen. Sonst hatte Kalle das immer getan, und für einen Sekundenbruchteil vermisste sie ihn.

»Aber jetzt wird hier nicht an Sex gedacht, sondern …«

Paulina lachte schallend. »Wer denkt denn hier immer an Sex! Ich ja wohl nicht.«

»Egal. Jetzt trink mal deinen Kaffee aus. Gleich wird nämlich geputzt.« Und mit einem deutlichen Augenzwinkern in Paulinas Richtung fügte sie hinzu: »Es sind ja nicht alle Gäste so ordentlich wie Charlotte.«

Paulina verzog unmerklich das Gesicht, als sie den letzten Happen Weißbrot in den Kaffee tunkte und vorsichtig, damit sie sich nicht bekleckerte, in den Mund schob.

»Oder hattest du was anderes vor?«

»Na ja, Mario und ich wollten baden gehen. Aber das können wir ja auch noch später machen.« Sie sprang auf und klatschte in die Hände. »Okay, wo soll ich anfangen?«

»Erst mal die Betten abziehen, Waschmaschine anstellen und dann oben saugen. Ich kümmere mich ums Erdgeschoss.«

Rosa schaltete das Radio ein, und während ein italienischer Gassenhauer durchs Haus schallte, legten sie los. Sie waren ein gutes Team. Paulina wirbelte mit dem Staubsauger durch die obere Etage, Rosa machte die Küche sauber, wischte im Wohnzimmer Staub, danach knöpfte sie sich die Gästetoilette vor. Gerade kniete sie vor der Kloschüssel, die musste mal gründlich gescheuert werden, als der Staubsauger ausgestellt wurde und Paulinas Stimme ertönte:

»Rosa? Kommst du mal? Ich hab hier was gefunden!«

Sich die Gummihandschuhe abstreifend, eilte Rosa zur Treppe. Paulina stand auf der obersten Stufe, das Staubsaugerrohr zwischen die Beine geklemmt, und wedelte mit einem Umschlag.

»Was ist das?«

»Ein Brief. Steht dein Name drauf.«

Kalle, schoss es Rosa durch den Kopf. Vielleicht hatte er ihr geschrieben. Aber warum sollte er das tun? Er war doch nicht so verdruckst, dass er ihr wie ein Pennäler Briefe schreiben musste.

»Absender?«

»Gibt's nicht. Hepp!«, rief Paulina und ließ den Umschlag die Treppe hinabsegeln.

Rosa fing ihn auf, dann sank sie auf die unterste Treppenstufe. Warum war ihr bloß mit einem Mal so entsetzlich flau? Der Blutzucker? Nein, da war alles im grünen Bereich.

»Paulina?«

Das Mädchen polterte die Treppe herab. »Was ist denn? Geht's dir nicht gut?«

»Doch, doch. Ich fürchte mich nur ein wenig.«

»Vor dem Brief?« Paulina sah sie ungläubig an. »Warum denn?«

Rosa zuckte mit den Achseln. Hoffentlich war das kein Heiratsantrag. Vielleicht würde sie Kalle eines Tages näher an sich heranlassen, wobei dieses *näher* noch genauer definiert werden musste, aber heiraten würde sie ihn nie.

»Soll ich ihn für dich aufmachen?«

Rosa nickte, und während Paulina den Umschlag mit dem Zeigefinger aufschlitzte, fiel ihr Herz in einen rasanten Galopp. Das Mädchen zog den Brief heraus, edles cremeweißes Papier mit einer Maserung, und entfaltete ihn.

»Soll ich ihn auch vorlesen?«

»Ja, bitte.«

»*Procida, den 7. April 2013.*«

»2013? Steht da wirklich 2013?«

Paulina bestätigte und schaute auf die Rückseite. »*Hans*«, sagte sie und ihre Stimme bebte leicht. »Der ist von diesem Hans.«

Rosa riss ihr den Briefbogen aus der Hand, und dann las sie:

Procida, den 7. April 2013

Liebe Rosa,

wir haben lange nichts voneinander gehört, das tut mir ausgesprochen leid, und jetzt, wo ich mich langsam damit abfinden muss, dass es aufs Ende zugeht, bedaure ich es umso mehr. Vielleicht erinnerst Du Dich an mich, vielleicht auch nicht: Ja, ich war viele Jahre Dein stiller Verehrer.
Ich konnte Dir damals nicht sagen, wie sehr ich Dich mochte, weil Du ... na ja ... Du warst eben mit anderen Männern beschäftigt.
Womöglich war das nur gut, weil sonst, an jenem Abend, an dem wir den Abschluss unserer Provence-Tournee gefeiert haben, nicht das passiert wäre, was mein Leben für immer verändert hat: mein erstes Mal mit einem Mann. (Erinnerst Du Dich an Bernd? Er hat zeitweise unsere Termine koordiniert.) Sei's drum, vermutlich war ich schon immer schwul, nur konnte ich es nicht leben, die Moral dieser Zeit, Du weißt schon ..., aber auch, weil Du ziemlich lange in meinem Kopf herumgeschwirrt bist.
Kurz nachdem Du die Band verlassen hattest, bin ich ebenfalls nach Deutschland zurückgekehrt. Ziemlich bald darauf habe ich meine große Liebe Gerhard kennengelernt.

Wir haben zusammen in Kassel gelebt und uns ein paar Jahre später, als wir etwas Geld gespart hatten, mit diesem zauberhaften kleinen Haus (es war damals ziemlich runtergekommen) auf Procida einen Traum erfüllt. Jede Ferien waren wir hier, wir haben es renoviert und hübsch eingerichtet, doch dann (es fällt mir immer noch schwer, es hinzuschreiben) ist Gerhard ganz unerwartet an einem Infarkt gestorben.
Rosa, es war die schlimmste Zeit in meinem Leben. Ich habe so sehr gelitten. Und jetzt ist es mein letzter Wille, dass das Haus nach meinem Tod nicht verkommt oder in die falschen Hände gerät. Ich habe keine weitere Verwandtschaft, und Kalle … Er ist wirklich ein guter Freund, aber er hat nicht die Liebe zum Detail. (Er weiß übrigens über mich Bescheid. Ich hatte ihn damals allerdings gebeten, Stillschweigen zu wahren. Du weißt ja, wie konservativ manche Leute sind.)
Liebe Rosa, nimm das Haus als mein Geschenk an und hab bitte kein schlechtes Gewissen. Ich bin Dir so dankbar, denn Du hast maßgeblich dazu beigetragen, dass ich mein Leben selbstbestimmt leben konnte.
Du warst immer eine wunderbare Frau, und ich bin mir sicher, dass Du es heute noch bist. Mach's gut, meine schöne Rose, wir sehen uns bestimmt in einem anderen Leben wieder.

Dein Hans

PS: Falls Du Dich wunderst, dass Deine Lieblingstasse aus der Tournee-Zeit im Schrank steht – ich habe sie vor Jahren auf einem Markt in der Provence gekauft. Sie hat mich immer an Dich erinnert.

Rosa ließ den Brief sinken, und bevor Tränen die Schrift unleserlich machen konnten, reichte sie ihn rasch an Paulina weiter.

»Krass … Hammer«, flüsterte diese beim Lesen, und als sie zum Ende gekommen war, wiegte sie den Kopf verstört hin und her.

»Wo lag der Brief?«, wollte Rosa wissen.

»In deiner Nachttischschublade! Wieso hast du ihn nicht eher gefunden?«

»Ich hab sie nicht aufgemacht, ganz einfach.«

»Und warum nicht?«

»Weil … Keine Ahnung.« Sie zog die Schultern bis zu den Ohren. »Ich dachte, da ist nur eine Bibel drin oder so.«

Paulina fing schallend an zu lachen, aber Rosa griff nach ihrer Hand und murmelte: »Gott hab ihn selig.«

»Ich dachte, du glaubst nicht an Gott.«

»Nein, aber an Menschen, die so wunderbar sind, dass man es erst nach ihrem Tod begreift.« Rosa stand auf, strich ihre Tunika glatt und ging zur Tür.

»Wo willst du hin?«

»Komm, Schätzchen. Ich brauch jetzt einen doppelten Espresso. Und ein Sektchen.« Die alkoholfreie Woche würde sie immer noch einlegen können.

»Aber wir wollten doch putzen.«

»Vergiss das Putzen, meine Kleene. Wir müssen auf Hans anstoßen. Und auf das Leben.« Sie schlüpfte in ihre Slippers, schnappte sich ihre Kelly Bag und sagte beim Hinausgehen: »Paulina, wenn ich mal nicht mehr bin, erbst du die ehemalige Rumpelkammer. Einverstanden?«

»Sag doch nicht immer so was!«

»EINVERSTANDEN?«

»Na klar! Aber jetzt hör auf mit dem Quatsch. Ich will noch ganz viel Zeit mit dir verbringen.«

Während das junge Ding mit langen Schritten vorauseilte, drehte sich Rosa noch einmal um und warf einen Blick auf ihr Haus. Der rosa Putz blätterte ab, und es hatte mindestens so viele Risse wie sie Falten im Gesicht, dennoch leuchtete es wie ein Kleinod in der Mittagssonne. Und in der Gewissheit, dass das Glück ihr gehörte, folgte sie Paulina.